KB172776

문학文學과 불교佛敎

진명순 지음

지식과교양

머리말

우리는 곧잘 인생이 허무하다... 인생이란 무엇인가... 나는 어디서 와서 또 어디로 가는가... 라는 생각들을 한다. 이 문제를 두고 우리들은 종교로 철학으로 또는 예술로 문학으로 표현하고 풀어보려고 한다. 끝없이 반복되는 우리 인간의 문제다. 끝내는 많은 자가 해결하지 못한 채 가게 된다. 나는 무엇일까? 나는 누구일까? 불교에서는 이 문제에 대한 깨달음을 얻기 위해 출가를 하기도 하고 여러 방법으로 수행 정진을 한다. 그리고 이에 따른 많은 경험담과 일화 그리고 불교경전이 전해지고 있다.

경전 자체가 문학작품이라고 일컬어지는 수려한 문장으로 되어 있는 것도 있다. 또는 문학인지 불교경전인지 분간이 어려운 것도 있다. 본서에서는 이러한 문학과 불교에 대해 전개해 보려고 한다.

문학과 불교의 상호 관계를 생각해 볼 때 먼저 명확하게 이러한 것이다, 라고 한마디로 말하기는 쉽지 않다고 생각된다. 불교인지 문학인지, 또는 불교문학인지의 관계 범위는 작품에 내포하는 종교성, 문학성의 판단 가치 기준에 따라 독자와 연구자의 양상이 다르게 될 것이다. 즉 불교의 종교성과 문학성을 포괄한 작품이라고 한다면, 작가가 내면에 불교와 문학을 공존시키면서 작품을 형성해가는 방법, 작품을 읽는 독자가 불교와 문학에 동시에 관심을 기울이면서 섭취해가는 방법에서 불교와 문학의 상관성을 인정하면 어떨까하고 생각된다.

불교문학을 협의에서 말하면 우선 불교적 가치가 선행되고 문학적 가치가 이것에 수반되는 것이라고 말할 수 있다. 그러나 광의로는 문학작품에 나타난 불교사상의 반영 및 영향, 문학이론의 기반으로 되는 불교사상 등을 대상으로 하는 것이라고 할 수 있을 것이다.

　본서에서는 이러한 문학과 불교의 상관 개념을 살펴보고자 하여 먼저 불교의 발상지인 인도를 비롯해서 중국 일본의 불교문학에 대해 조사하고 정리해 보았다. 그리고 일본의 근대문학과 불교의 관련에 관해 작가와 작품 속에서 검토하고 불교경전을 전거로 한 불교적 요소 및 불교사상과 불교적 일화 등을 고찰한 내용으로 전개 해 본 것이다. 일본에서 불교와 문학의 관련성에 대한 관점은 일반적으로 한문을 바탕으로 하여 불교경전과 함께 고전문학이 주된 대상으로 이해되고 있는 경향과 더불어 불교문학이라는 형태로 자리매김하고 있으며 이에 대한 연구자와 관련 논문, 관련 서적도 상당한 수에 이른다. 하지만 근대문학에는 고전문학에 비해 그 농도가 옅어져 있다고 말할 수 있는 상황이다. 근대에 들어와서 발표된 여러 문학작품에는 불교경전을 그대로 인용해서 표현하고 있는 것은 적을지도 모르지만 여전히 불교의 사상이 저변에 흐르고 있는 것, 불교경전의 내용을 답습한 것, 불교어를 사용하고 있는 것 등, 직접 또는 간접적으로 표현 되고 있는 작품이 소극적이지만 적지 않게 나타나고 있다.

　한국의 불교와 문학의 상호 관련성에 대한 연구도 상당한 수에 이르고 있다. 특히 전통적 불교관련 연구 즉 출가 승려들에 의한 전문적인 불교경전연구와 그 깊이로 전통적인 맥을 잇고 있는 점에서 가히 자부심을 가질 만하다고 생각한다. 이와 더불어 재가 불교인들의 불교경전 수학과 수행 정진 역시 계속되고 있는 점 또한 한국 불교의 자긍심이라고 생각된다. 템플스테이를 경험하기 위해 한국으로 오고 있는 외국인들을 통해서도 그 한 예로 들 수 있을 것이다. 이러한 점에서 본서에는 『백봉 선시집』이라는 작품을 중심으로 재가불자들에게 어려운 한문이 아닌 한글 설법에 힘쓴 한국의 재가 불교를 대표하는 백봉거사의 선시와 불교의 세계도 고찰하여 정리해 보았다.

　필자의 불교와의 인연은 이십대 초부터 시작되어 선원(禪院)에서 다년간 참선 정진수행을 하고 이후 사찰 불교대학에서 불교의 제경전을 수학한 인연에 이어 관련 연구와 정진으로 지금에 이르고 있다. 이러한 경험에서 생각되는 것은 불교의 외면적인 것이든 내면적인 것이든 참된 불교적 문학은 그 작자의 원질적(原質的) 불교체험을 거쳐 그 지적(知的)인 인식(認識)에 멈추지 않고 구도적인 실천까지 나아가야 한다고 생각된다. 따라서 본서의 일본의 근대문학과 불교와의 접점에 있어서, 선사에서 직접 참선 경험을 하고 정진을 계속한 나쓰메 소세키와 그의 작품을 택하여 불교경전을 비롯하여 공안, 인연(因緣), 좌선

(坐禅)과 견성, 해탈(解脫) 도(道) 등 불교적인 요소들을 고찰한 것이다. 문학과 불교 그리고 일본근대문학과 불교에 관심을 가지고 졸저를 대해주신 분들께 깊은 감사의 마음을 전해 드리는 바이다.

번뇌와 망심으로 복잡다난한 현대생활 속에서 깨달음의 염원을 안고 끊임없이 정진을 계속하는 모든 분들의 대오(大悟)를 진심으로 기원하면서 두서없는 글을 마치고자 한다.

평소 필자에게 많은 도움을 주시는 여러 분들께 진심으로 감사드리며 항상 행복하시기를 빌겠습니다.

2017. 9.

草山 陳明順

차
례

문학(文學)과 불교(佛敎)

제1장

문학(文學)과 불교(佛敎)

1. 머리말

문학(文學)도 불교(佛敎)도 인간 존재의 추구라고 하는 점에서는 같은 명제(命題)를 쫓고 있다고 할 수 있으나, 인간의 사유(四維)나 정념(情念), 그것들에 의거한 행동세계를 묻고 그것을 어떻게 받아들이며, 그것에 어떻게 대처해야 하는가 하는 추구 방법의 상위함에 따라 양자는 분명 그 방향을 달리하고 있다고 볼 수 있다. 즉, 인간 그 자체에 대한 집착의 형상화와, 그것들로부터 초월하고 해탈하는 문제일 것이다.

이러한 관점에서 불교와 문학은 서로 어떠한 관계를 가지고 있으며, 어떻게 인식되고 있는지, 그 정의는 무엇인지를 반문하면 의외로 불확실한 부분이 있는 것도 사실이다. 또한 불교문학(佛敎文學)이라고 하는 술어는, 그 학계에 있어서 인식되어진 범위에서 보면 막연한 개념밖에 부여되어 있지 않은 것 같다.

우선 불교문학의 계통을 대별해 보면, 그 개념 규정에는 두 개의 계열이 있다. 하나는,『법화경(法華經)』,『아함경(阿含經)』,『대지도론(大智度論)』등, 불교경전 그 자체를 문학으로 보고, 이것을 불교문학으로 하는 계열이다. 말하자면 경(經)·율(律)·논(論) 삼장(三藏)을 불교문학의 주체로 하는 것이다. 이것에 대해 불교문학을 불교사상, 불교신앙, 불교의례(佛敎儀禮) 등과 깊이 관련되어 있는 문학작품으로서, 불교찬가, 불교설화, 법어(法語) 등을 중심으로 해서 불교문학으로 보는 입장이다.

한편, 문학의 장르를 중심으로 해서 불교문학을 생각하면, 불교가요도 가요에 포함시키고, 불교설화는 설화에, 석교가(釋敎歌)는 시가에 포함시킬 수 있는 것이 되므로, 이 점에 불교문학의 이중성을 지적할 수도 있다. 따라서 불교문학이 반드시 문학의 장르라고 할 수도 없지만, 그렇다고 해서 불교문학의 존재를 무시할 수도 없다고 하는 이율배반적인 성격을 가지는 점에 그 특질을 찾아 볼 수도 있다고 생각된다. 한 마디로 불교문학이라고 말해도 이와 같은 상대적인 개념규정이 병행되어 인식되어져 온 것은 부정할 수 없는 부분일 것이다. 이것이 불교문학이라는 한 장르의 의미와 내용을 불분명하게 한 원인의 하나라고 생각된다. 즉, 불교경전 그 자체를 문학으로 보는 사람들은 불교학자들 쪽이 많지만, 입장의 상이(相異)함에 따라서 불교문학이라고 하는 공통적 용어의 내용에 혼돈이 보이는 경향이 다소 있는 것 또한 사실이다. 본론에서는 불교학, 불교문헌학, 불교문학이 활발하게 연구되고 있는 일본의 상황을 관찰하면서, 이러한 불교문학의 개념을 중심으로 고찰하고자 한다.

2. 불교문학관

2-1. 불교학자의 입장

불교와 문학의 개념이 함께 내재된 작품이라고 하는 것은, 불교의 종교성(宗教性)과 문학성(文學性)을 함께하는 언어를 포괄한 작품이라고 하는 것이 되겠지만, 작품에 내포하는 종교성, 문학성의 판단 가치 기준은 연구자에 따라 다른 것으로, 불교경전에 문학적 의미를 두는 것, 문학작품에 불교적 의미를 두는 것으로 내용인식을 할 수 있다. 따라서 문학 분야의 연구자가 종교성이 강한 것부터 약한 것까지를 광범위하게 불교문학으로 수용하는 것도 간과할 수 없을 것이다.

하지만, 불교경전 그 자체를 불교문학으로 보는 입장이 먼저 나타났고, 불교사상, 불교신앙, 불교의례 등과 관련한 불교찬가, 불교설화, 법어 등을 불교문학으로 보는 입장이 늦게 나타났으나, 현시점에서 일반적으로 불교문학이라고 하면 후자의 내용들이 그 주류를 이루고 있다고 할 수 있다. 왜 이러한 전환이 이루어졌을까.

우선 생각해 볼 수 있는 것은 오늘날 불교문학을 운운(云云)하고 있는 대부분이 국문학자 출신이라는 점이다. 보통 문학이라고 하는 것에 시점을 두면, 한역경전(漢譯經典)이나 한문의 전적(典籍)은 취급 대상 외로 하는 경향이다. 둘째로 생각할 수 있는 것은, 불교학출신자 중에서 불교경전을 문학으로서 취급하려고 하는 경향이 적다는 것이다.

불교학자 사이에는 불교문헌학(佛教文獻學)은 존재하지만 불교경전 그 자체를 문예적인 차원에서 파악하려고 하는 폭넓은 학문은 거의 실행되지 않고 있는 것 같다. 이 두 조건이 합치되어 불교경전을 문학으로 보는 입장보다 불교와 관련성을 가진 문학을 불교문학으로 보는 입장이 우선적으로 인식되어진 것이 아닐까 생각한다.

그렇다면 불교경전을 그대로 문학으로 간주하는 것은 과연 가능할까 하는 문제를 두고 보면, 일반적인 문학의 개념에서 경전류(經典類)는 문학적인 요소를 갖추고 있지 않는 점에서 부정할 수 없다. 그것은 종교적인 규범으로서 쓰인 것으로 미적표현(美的表現)을 목적으로 한 것은 아니기 때문이다. 발상(發想)이 유형적이고, 표현에 리얼리티가 결핍되어 있고, 작자상도 다수이든 개인이든 분명하지 않는 것이 많다. 이와 같이 문학성을 갖추고 있지 않는 요소가 여러 가지 있지만, 그 속에서 볼 수 있는 구상력(構想力), 극적성격(劇的性格), 취향(趣向), 게송(偈頌), 비유(譬喩) 등, 문학의 장(場)에서 취급해야 할 제요소를 많이 내포하고 있는 것 또한 사실이다. 불교신앙과 문학과의 융합(融合)은, 불교적 가치관으로서 제법실상(諸法實相)의 사상, 천태본각(天台本覺)의 사상, 또, 밀교(密敎)에서의 성자실상(聲字實相), 우주를 일대만다라(一大曼茶羅)로 보는 사상과 관련하여 전개되어 왔으나, 여기에서 신앙의 문제는 두고라도, 그것들을 문예적인 작품으로 간주하는 조건은 구비하고 있다고 생각할 수 있다.

일본에서 불교문학이란 용어는 1899년 오다 토쿠노(織田得能)[1]가 『국문학 속의 불교문학(國文學中の佛敎文學)』에서 「불교문학」이라는 분야를 창시했지만, 그 개념의 규정은 명시하지 않고, 불교학적 항

---

1) 織田得能(おだ とくのう) 1860-1911 정토진종(淨土眞宗)의 학승(學僧). 1891년 도쿄(東京)의 종은사(宗恩寺)에 들어감. 세상을 떠나기까지 생애를 다하여 『불교대사전(仏敎大辭典)』(1권, 1917)을 완성했다

목아래 일본문학의 작품을 대응시켜,『국문학십이종불설해석(國文學
十二種佛說解釋)』에『불교대사전(佛教大辭典)』에 준거하여 작품 용
례(用例)를 들어 전개하였다. 이러한 것은 당시 선구적인 업적으로서
인정을 받았다. 또 불교학의 입장에서 불교문학을 다룬 것으로 오노
겐묘(小野玄妙)[2]의『불교문학개론(佛教文學槪論)』, 후카우라 세이분
(深浦正文)[3]의『불교문학개론(佛教文學槪論)』등을 들 수 있다. 여기
에는 불교경전에 대해서 문학작품은 종위(縱位)에 놓여 있는 것이 특
징이다. 특히 후자에서는 불교문학은, 불교로서의 종교적 가치와, 문
학으로서의 예술적 가치를 합한 것이 아니면 안 된다고 하여, 종교적
가치, 숭고(崇高)한 정신으로 지순(至純)한 신앙의 귀의(歸依)에 대
한 생각을 불러일으키는 것이라고 말하고 있다.

2-2. 국문학자의 입장

그러면 이상과 같은 이유에서 불교 경전류를 불교문학으로 하는 입
장에 모순이 없다고 하면, 불교문학의 개념과 범위에 대한 국문학자

---

2) 小野玄妙(おの げんみょう) 1883 - 1939 다이쇼(大正)-쇼와(昭和)시대전기의 불
  교학자. 정토종의 승려.「대정신수대장경(大正新脩大藏経)」의 편집 주임.「불서해
  설대사전(仏書解說大辭典)」을 편집. 불교미술도 연구,「대승불교예술사(大乘仏
  教芸術史)의 연구」,「불교미술개론(仏教美術槪論)」등 편찬. 고야산대학(高野山大
  學)교수 역임. 가나가와(神奈川)현 출신. 속명은 긴지로(金次郎). 호는 이릉학인
  (二楞學人)
3) 深浦正文(ふかうら せいぶん)1889-1968 정토진종(淨土眞宗)의 승려. 불교학자.
  나라(奈良)현 출신. 불교대학(龍谷大學) 졸업. 정토진종본원사파(淨土眞宗本願寺
  派). 1920년 불교대학 교수. 미국, 캐나다, 하와이 개교구특명포교사(開教區特命布
  教師).

의 관점에 대해서도 검토해 볼 필요가 있을 것이다. 먼저 불교사상이
나 불교신앙과 깊은 관련을 가지고 있는 문학을 불교문학으로 하는
입장에서 고찰해 보고자 한다.

처음 일본문학의 연구 분야에서 「불교문학」을 정의한 자는 사카이
코헤이(坂井衡平)⁴⁾이다. 사카이 코헤이는 『곤챠쿠모노가타리슈의 신
연구(今昔物語集⁵⁾の新硏究)』에서 일본문학의 사대(四大) 계통으로
분류하고 있다. 그 분류로는 고유문학계통(固有文學系統), 신도문학
계통(神道⁶⁾文學系統), 한문문학계통(漢文文學系統), 불교문학계통
(佛敎文學系統)으로 크게 분류하고, 다시 불교문학계통을 불교색(佛
敎色) 침윤(浸潤)의 정도로 단계적으로 분류하여 종교성과 문학성을
규준으로 하여 새로운 견해를 시사하고 있다.

이에 대하여, 일본의 천태종(天台宗) 승려(僧侶)이자 국문학자인
쓰쿠도 레이칸(筑土鈴寬)⁷⁾은 『일본문학대사전(日本文學大辭典)』(일
본, 신쵸사(新潮社))에서 불교문학의 개념을 다음과 같이 규정하고
있다.

---

4) 坂井衡平(さかい こうへい) 1886-1936 「도쿄미술(東京美術)」, 「곤챠쿠모노가타
  리의 신연구(今昔物語集の新硏究)」, 「현대국문학강화(現代國文學講話)」등의 저
  서가 있음
5) 『今昔物語集』 일본 최대의 고대설화집(古代說話集). 12세기 전반에 성립된 것으로
  추정. 편자 미상.
6) 神道 일본 고유의 민족신앙으로서, 선조신(先祖神)에 대한 숭앙(崇仰)을 중심으로
  한다. 고래의 민족신앙이 외래사상인 불교, 유교의 영향을 받으면서 성립하여 이론
  화된 것.
7) 筑土鈴寬(つくど れいかん)1901-1947 일본의 승려, 민속학자. 도쿄 출생. 사립
  (私立) 천태종중학교(天台宗中學校), 국학원대학예과(國學院大學予科). 1924년
  동점원(東漸院) 주지가 됨.

(1) 문학적 가치(價値) 여하를 문제로 하지 않고, 종교적 가치를 목적으로 하여 제작된 것이지만, 그것에 문학적 가치가 부수적(附隨的)으로 수반되어 있는 것.

(2) 종교적 현상을 소재로 해서, 문학적 요구에서 창작(創作)된 것. 즉 제작 동기가 예술적(藝術的)인 것. 그러나 이러한 종류의 작품 중에는, 종교적 요소가 풍부하기 때문에, 종교적 가치 요구에서 창작된 것처럼 받아들여지는 것이 있음.

(3) 종교적 가치와 문학적 가치가 동일한 힘으로 주장되어 요구된 것.

이상의 세 개 항목을 기술한 뒤,「대략 이 세 종류에 있어서, 제1 항목을 종교문학(宗教文學)의 본질적(本質的)인 것이라고 하는 경향도 있지만, 이상으로 해야 할 것은 제3의 성질을 가질 수 있는 것이다. 제2항은 종교문학이라고 지칭하기에는 조금 순수(純粹)함이 결여된다. 하지만, 여기에서 분류한 세 가지 성질에 속하는 것 전부를 종교문학-불교문학-이라고 지칭해도 좋다고 생각된다. 서구(西歐)의 학자들은, 경율론삼장경전(經律論三藏經典) 모두를 불교문학이라고 하여 연구하고 있지만, 이 중에서, 철학(哲學)으로 다루어지고 있는 논장(論藏)을 제외 하고, 그 외 일체의 경전은 철학적 교리적 취급을 할 수 있음과 동시에, 문학적 취급도 할 수 있는 것이어서, 일종의 창작이기도 하다. 그러므로 인도불교문학(印度佛教文學)이란 호칭도 가능하다. 그 위에 중국에 있어서의 한역경전(漢譯經典)은 일종의 번역문학(飜譯文學)이고, 또 불교의 보급에 따라 중국의 불교문학도 다수 창작되어 있다. 여기에 중국불교문학이라고 불러야 할 국토적(國土的)

불교문학의 일군(一群)이 존재하는 것이다. 일본에도 또 이러한 국토적이라고 부를 수 있는 불교문학이 존재한다. 단, 일본에 있어서는, 한역경전을 그대로 일본불교문학(日本佛敎文學)이라고 부를 수 없는 것은 물론이다. 그 이유에는, 순수한 일본역의 경전번역문학(經典飜譯文學)이라고도 지칭할 수 있는 것이 형성되어야 하는데, 이러한 번역은 거의 이루어지지 않았다. 오늘날 현시점에서도 아직 순수한 경전 번역은 없고, 따라서 일본불교문학에는 경전번역문학은 존재하지 않는 것이다.」라고 하여 구체적인 설명을 덧붙이고 있다.

이와 같은 쓰쿠도 레이칸의 규정은, 지금까지 기술한 두 계열의 불교문학의 개념을 통합한 것으로서 그 점에서는 극히 광범위한 입장에 선 것이다. 즉 불교문학은 불전(佛典) 그 자체를 문학으로 보는 입장으로, 이것은 쓰쿠도 레이칸이 「인도불교문학(印度佛敎文學)」,「중국불교문학(中國佛敎文學)」이라고 말한 것에 포함시킬 수가 있을 것이다.

그러면 여기에서 「한국불교문학(韓國佛敎文學)」의 위치를 생각해 보자. 본서에서 한국불교문학에 대한 구체적인 고찰은 차론에서 하기로 하고 간단한 언급으로 대신하고자 한다.

불교문학을 인도, 중국, 일본이라고 하여 나라별로 설정할 수 있다면,「한국불교문학」도 재정립되어야 한다고 생각된다. 그렇다면 「한국불교문학」의 위치는 어떠할까. 우선 생각해 볼 문제로 「불교문학」이라는 개념과 그 작품들도 다수 있지만, 전문적으로 연구하는 연구자들과 연구업적들이 매우 소극적인 위치에 있다는 점이다. 불교가 한반도에 들어온 이래 지금까지 불교의 전통적인 맥을 잇고 있다고 자부해도 좋을 만큼의 한국불교에서, 이미 불교 본래의 전통에서 일본 특유의 불교로 전환되어 있는 일본에 비교할 수 없을 만큼, 그 연구에 있어서 차(差)가 있다는 점이다. 대학 및 각 분야에서 불교문학이 활발하게 연구되어 오고 있는 일본에서는, 오다 토쿠노(織田得能)가 「불교문학」을 창시한 이래 현재까지 수많은 불교문학의 연구와 연구자가 존재하고 있다. 이러한 점에서, 고대로부터 현재까지 장르별로 훌륭한 불교문학작품과 많은 작가들[8], 불교에 대한 수많은 연구와 빛나는 업적을 이루어 내고 있는 한국의 입지에서 볼 때 「한국불교문학」에 대해서도 보다 적극적인 연구 및 발전을 위한 재조명이 필요하다고 생각한다.

2-3. 불교문학의 범위(範圍)

종교인지 문학인지, 또는 종교문학인지의 기준을 정하기보다 작자

---

8) 한국불교문학. 개략적으로 정리해보면 다음과 같다. 불교 소설의 등장은 조선시대로, 대표적 작품으로 김만중(金萬重)의 『구운몽(九雲夢)』을 들 수 있고 이외에 작자 미상의 불교 소설이 많이 있음. 불경(전생담)을 소설화한 것은 작자 연대 미상의 『금우태자전(金牛太子傳)』, 『옹고집전(雍固執傳)』, 『안락국태자전(安樂國太子傳)』과 조선 세종 때 수양대군(首陽大君 : 세조)이 왕명으로 석가의 일대기를 찬술한 불경언해서인 『석보상절(釋譜詳節)』등이 있음. 고대 불교시가로 신라향가 월명사(月明師)의 『제망매가(祭亡妹歌)』, 충담(忠談)의 『찬기파랑가(讚耆婆郎歌)』등이 있음.고려시대 편찬된 일연(一然)의 『삼국유사(三國遺事)』는 시문학과 산문문학의 집대성임. 근현대문학으로는 이광수(李光洙)의 『원효대사(元曉大師)』, 『이차돈(異次頓)의 사(死)』, 김동인(金東仁)의 『조신(調信)의 꿈』, 박종화(朴鍾和)의 『다정불심(多情佛心)』, 김동리(金東里)의 『등신불(等身佛)』, 『까치소리』, 김정한(金廷漢)의 『수라도(修羅道)』, 한승원(韓勝源) 의 『포구의 달』, 『아제아제바라아제』, 김성동(金聖東)의 『만다라(曼茶羅)』등과 한용운(韓龍雲)의 『님의 침묵』, 『나룻배와 행인』, 『찬송(讚頌)』, 『복종(服從)』, 『알 수 없어요』, 서정주(徐廷柱)의 『귀촉도(歸蜀途)』, 『동천(冬天)』, 『추천사(鞦韆詞)』, 조지훈(趙芝薰)의 『승무(僧舞)』, 『고풍의 상(古風衣裳)』, 『낙화(落花)』, 박목월(朴木月)의 『불국사(佛國寺)』등이 있음.

또는 향수자의 주관에서 그 의미를 구한다고 하면, 불교문학을 어떻게 구상하면 좋을까? 결론부터 말하면, 불교문학이라고 하는 것은 작가가 내면에 불교와 문학을 공존시키면서 작품을 형성해가는 방법, 혹은 작품을 향수하는 자가 불교와 문학에 동시에 관심을 기울이면서 섭취해가는 방법을 불교문학이라고 인정하면 어떨까하고 생각된다. 불교문학을 협의(狹義)로 말하면, 우선 불교적 가치가 선행되고 문학적 가치가 이것에 수반되는 것이라고 생각된다. 그러나 광의(廣義)로는 문학작품에 나타난 불교사상의 반영 및 영향, 문학이론의 기반으로 되는 불교사상 등을 대상으로 하는 것이라고 말할 수 있다. 따라서 불교문학의 범위를 종합 정리하면 대개 다음과 같이 분류할 수 있을 것이다.

(1) 경전(經典)·성전문학(聖典文學)
　① 불교경전 및 논소(論疏)등을 포함하여 불교문학의 중심적 성격을 가진다.
　② 일본의 불교문학에서는, 그다지 문제가 되지 않는다.
　③ 인도에 있어서는 주요부분, 중국에서는 번역문학(飜譯文學)으로서 중요하다.
　④ 불교경전 등에서도, 본생경전(本生經典)·비유경전(譬喩經典) 등은, 설화문학(說話文學)과도 관련된다.

(2) 설화문학(說話文學)
　① 중국, 일본에서 다수 만들어진 불교설화집이 이 대상이 된다. 최근 비약적으로 연구가 진행되고 있다.

② 짧은 예로 든 이야기에 의해 불교의 교법(敎法)을 설(說)하
는 목적에서 말하면 (3)의 교화(敎化)에도 분류할 수 있다.

(3) 교화(敎化) · 기록문학(記錄文學)

① 불교의 교법을 설(說)하여, 교화를 목적으로 한다.

② 넓게는 불교의 문헌(文獻)이 모두 포함된다. 중심은 조사(祖
師)의 어록(語錄) · 법어(法語) · 소식문(消息文)이다.

③ 조사(祖師)의 사적(事跡)을 기술하고 칭송하는 승전(僧傳)
의 종류도 포함한다.

④ 교단(敎團) · 사원(寺院)의 역사를 기술한 기원(起源)도 포
함한다.

⑤ 불교기행(佛敎紀行)의 종류도 포함된다.

⑥ 서민(庶民) 교화를 목적으로 한 자국어(한글, 일본가나(假
名)) 등의 법어 · 대중소설(大衆小說)의 종류를 포함한다.

(4) 창도문학(唱導文學)

① 경전을 독송하거나, 교화를 목적으로 하여 교의(敎義)를 설
하는 설경(說經) · 설법. 법회(法會)에 있어서의 표백문(表
白文)[9]이나 풍송문(諷誦文)[10]도 넓은 의미에서 여기에 포함
한다.

---

9) 표백문(表白文) 법회(法會) 혹은 가지기도(加持祈禱)를 할 때, 그 주지(主旨)나
기도(祈禱)의 취지(趣旨)등을 불전(佛典)에 올리는 문(文).

10) 풍송문(諷誦文) 경문(經文) · 게송(偈頌) 등을 소리 높여 읽는 것, 추선공양(追善
供養)의 뜻을 올리는 문(文).

② 최근 불교예능을 비롯한 연구가 진행, 서민교화에 커다란 역할을 하고 있는 경우, 평곡(平曲)[11], 만담(落語), 설경죠루리(說經淨瑠璃)[12] 등이 있다.

③ 중국에서도 돈황(敦煌)에서 발견된 변문(変文)[13]이, 그림을 사용하여 행하는 창도(唱導)를 주도하고 있었던 점에서 그 중요성이 평가되고 있다.

(5) 불교가요(佛教歌謠)·시가문학(詩歌文學)

① 찬불(讚佛)을 목적으로 한 가요(歌謠)를 중심으로 하여, 법회에서 부르는 가요 종류나 풍송(諷誦)되는 법의(法義)의 문학, 강식(講式)[14] 등도 포함한다.

② 시가(詩歌)는 불교의 교조(教祖)를 제재(題材)로 한 찬문(讚文), 석교가(釋教歌)의 도가(道歌)·범문가(梵文歌) 등을 포함한다.

③ 선종(禪宗)에서는, 선사(禪師)의 어록(語錄)과 함께 게송(偈頌)의 다작(多作)으로, 일본에 있어서 오산문학(五山文

---

11) 평곡(平曲) 비파를 반주로 하여 헤이 씨(平氏) 가문(家門)의 이야기를 창(唱)하는 일.

12) 설경죠루리(說經淨瑠璃) 일본의 가면(假面) 음악극의 대사를 영창(咏唱)하는 음곡(音曲)에서 발생한 음곡에 맞추어서 낭창(朗唱)하는 옛이야기.

13) 변문(変文) 당(唐)·5대(五代)에 주로 불교 선포(宣布)를 위해 사용된 이야기 대본(臺本). 난해(難解)한 경문(經文)의 의의나 주지(主旨)가 운문(韻文)과 산문(散文)을 혼합(混合)한 평이(平易)한 단어로 쓰여 있다.

14) 강식(講式) 경전을 강의(講義)하고 논의(論議)하는 집회에서, 『최승왕경(最勝王經)』의 경우를 「최승강(最勝講)」, 『인왕경(仁王經)』의 경우를 「인왕강(仁王講)」이라고 호칭하는 것으로, 이러한 강(講)에 있어서 의식(儀式)을 행할 때에 독송(讀誦)되는 시문(詩文)을 의미한다.

學)[15]의 형성에 영향을 끼쳤다.

④ 특히 일본에서는 와카(和歌)[16]로서, 불교와카일여관(佛敎和歌一如觀)을 읊게 되어 왕성하게 석교가가 만들어졌다.

이상으로 크게 다섯 분류를 할 수 있는데 그 내용은 서로 관련되어 있음을 알 수 있다.

불교문예의 형태에서 보면, 불교 그 자체에서 생겨난 특수한 표현형태가 있는데, 그것들에는 법어, 설경초안(說經草案), 의식용(儀式用)의 문서 및 찬가(讚歌), 교단(敎團) 및 제사기원(諸寺起源)과 역사 등이 있다. 그것들과 함께, 일반시가, 소설, 설화(說話), 역사문학, 극(劇), 가요의 형태에 따라 형성된 불교문예(佛敎文藝)가 존재한다. 법어 및 법어에 준하는 것을 법어문학(法語文學)이라고 하고, 또 법어도 겸한 교단(敎團) 특수의 서한소식문학(書翰消息文學)을 하나의 형태로 간주할 수 있다.

교단의 역사와 전설(傳說)에 의해 형성된 기원은 설화와 관계가 깊은 것이 있지만, 이것을 기원문학(起源文學)으로서 독립시켜 분류하기도 한다. 기타는 일반 문예형태에 넣어서, 시가, 가요, 극, 소설, 설

---

15) 오산문학(五山文學) 일본의 가마쿠라시대(鎌倉時代 : 1185-1333) 말(末)·남북조시대(南北朝時代 : 1336-1392)를 중심으로 행하여진 가마쿠라(鎌倉) 및 교토오산(京都五山)의 선승(禪僧)의 한시문. 광의로는 동시대의 선림문학(禪林文學)을 총칭. 일기·어록·한문·한시가 있다.

16) 와카(和歌) 한시(漢詩)에 대하여, 일본 고대(古代)로부터 행하여진 정형가(定型歌). 장가(長歌)·단가(短歌)·선두가(旋頭歌 : 하삼구(下三句)와 두삼구(頭三句)가 같은 형식을 반복하는데서 이름 지어짐. 5·7·7, 5·7·7의 편가(片歌)를 반복한 육구체(六句体))·편가(片歌 : 5·7·7, 또는 5·7·5의 삼구로 형성) 등의 총칭. 협의로는 31음을 정형(定型)으로 하는 단가(短歌).

화와 유별하여 이들 여러 형태 아래에 불교문예, 불교적문예의 제상 (諸相)으로 보고, 불교사상이나 신앙을 내장하며, 이것을 기반으로 한 것, 다시 말하면, 불교사상이나 신앙이 작품의 주제가 되며 작품내용의 중심이 되는 것 등을 불교문학의 범위에 넣을 수 있을 것이다.

3. 불교문학의 양상

불교문학의 여러 양상으로서 인도의 불교문학, 중국의 불교문학, 그리고 일본의 불교문학이라고 하는 것에 대해 생각해 본다면, 인도의 경우, 불교문헌의 중심으로는 불설(佛說)이라고 하는 형식을 가지는 경장(經藏)이 있고, 그 주위에 석가(釋迦)의 유명(遺命)에 기원하는 율장(律藏)이 있고, 또 그 주변에는 법(法)이랑 의(義)를 논한 논장(論藏)이 존재한다.

그러한 문헌구조의 총체를 지금의 인도불교문학이라고 한다면, 중국불교문학은 어떠한 문헌구조를 가지고 있을까. 중국에 있어서는 일찍이 광범위한 조직적 역경(譯經)의 시대가 있어서 삼장(三藏)의 대부분은 한역(漢譯)으로 되어 있다. 따라서 일단은 번역이라는 점은 있지만 인도와 마찬가지로 삼장이 불교문헌의 중심으로 위치하고, 또 그 주위에 중국에서 발전하고 부가된 불교전적류(佛敎典籍類)가 존재하고 있다. 오랜 역사 동안에 이루어낸 중국 고유의 불교문헌은 상당한 수에 달하고, 또한 지엽적인 부분에 이르러서는 과연 불교문헌인지 아닌지의 구별이 애매한 것도 많을 것이라고 생각되지만, 그러나 일단 그 핵으로 되는 삼장이 중국에 뿌리를 내리고 있었던 것은 의

심의 여지가 없는 사실일 것이다. 따라서 본서에서는 불교와 깊은 관련을 가지고 있는 한국의 주변 국가를 중심으로 불교문학의 여러 양상을 살펴보기로 한다. 즉, 인도불교문학, 중국불교문학, 일본불교문학의 개념과 취급되고 있는 작품의 범위는 어떠한 것인지, 또한 그 양상은 어떠한지, 이에 관해서 고찰해 보고자 한다.

3-1. 인도(印度)불교문학

인도인은 신화와 시를 애호하는 경향이 강하여 비유가 철학적 논의에도 많이 사용되었으며 문장형식상으로도 다양하게 사용되었다. 「가령(예를 들면)……와 같다」라고 하는 짧은 단문(短文)에서부터 한권의 경전 전체에 이르기까지 비유를 사용한 것이다. 불전에서도 매우 많은 편이지만 인도의 논리학에 사용된 비유(=실례(實例))에서부터, 수사론(修辭論)에서 말하는 직유(直喩)나, 경전에 사용된 비유, 〈……의 예〉라고 하는 산문(散文) 중의 설화 형식 등이 있었다. 이것이 발전하여 「비유경(譬喩經)」이 성립된다. 구나비지(求那毘地)역(譯)『백유경(百喩經)』[17], 지루가참(支婁迦讖)역『잡비유경(雜譬喩經)』의 계열, 대승경전(大乘經典)을 대표하는 것 중의 하나인『법화경(法華經)』의 칠유(七喩)도 일련의 계열에 속하는 것이다.

불타(佛陀)는 인도 고래(古來)로부터 내려오는 습관에 따라 수많

---

17)『백유경(百喩經)』승가사나(僧伽斯那 : Saṅghasena)의 찬(撰). 4권. 남제(南齊)의 무제(武帝) 영명(永明)10년(492)에 제자인 구나비지(求那毘地 : Guṅavṛddhi)가 한역(漢譯)했다. 인도 고래(古來)의 우자담(愚者譚)을 불교적으로 개작하여 편술한 작품으로 전편 98의 비유화(譬喩話)로 되어 있다.

은 시(운문)와 비유를 사용했다. 특히 경전 성립사상에서 현존하는
경전의 최고층이라고 생각되는 것들이 대부분 시로 기록된 것뿐이었
다. 문자로 기록하지 않았던 당시로서는 암송(暗誦)에 의해서만 구전
(口傳)되어졌다.

고대 인도인은 베다(Veda)를 비롯하여, 수많은 성전(聖典)을 암송
해 왔으며, 불전(佛典)을 암송하는 것은 출가자들에게 있어서는 용이
한 일이었다. 그렇게 암기하는 방법으로는 리드미컬하게 하는 방법이
좋았던 것이다. 그래서 운문형식이 산문형식보다는 더 충실하게 전할
수 있는 점에서 많이 애호하게 되었다고 한다. 이와 같은 시의 형식은
불타뿐만 아니라 불제자(佛弟子)들의 것도 남아 있다. 여기에는 수행
에 실패하거나 혼미하게 헤맨 시기에 대한 회상(回想)이나, 인생이란
의문에 봉착했던 일 등을 토로한 것으로 불타의 금언(金言)을 전함과
동시에 매력 있는 시집(詩集)의 형태로서 전해지고 있다.

불타의 제자나 신도들은 듣고 배운 가르침을 기억하기 쉬운 시나 짧
은 산문(散文)형태로 종합하여 구승(口承)했지만, 후에 교단의 확립과
더불어 그 시나 산문들은 「구분교(九分敎)」(navangabuddhasāsana)[18],
「십이분교(十二分敎)」(dvādaśaṇgadharmapravacana)[19] 등의 문학 형

---

18) 구분교(九分敎) 구부경(九部經), 구부법(九部法)이라고도 하며, 팔리 성전(聖典)
　　에 구분교(九分敎)로서 경(經), 중송(重頌), 문답(問答), 시게(詩偈), 감흥게(感興
　　偈), 시어(是語), 본생담(本生譚), 환희문답(歡喜問答), 미증유법(未僧有法)으로
　　구분(九分)하는 것이 본래 고래(古來)의 형태에 가깝다.
19) 십이분교(十二分敎) 십이부경(十二部經), 십이분성교(十二分聖敎)라고도 하며,
　　불소설(佛所說) 여래소설(如來所說)의 교법(敎法)을 내용 형식에 따라 분류한
　　것. 구분교(九分敎)에 인연(因緣 : 尼陀那), 비유(譬喩 : 阿波陀那), 논의(論議 :
　　優婆提舍)의 삼분(三分)을 더한 것. 불교 최고(最古)의 성전(聖典) 성립의 양상을
　　제시.

식에 의해 성전화(聖典化)되었다. 이것이 「아함경(阿含經)」이라고 불리는 경전 군이다. 성전에 구승성(口承性)을 수반하는 것은 널리 볼 수 있는 현상이고, 이것을 구승문예(口承文藝)라고 부를 수도 있을 것이다.

불타의 숭고한 인격에서 형성된 깊은 인간이해의 말들은 교설(教說)을 넘어서 듣는 이에게 가슴 깊이 파고드는 혼(魂)의 리듬이 있다. 특히 「중아함경(中阿含經)」중에서 볼 수 있는 산문운문혼효체(散文韻文混淆体)에 의한 시적 표현은 오로지 감동으로 가득 차 있다.

특히 「잡아함경(雜阿含經)」은 단편인 천삼육이경(千三六二經)에서 성립되어 불타의 교설을 소박한 형태로 기술한 것이 많지만 그 중에서도 제7 「게송(偈頌)」은 가장 아름다운 불교시집으로 산문운문혼효의 시화조로 되어 있는 것도 많이 있다.

또 남방소전(南方所傳)의 오부(五部)중 「소부경전(小部經典)」(Khuddaka-nikāya)에 포함되어 있는 『법구경(法句經)』(Dhammapada)·『자설경(自說經)』(Udāna)·『여시어경(如是語經)』(Itivuttaka)·『수타니파타』(Sutta-nipāta 經集)[20]·『장로게(長老偈)』(Theragāthā)·『장로니게(長老尼偈)』(Therīgāthā)·『쟈타카』(Jātaka 本生譚) 등에는 풍부한 문학성을 갖춘 작품을 볼 수 있다.

불타의 말은 「법신게(法身偈)」(연생게(緣生偈)·연기게(緣起偈))「제행무상게(諸行無常偈)」(설산게(雪山偈)·무상게(無常偈))「칠불

---

20) 『수타니파타』(Sutta-nipāta 經集) 남방불교(南方佛教) 경장(經藏)의 소부(小部)에 수록되어 있는 팔리어 시집. 5장으로 분류되어 72경(經) 1149시(詩)로 되어 있고 부분적으로는 산문(散文)의 설명문을 포함하여 전체로는 팔리경만 전해지고 있지만, 제4장은 한역 의족경(義足經)에 상당한다. 최고(最古)의 불교사상, 가장 초기의 불교교단의 상황 등을 전하는 귀중한 경전이다.

통계게(七佛通戒偈)」에 보이는 바와 같이 시적 표현에 의해서 읊은 것이 많다. 그리고 또 동일한 작품이 여러 장소에서 사용되는 일도 있지만 그 성립은 분명하지 않다. 그러나 그 중에서는 불타 재세(在世) 중 이미 유포되어 있었던 어구(語句)가 사용된 예도 추측되고 있으며 이중에는 가요성을 지적할 수 있는 작품도 있다.

　종교적 감동을 아름다운 시구(詩句)에 의해 표현한 것은 「시편(詩篇)」에서도 볼 수 있는 현상이지만 특히 고대(古代) 인도에 있어서 종교적 시적 표현은 『리그 · 베다』(Ṛg-Veda)이래 더 섬세하게 되어 있다고 한다.

　기원전 3~6세기경 성립되었다고 하는 『장로게(長老偈)』(序偈 3 · 21章 127偈)와 『장로니게(長老尼偈)』(16章 522偈)는 마음의 적정(寂靜)을 규범으로 하는 사상성에 있어서 『리그 · 베다』의 찬가에서부터 카리다사(Kālidāsa 4~5세기경)나 아마루(Amaru)의 서정시(抒情詩)에 이르기까지 인도 서정시 중에서 최고의 지위를 지키고 있는 시집이며 불교문학으로서 높이 평가 받고 있다.

　『장로게』는 내적 경험에 관한 것이 많고 자연 묘사가 중시되어 자기 신앙의 고백을 읊고 있는 것에 대해, 『장로니게』는 외적 경험에 관한 것이 많고 개인적인 특질이 나타나 있어 인생 묘사에 풍부한 자기 생활의 경험을 읊고 있다.

　『법구경』은 전편 423송, 기원전 3~4세기에 편집된 불타의 진의(眞意)를 전하는 시집이다. 불타의 인격에서 시작한 너그러운 인간 이해에 선 주옥같은 말로서 애송되어 왔다. 또 『수타니파타』는 원시불교(原始佛教) 성전 중에서 최고(最古)의 작품으로 괄목되는 시집이다.

『쟈타카』는 불타가 이 세상에 오기 전의 전생담으로 생경(生經)·
본생담(本生譚)·본생화(本生話)으로 번역된다. 원래 일정한 형식과
내용을 가진 불교문학의 장르 명칭으로 원시불교 경전에서 오래된 분
류법인 구분교(九分教)·십이분교(十二分教)에도 포함되어 있다. 구
성은 ① 현재의 이야기. 불타가 어떠한 인연에 의해 과거세(過去世)
의 일을 말하고 있는가를 설한 부분. ② 과거의 이야기. 쟈타카의 본
질적인 부분. 과거세의 이야기를 설한 부분(많은 시(詩)가 포함된다).
③ 결합(結合). 현재의 이야기의 인물과 과거 이야기의 주인공을 결
부하여 인과관계(因果關係)를 분명히 하는 부분으로 나뉘어져 보시
(布施)·계(戒)·인욕(忍辱)·정진(精進)을 주제로 하고 있다.

쟈타카에는 인도의 모든 설화·우화(寓話)·동화(童話) 등이 수록
되어 세계의 설화문학의 보고(寶庫)라고 일컬어지고 있다. 불전(佛
典)의 전파와 함께 서역(西域)·중국·한국·일본 등 불교수용 국가
에 전해져 전도(傳道) 교화에 사용된 결과, 널리 조각(彫刻) 회화(繪
畫)의 제재(題材)로서도 유포되게 되었다. 쟈타카는 남방(南方) 상좌
부(上座部)의 계통에 많이 전해져서 팔리어 22편 547로 정리되어 있
다. 현재본으로는 시구의 부분이 오래된 것이고 산문 부분은 5세기경
에 개작(改作)되어 있는데 작자는 명확하지 않다. 다른 산스크리트
설화집에 공통되는 이야기도 있다.

『쟈타카·마라』(Jātaka-mālā)는 아라슈라(Āryaśūla 3~4세기경)
에 의해 만들어 진 것이라고 전해지는 작품으로 쟈타카 안에서 35편
을 골라 그 전승(傳承)을 충실하게 산문과 운문을 혼합하여 세련된
산스크리트 문학작품으로 구성한 것으로『본생만(本生鬘)』으로 번역
된다. 단 한역(漢譯)인『보살본생만론(菩薩本生鬘論)』은 다른 종류

의 작품이다. 작자를『백오십찬(百五十讚)』(Śatapancāśatka),『사백찬 (四百讚)』(Catuḥśataka)의 작자 마트리체타(Mātṛceṭa 2세기후반~3 세기)와 동일인이라는 설도 있다.

일반적으로 설화 및 이야기를 주된 내용으로 한 경전을 넓게 비유 경전(Avadāna)이라고 하는데『현우경(賢愚經)』[21]은 현자(賢者)와 우 자(愚者)에 관한 비유적인 설화를 수록하여 다른 비유경전의 원천이 되었다.『백유경(百喩經)』은 주로 일반 대중을 상대로 한 소화류(笑 話類)의 이야기를 수록하고 있다.

예를 들면 비유경전이 중심으로 되어 있는『찬집백연경(撰集百緣 經)』(Avadāna-śataka), 인도 2대 서사시(敍事詩)의 하나인『라마야 나』(Rāmāyana)의 이야기, 나가세나비구(Nāgasena)와 메난드로스왕 (Menandros)의 이야기, 기야다존자(祇夜多尊者 : Geyata)와 카니슈 카왕(迦膩色迦 : Kaniṣka)의 이야기 등을 포함하는『잡보장경(雜寶 藏經)』[22],『대장엄경론(大莊嚴經論)』(또『대장엄론경』비유(譬喩)· 인연화(因緣話)·사전(史傳)·우화(寓話) 등), 보살(菩薩)의 본생을 이야기한『보살본연경(菩薩本緣經)』등이 알려져 흥미를 느끼게 하 는 불교문학 작품으로서 형성되어 있다. 비유는 문학적 상상의 소산 이며 그 장소와 장면에 맞춘 인연비유를 같이 들면서 설화적인 발상 을 사용하여 창도(唱導)하는 것이어서 교화에 있어서는 절대 불가결 (不可缺) 했던 것이다. 이와 같은 비유경전은 한국을 비롯하여 중국

---

21)『현우경(賢愚經)』북위(北魏)의 태평진군(太平眞君) 6년(445)에 혜각(慧覺) 등 에 의해 번역. 13권. 여러 가지 비유담담(譬喩譚譚)을 수록하고 있다.
22)『잡보장경(雜寶藏經)』북위(北魏)의 연흥(延興) 2년(472)에 길가야(吉迦夜)와 담요(曇曜)가 공역(共譯). 10권. 121편의 인연담(因緣譚) 집성.

일본에 있어서 창도의 소재가 되어 설화문학과 교류하면서 문학 그 자체를 풍부하게 한 것이다.

불전경전은 역사적 사실에 기초한 것이 아니고 종교적 차원에 선 신앙으로부터 출발한 불타의 이야기이므로 신화적 요소, 설화적 요소를 포함한 것으로 전기문학(傳記文學)이라고도 말할 수 있다. 위대한 불타의 생애는 존경과 신앙의 대상이기 때문에 숭고하고 청순하며 문장도 또한 장중(莊重)하여 섬세하게 내재되어 있는 성스러운 리듬이 종교적 감동을 불러일으키는 것이다. 남방계에서는 『율장(律藏)』(*Vinaya*)의 「대품(大品)」(Mahāvagga)을 비롯하여, 석존(釋尊) 열반 후에 바로 석존을 찬앙(讚仰)하여 제자들이 석존의 사적을 종합하여 기술 편찬한 석존의 전기로서 『쟈타카』의 서문인 「니다나 · 카타」(Nidānakathā)가 있다. 이것은 석존의 전생담에서 탄생, 성도(成道), 설법. 기원정사(祇園精舍)의 건립까지가 기록되어 있다. 또 가장 아름다운 종교문학이라고 일컬어지는 「장부경전(長部經典)」(Dīgha-nikāya)안에 있는 『대반열반경(大般涅槃經)』(Mahāparinibbāna-suttanta (위대한 완전한 입멸(入滅)의 경)』)을 들 수 있다. 여기에는 불타가 만년 왕사성(王舍城 : Rājagrha)에서 입멸의 땅 쿠시나가라(拘尸那揭羅 : Kuśinagara)에 이르기까지 있었던 일을 언급하면서 입멸의 모습을 생생하게 묘사하고 있다. 북전(北傳)의 계통에서는 불전문학(佛傳文學) 초기의 것이라고 추정되는 『마하바스투』(大事 : Mahāvastu)[23] 『라리타비스타라』(遊戱의 顚末 : Lalitavistara)나 그것

---

23) 『마하바스투』(大事 : Mahāvastu) 대중부 설출세부소전 (大衆部 說出世部所傳)의 석존 전기(傳記)를 전하는 경전. 불전(佛傳)으로서는 오래된 것으로 설출세부(說出世部)의 율장(律藏)에서 초출(抄出)된 것으로 되어 있다. 내용은 석존(釋尊)의

들의 이역경전(異譯經典)인『불본행집경(佛本行集經)』6권,『보요경
(普曜經)』8권,『방광대장엄경(方廣大莊嚴經)』12권,『과거현재인과경
(過去現在因果經)』4권 등 불전경전(佛傳經典)은 10종을 넘고 있다.
이상의 불전은 불타의 생애에 있어서 전반부(前半部)밖에 기록되어
있지 않은 것이 특색이다.

『미린다왕의 물음』(Milindapanhā)은 삼장 외의 팔리어 문헌으로
한역(漢譯)으로는『나선비구경(那先比丘經)』[24]이며 문학으로서도
높이 평가되고 있는 작품이다. 미린다왕(弥蘭陀 : Milinda)은 기원
전 2세기 후반에 활약한 그리스계의 왕 메난드로스(기원전 160년경)
의 이야기로 서북 인도에 침입 지배하여 그리스문화를 전파시킨 자로
서 유명하다. 이 왕과 불교의 논사(論師) 나가세나(那先)가 불교교리
문답을 행한 결과 결국은 왕이 불교에 귀의, 출가하기까지를 대화 형
식으로 기록한 작품으로 그리스사상과 인도 내지 불교사상과의 대비
(對比) 및 이질적(異質的)인 것의 대결에 의한 긴장된 장면의 전개를
볼 수 있다. 기원전 1세기 중반 경에서 1세기 전반 이전의 성립으로
전해지고 있는 작품이다.

이외에도 널리 알려져 있는 유마경(維摩經), 승만경(勝鬘經), 정토
삼부경(淨土三部經), 반야경(般若經), 밀교경전(密敎經典) 등도 불교
문학적 성격이 짙은 것으로 평가되고 있다.

먼 과거생애 연등불에서 장래불로 되는 약속을 받은 것에서 시작하여 가까운 과
거로서는 도솔천에 태어나 그 곳에서 마야부인에 잉태하여, 탄생, 출가, 성도, 포
교 등이 기술되어 있고 그 안에 교리가 설해져 있다.
24)『나선비구경(那先比丘經)』 나가세나(那先) 장로(長老)의 이름을 제목으로 하고
있고 경이라고 해도 불설(佛說)은 아니다. 4세기경의 한역으로 A본과 B본이 있는
데, 결락(缺落) 혼란(混亂)이 심한 A본이 원형에 가깝다.

찬불문학(讚佛文學) 즉 불타의 덕(德)을 찬탄하는 내용을 말하는
데 이러한 경전을 찬불경전이라고 말하고 결정도가 높은 문학성이 인
정된다. 찬탄을 의미하는 스타바(stava), 스토트라(stotra)는 불타의
자비정신(慈悲精神)을 풍부한 감동으로 지은 시로 지극히 많은 작품
군을 가지고 있다. 또 여러 경전 중에서도 석존을 찬탄하는 많은 게송
을 볼 수 있는데 그 중에서 우선 들 수 있는 것은 위대한 불교시인(佛
教詩人) 아슈바고샤(馬鳴 : Aśvaghoṣa 1~2世紀頃)의 작품인 산스크
리트의 유려전아(流麗典雅)한 아름다운 시 카비야(kāvya)체에 의한
『불타의 생애』(Buddhacarita『佛所行讚』)이다. 이것은 마하카비야(宮
廷詩)라고 하는 문학작품으로서 매우 향기 높은 운문(韻文)으로 전부
기록되어 있는 불전이며 가장 아름다운 시편이라고 말할 만큼 불전
문학 중에서 대표되는 것으로 부파불교(部派佛教)[25]의 대표적인 학
파 설일체유부(說一切有部)[26]의 영향이 짙다. 현존 산스크리트 원전
은 전 17장 중간까지이다. 그 중에서 아슈바고샤가 쓴 작품으로 된 것
은 14장 전반까지이고 그 밖에는 후세에 부가된 것이다. 한역도 티벹
어역도 28장을 이루고 있어 석존 열반 후까지 기술하고 있는 점에서

[25) 부파불교(部派佛教) 불타(佛陀) 입멸(入滅) 후 100년경 마우리야왕조 아쇼카왕
치세(治世)에 불교교단은 교의(教義)의 해석 등을 둘러싸고 불타(佛陀)이후의
전통을 그대로 지키려고 하는 보수적인 상좌부(上座部)와 진보적 자유주의적인
대중부(大衆部)로 분열, 다시 양파에서 많은 부파가 분파. 이들 제파(諸派)가 성
립한 시대의 불교를 총칭하여 부파불교라고 부르게 되었음으로 오래된 문헌에 나
오는 명칭은 아님.

26) 설일체유부(說一切有部) 유부(有部)라고 약칭되며 또 설인부(說因部)라고도 한
다. 부파불교 중에서 가장 우세했던 부파. 기원전 1세기반경 상좌부에서 파생되
었다고 함. 가다연니자(迦多衍尼子)가 『발지론(發智論)』을 저술하여 교학을 대
성. 『파사론(婆沙論)』은 그 상세한 주해서.

아마 불전문학으로서는 완전한 전기(傳記)작품 형태로 일반인들에게 친숙한 작품 중 하나일 것이다.

같은 작자의 『사운다라 난다』(Saundarananda)도 카비야 체(体)의 서사시로, 불타의 이복동생 난다(難陀 : Nanda)가 출가한 뒤에도 헤어진 아내를 잊지 못하여 괴로움을 호소하지만 드디어는 불타의 인도(引導)에 의해 출가(出家) · 해탈(解脫)한다는 줄거리로 되어 있어 애정과 신앙 사이에서 고뇌하는 난다와 남편에게 버림받은 아름다운 부인 순다리(孫陀利 : Sundarī)의 탄식이 인간 진실의 표현으로서 아름다운 시로 엮어 나가고 있다. 전부 18장 1063송으로 되어있다. 또 불제자 샤리푸트라(舍利佛)를 중심으로 한 희곡(戱曲)『샤리푸트라 · 프라카라나』9막을 저술했지만 지금은 단편(斷片)밖에 남아있지 않다. 아슈바고샤의 미려(美麗)한 작품은 그 후 인도문학에 커다란 영향을 끼쳤다.

또 가장 아름답고 격조 높은 걸작으로서『백오십찬(百五十讚)』(Śatapancāśaka)『사백찬(四百讚)』(Catuḥśataka)를 지은 마트리체타(Mātr̥ceṭa 2~3세기)는 아슈바고샤에 버금가는 찬불시인으로서 알려져 있으며 그 작품은 인도에서 중앙아시아까지 널리 유포되었다. 7세기 하르샤왕(戒日王 : Harṣavardhana 606~647재위)도 자기희생의 보살행(菩薩行)에 의한 자비와 재생을 테마로 한『용왕(龍王)의 기쁨』(Nāgānada)『프리야다르시카』(Priyadarśikā)『라트나바리』(Ratnāvalī)의 3대 희곡『팔대영탑범찬(八大靈塔梵讚)』(Aṣṭamahāśrīcaityastotra)등의 우수한 작품을 남기고 있다.

그 외에 성립연대는 명확하지는 않지만 현성찬(賢聖撰)으로 한『불삼신찬(佛三身讚)』,『칠대찬탄가타(七大讚歎伽陀)』, 적천찬(寂天撰)

으로 한 장대한『불길상덕찬(佛吉祥德讚)』등이 알려져 있다. 2세기 비슈누파의 시인 카슈미르의 크세멘드라(Kṣemendra)는 불교에 귀의하여 카비야 체의 시집『아바다나 · 카르파라타』(Avadānakalpalatā)를 종래의 아바다나류에서 카비야 조(調)의 시로 고쳐 7백편으로 편집 저술한 것으로 불덕(佛德)을 찬탄했다.

이것에 더하여 대승불교(大乘佛教)의 성립과 함께 웅대한 구상의 대승불전(大乘經典)이 속출한 것이다. 그 중,『법화경(法華經)』,『유마경(維摩經)』,『화엄경(華嚴經)』중에서 독립한『간다 · 뷰하(入法界品)』의 선재동자(善財童子)의 구도담,『금광명경(金光明經)』등등 대승경전 특유의 표현형식을 바탕으로 문학적 요소를 충분히 내포한 경전들이 형성된 것이다.

중세 그리스도 교단에 의해 애독된 것으로『바르람(Barlaam)과 요사하트(Josaphat)』가 있다. 이것은 불전(佛傳)이 중앙아시아로부터 전해져 그리스도교의 성자전(聖者傳)으로 번안(飜案)된 것이라고 한다. 불전 사문출유(四門出遊)와 더불어 늙음(老) · 병(病) · 죽음(死)을 아는 것을 3회의 출유(出遊)에 의해 제시하고 있는 점도 있다. 성자(聖者) 바르람은 산스크리트어 바가반 (世尊 : Bhagavān)에서 파생된 것이고, 왕자 요사하트는 그리스어 Joāsaph, 아라비아어 Jūdāsat로 산스크리트어 보디삿트바 (Bodhisattva)의 전와형(轉訛形)인 Būdāsaf에서 파생된 것이라고 일컬어지고 있다. 이 원전은『라리타 · 비스타라』였다고 하는 설도 있다. 불전『라리타 · 비스타라』라고 하면 19세기에 Edwin Arnold의『아시아의 빛』(The Light of Asia)이라고 하는 불전에 의한 서사시로 영국에서 60판 이상, 미국에서 100판 이상을 헤아릴 정도로 전 세계에 있어서 커다란 관심을 불러 일으켰다. 이러한 것을 생각해 보더라도 불교문학의 세계 전파에 관해서는 그 모두를 말한다는 것은 도저히 불가능하다고 말할 수 있을 것이다

불타의 교설은 위대한 인격에서 발하여 한없는 인간이해에 선 자비로, 구승성과 전승성을 기본적 성격으로 하여 전개되어 있다. 또 대승불전은 불타의 명상 체험의 묘사로 청중은 그 모두를 구체적으로 이해할 수 있게 되어 있고, 그 상징적 표현은 심원한 인간이해의 체계라고 말할 수 있는 만큼 성전은 영원한 인간의 서적이고 생명의 원천인 까닭에 사상문학으로서의 기본적 성격을 가진다고 볼 수 있을 것이다.

3-2. 중국불교문학

중국에 불교가 전래된 것은 고래로부터 여러 설이 있다. 그 중 일반적인 설로는 후한(後漢) 명제(明帝 ; 57~75재위)시대인 67년 설이다. 금인(金人)이 서방에서 날아오는 꿈을 꾼 명제가 서방으로부터 불교를 구하여 가섭마등(迦葉摩騰), 축법란(竺法蘭) 두 명을 맞이하여 낙양문(洛陽門) 밖에 백마사(白馬寺)를 건립하고, 이들은 여기에서 『사십이장경(四十二章經)』을 번역했다고 한다. 이 설을 포함해서 대략 여덟 가지 설이 있지만, 전한(前漢) 애제(哀帝 : 기원전7~기원전1)시대인 기원전 2년에 경로(景盧)가 대월씨왕(大月氏王)의 사자(使者) 이존(伊存)으로부터 부도교(浮屠教 : 불교)가 구승되었다고 하는 『위략(魏略)』, 「서융전(西戎傳)」의 기록이 가장 타당한 설로 되어 있다. 그러나 이것은 어디까지나 공전(公傳)에 관한 기록이고, 일찍부터 서역의 무역 상인을 통해 불교의 가르침이 중국에 전해졌을 것이라고 추측되고 있다. 그 가르침의 전달에도 구승을 비롯하여 여

러 형태로 전해졌을 것이다. 따라서 중국의 전통적인 사고방식으로서
「문학」이라고 하는 말은 넓게 「학예일반(學藝一般)」을 가리켜 사용
되며 「미(美)를 형상하는 언어표현」이라고 하는 좁은 의미로는 한정
되어 있지 않다. 불교와 문학의 관계에서도 이러한 관점에서 살펴보
기로 한다.

   불교문학의 한 형태로 찬불(讚佛)이 있다. 중국의 찬가는 정토찬가
(淨土讚歌)로 개화의 결실을 맺었다고 할 수 있다. 후위(後魏)의 담
란(曇鸞 : 476~542?)의 『찬아미타불게(讚阿彌陀佛偈)』는 그 효시
가 되었다. 이 작품은 주로 『무량수경(無量壽經)』에 의해 아미타불의
과거 수행 결과 얻은 보은(報恩)과 정토(淨土)를 찬탄한 것으로 깊은
신앙 감동에서 쓰인 찬가이다. 7언 1구, 2구 1행으로 9,5행 5,1게로 되
어 있다. 당(唐)에 들어와서 선도(善導 : 613~681)[27]는 『정토법사찬
(淨土法事讚)』, 『왕생예찬게(往生禮讚偈)』, 『반주찬(般舟讚)』을 지어
정토찬앙(淨土讚仰)의 표본이 되었다. 뒤이어 선도(善導)의 후신(後
身)이라고 불리워지는 법조(法照 : 8세기 중엽)는 위대한 찬불작가
로 알려져 있으며 『정토오회염불략법사의찬(淨土五會念佛略法事儀
讚)』, 『정토오회념불송경관행의(淨土五會念佛誦經觀行儀)』에는 많
은 작품이 수록되어 있다. 또 이 시대에 많은 정토찬가가 성행된 것은
돈황본(敦煌本)에 의해서도 잘 알려져 있다. 송대(宋代)에 들어오면
서 선문(禪門)에서는 예찬문(禮讚文)이 많이 만들어지는데 인악(仁
岳)의 『석가여래열반예찬문(釋迦如來涅槃禮讚文)』, 『석가여래강생

---

27) 선도(善導) 613~681 정토오조(淨土五祖)의 제3, 진종칠고승(眞宗七高僧)의 제5
   로 숭배되고 있는 중국정토교의 대성자(大成者).

예찬문(釋迦如來降生禮讚文)』등이 알려져 있다. 게송은 원래 가요성을 가지는 것이지만 선문에서 만들어진 것은 풍송성(諷誦性)을 수반하는 것은 많지 않다.

중국의 창도문학은 6세기 전반에 성립한 양(梁)의 혜교(慧皎 : 497~554)의 찬(撰)『고승전(高僧傳)』권13에 「창도」의 일절(一節)로 「창도자개이선 창법이개도중심야(唱導者蓋以宣 唱法理開導衆心也)」라고 적고 있다. 그리고 혜원(慧遠 : 334~416)[28]에 의해 창도진흥(唱導振興)의 길이 열렸다고 기록되어 있으며, 창도의 중점이 「성(聲), 변(弁), 재(才), 박(博)」에 놓여 있다고 기술하고 있다. 성(발음, 발성, 억양), 변(이야기하는 법, 말투), 재(센스), 박(학식, 교양)은 창도의 필수조건이었다.『고승전(高僧傳)』에는 도조(道照 : 368~433), 법경(法鏡 : 437~500) 등의 창도가의 행상(行狀)도 기록되어 있다. 7세기 중엽에 성립된『속고승전(續高僧傳)』에는 「설법사(說法師)」라는 호칭도 나타나 있다.

또 중국에서는 강경(講經)이라고 하는 창도의 한 수단이 있는데 이것은 승려의 학문을 위하여 경전을 설하는 것으로『승사략(僧史略)』(찬녕찬(贊寧撰) : 978~999성립)이 전하는 위(魏)의 주사행(朱士行 : 3세기경)에 의한 「도행반야경강(道行般若經講)」이 가장 오래된 것으로 되어 있다. 중국에 있어서의 창도는 전독(轉讀), 찬패(讚唄), 강경(講經)의 삼법문(三法門)을 기초로 하여 성립하여 교화승(教化僧)은 경사(經師 : 전독(轉讀), 범패를 주로 하는 것), 강사(講師 : 강

---

28) 혜원(慧遠)334~416 중국정토교의 개조인 동진시대(東晋時代)의 승려로, 노산혜원(盧山慧遠)이라고 불린다.

경(講經), 속강(俗講)을 주로 하는 것), 창도사(唱導師 : 법을 주로 하는 것), 읍사(邑師 : 불교단체인 의읍(義邑), 읍회(邑會)를 주로 하는 것)로 나누어져 있다고 한다.

중국불교문학을 거론함에 있어서 선(禪)과의 관계를 말하는 것은 당연한 일일 것이다. 달마서래(達磨西來) 이후 중국에 뿌리내린 선종(禪宗)은 중당(中唐)에서 송대(宋代)에 걸쳐 번창하게 된다. 수(隋), 당(唐)의 제선사(諸禪師)의 어록, 종의(宗義)를 설한 논자를 비롯하여 감지승찬(鑑智僧璨 : ?~606)의 「신심명(信心銘)」, 영가현각(永嘉玄覺 : 657~713)의 「증도가(證道歌)」, 석두희천(石頭希遷 : 700~790)의 「참동계(參同契)」등, 「선문제조사게송(禪門諸祖師偈頌)」(송(宋), 자승(子昇)·여우편(如祐編))에 수록되는 가송(歌頌)도 문학의 영역에 반드시 넣어야 한다고 말할 수는 없다. 단『오등회원(五燈會元)』(송(宋), 대천보제찬(大川普濟撰). 일설(一說)에 혜명찬(慧明撰))에는 응화성현(應化聖賢)으로서 한산의 『한산자시집(寒山子詩集)』, 미상(未詳)법사로서 전촉(前蜀)시대 선월대사관휴(禪月大師貫休 : 833~912)의 『선월집(禪月集)』을 들고 있다. 송의 설두중현(雪竇重顯 : 980~1052)이 옛 조사(祖師)들의 언동을 집성한 것으로 『송고백칙(頌古百則)』이 있다. 이것에 환오극근(圜悟克勤 : 1063~1135)이 수시(垂示 : 고칙(古則)의 앞에 두는 말), 저어(著語 : 고칙이나 고칙의 의의를 선양하는 운문인 송에 대해서 자신의 견해를 단적으로 표현하는 말), 평창(評唱 : 고칙 등을 평하는 운문형태의 말)을 붙인 책으로 『벽암록(碧巖錄)』이 있다. 이들은 모두 문학성이 풍부한 것으로, 고칙의 의의를 게송으로 설명하는 「송고(頌古)」가 성행하게 되며 선(禪)과 문학의 관계는 깊어진다.

환오극근과 같은 시대의 환룡파(黃龍派)[29] 각범혜홍(覺範惠洪 : 德洪1071~1128)은『선림승보전(禪林僧寶傳)』,『임간록(林間錄)』, 『석문문자선(石門文字禪)』등의 저작 외에『냉재야화(冷齋夜話)』(시화(詩話))를 지어 문학에 대한 관심을 나타내고 있다. 동산효총(洞山曉聰 : 10세기경)의 법사(法嗣) 명교대사계숭(明教大師契嵩 : 1007~1072)은『심진문집(鐔津文集)』외에 유교(儒教)·불교(佛教)·도교(道教) 삼교의 일치를 설하는『보교편(輔教篇)』을 남기고 있으며, 이 저서는 천태덕소(天台德韶 : 891~972)의 법사 영명연수(永明延壽 : 904~975)의 선(禪)·교(教) 일치를 설하는『종경록(宗鏡錄)』과 함께 선승(禪僧)의 문학 활동을 조성하는 것이 되었다.

민중불교로서 보다 지식층의 종교로서 중국에 뿌리내린 선종은 점점 문학과 관계를 긴밀히 하지만 이러한 경향은 송말이 되어 현저하게 나타나게 된다. 이 시대에는 황벽희운(黃檗希運 : ?~856?), 임제의현(臨濟義玄 : ?~867), 위산영우(潙山靈祐 : 771~853), 조주종심(趙州從諗 : 778~897), 덕산선감(德山宣鑑 : 780~865), 동산양개(洞山良价 : 708~769), 석상경제(石霜慶諸 : 807~888) 등의 선사(禪師)들이 선의 법맥을 이어오고 있으나, 1279년에 남송(南宋)이 원(元)에 멸망되고 국조(國祖) 교체대사건과 더불어 선의 쇠퇴가 오게된다. 송의 송파종게(松坡宗憩)가 편찬한『강호풍월집(江湖風月集)』은 이 양쪽 시대를 걸친 선승의 게송을 편집한 책이다. 여기에 작품을

---

29) 환룡파(黃龍派) 선종(禪宗)의 오가칠종(五家七宗)의 하나. 임제종(臨濟宗)의 제7조인 석상초원(石霜楚圓)의 법사(法嗣)중 한 사람인 황룡혜남(黃龍慧南 : 1002~1069)이 송의 경우(景祐)3년(1036)에 강서성(江西省) 남창부(南昌府)의 황룡산(黃龍山)에 주하며 준엄한 종풍(宗風)을 넓힌 것에서 이 일파가 황룡파라고 불리게 되었다.

신고 있는 선승은 신첨증보(新添增補)를 포함해서 76명(이외 무명인의 작품 2수 있음)에 이르나, 편자가 환오극근의 법계(法系)인 까닭인지 환오극근의 법통을 계승한 자가 많다. 송말 원초(元初)시대 선승의 저작으로 문학성이 짙은 작품으로는 경수거간(敬叟居簡 : 1164~1246)의 『북간문집(北礀文集)』, 『북간시집(北礀詩集)』, 장수선진(藏叟善珍 : 1194~1277)의 『장수적고(藏叟摘藁)』, 物初大觀(物初大觀 : 1201~1268)의 『물초승어(物初勝語)』, 회해원조(淮海元肇)의 『회해나음(淮海挐音)』, 소은대흔(笑隱大訢 : 1284~1344)의 『포실집(蒲室集)』이 있지만 이 모두가 대혜파(大慧派)의 법통을 잇는 승려의 작품들이다.

『오등회원(五燈會元)』에는 백거이(白居易 : 772~846, 불광여만(佛光如滿) 법사(法嗣)), 소식(蘇軾 : 1036~1101, 동림상총(東林常總) 법사), 소철(蘇轍 : 1039~1112, 상람순(上藍順) 법사), 황정견(黃庭堅 : 1043~1105, 회당조심(晦堂祖心) 법사)등의 이름이 보이고, 종파도(宗派圖)에는 신빙성이 결여되지만 한유(韓愈 : 768~824, 대전보통(大顚寶通) 회하(會下)), 왕안석(王安石 : 1021~1086, 진정극문(眞淨克文) 회하)의 이름도 보인다. 이것을 보면 황룡파의 선과 문인(文人)과의 관계도 주목된다. 선과 문학과의 관련은 시화류(詩話類)에서도 볼 수 있는데 『언주시화(彦周詩話)』(송, 허의찬(許顗撰))에는 회당조심(晦堂祖心)과 각범혜홍(覺範慧洪)의 시를 높이 평가하고 있다.

선승의 작품은 『관림시화(觀林詩話)』(송, 오율찬(吳聿撰))『산방수필(山房隨筆)』(원(元), 장정자찬(蔣正子撰))이 있고, 『석림시화(石林詩話)』(송, 엽몽득찬(葉夢得撰))에는 운문(雲門)의 삼전어(三轉語 :

선승의 향상에 도움이 되는 세 개의 어구)에 의해 두보(杜甫)의 시를 평하고 있고, 『운어양추(韻語陽秋)』(송, 갈립방찬(葛立方撰))에는 도연명(陶淵明 : 365~427)을 제일달마로 칭하고, 『강서시파소서(江西詩派小序)』(송, 유극장저(劉克莊著))에는 황정견(黃庭堅)을 달마에 비교하는 등, 선과 문학의 친근함을 시사하고 있다.

이러한 시화에서도 특히 주목되는 것은 『창랑시화(滄浪詩話)』(송, 엄우찬(嚴羽撰))으로 여기서는 「시를 논하는 것은 선을 논하는 것과 같다」고 하여 한(漢), 위(魏), 진(晋), 성당(盛唐)의 시를 임제선(臨濟禪)에, 중당 이후의 시를 조동선(曹洞禪)에 비하고, 또 「대저(大抵), 선도(禪道)는 단지 묘오(妙悟)에 있다. 시도(詩道) 또한 묘오에 있다」라고 선도와 시도가 통하는 바 있는 것을 설하고 있다. 이러한 논설은 송대(宋代)에 있어서 선의 성행을 배경으로 하고 있지만 『창랑시화(滄浪詩話)』의 논설은 『시인옥설(詩人玉屑)』(宋, 魏慶之撰(위경지찬))에 소개되고 있는데 이 『시인옥설』에는 선림(禪林)의 시승(詩僧)으로서 원오, 각범(覺範) 등 14인의 선승의 이름을 거론하고 있다. 또 『송시기사(宋詩紀事)』(청(清), 려악찬(厲鶚撰))에도 영명연수, 설두중현을 비롯하여 많은 선승의 이름이 기록되어 있다.

또 교훈을 나타내는 소위 비유, 인연의 경전은 본연부(本緣部)에서 반야부(般若部), 법화부(法華部), 화엄부(華嚴部), 보적부(寶積部), 열반부(涅槃部), 대집부(大集部), 경집부(經集部) 등등의 대부분을 이 분야에 포함시킬 수가 있다. 그러나 그것은 어디까지나 번역이어서 중국의 정통적인 편찬과는 다르다. 그 의미로는 중국 승려의 여행기, 고승전, 영험담 등을 주로 고려해야 한다.

여행기라고 하면 법현(法顯)[30]의 『고승법현전(高僧法顯傳)(佛國記)』, 현장(玄奘)의 『대당서역기(大唐西域記)』12권, 의정(義淨)의 『남해기귀내법전(南海寄歸內法傳)』의 4권 등이 대표라고 말할 수 있다.

고승전으로는 혜교(慧皎)의 『고승전』14권, 도선(道宣)의 『속고승전(續高僧傳)』30권, 찬녕(贊寧) 등의 『송고승전(宋高僧傳)』30권을 비롯하여 다수 편찬되었다.

이것에 더불어 학승(學僧) 뿐만 아니라 신통력(神通力)을 가진 승려나 부처님의 불가사의한 힘에 의한 영험담(靈驗談) 등이 번성했다. 또 신통력이 있는 승려가 중국에서 숭배 받는 것도 사실이고 물론 그 방면이 승려로서는 높은 평가를 얻고 있다는 것을 알 수 있다. 중국에서는 생과 사는 일련의 관계가 있는 것으로서 취급되어지고 있지만 불교의 전래(傳來)에서 무상(無常)을 알고 과거세의 인과응보(因果應報)의 도리를 알고 다른 차원의 세계에 대한 시야를 확대하면서 종교적 구상력은 비약하게 되었다. 이러한 점에서 관음(觀音), 미륵(彌勒), 아미타(阿彌陀)의 제불영험담(諸佛靈驗譚), 또 중국에서 발전한 지옥사상의 전개 등도 빈번히 나타났다. 따라서 왕생전(往生傳)도 소중히 여겨졌다. 『왕생서방정토서응전(往生西方淨土瑞應傳)』1권, 계주(戒珠)의 『정토왕생전(淨土往生傳)』3권 등이 그것이다. 6세기에 보창(寶唱)이 편집한 『경률이상(經律異相)』50권은 이것들의 설화를

---

30) 법현(法顯) 중국동진시대(中國東晋時代)의 승려. 융안(隆安) 3년(399년)에 동학(同學)인 사문(沙門) 여러 명과 함께 장안(長安)을 출발하여 중인도까지 고난의 여행을 하며 산스크리트어를 배우고 율본(律本)을 탐색, 계속해서 인도네시아를 거쳐 중국에 돌아왔다.

분류해서 집성하고 있다. 천부(天部), 지부(地部)에서 비롯하여 제천(諸天)에 관계되는 설화에서 석존의 사적(事蹟), 보살(菩薩) 자신의 수행과 보살의 교화, 보살이 화현(化現)하여 인간이나 동물을 구제(救濟), 제도하는 이야기, 수행승의 악행부(惡行部)에는 제바달다(調達)가 석존 등을 방해하는 이야기 등이 있고, 외도선인부(外道仙人部), 거사부(居士部), 귀신부(鬼神部), 금축생부(禽畜生部), 충축생부(虫畜生部), 지옥부(地獄部) 등 10화(話)에서 30화 정도를 수록하여 그 설화성은 불교교화를 위한 것으로 흥미를 갖게 한다.

도세(道世)[31]의 『법원주림(法苑珠林)』100권에는 겁량편(劫量篇), 삼계편(三界篇), 일월편(日月篇), 육도편(六道篇)에서 요괴편(妖怪篇), 감통편(感通篇), 불효편(不孝篇), 보은편(報恩篇), 기우편(祈雨篇), 자비편(慈悲篇), 방생편(放生篇) 등 관심 있는 백편으로 분류하여 경론에서 발췌하여 백과사전적으로 집성한 것은 참으로 중국다운 것이라고 생각된다.

5세기 후반의 왕염(王琰)의 『명상기(冥祥記)』는 출가자의 서상(瑞相)이나 신앙에 의한 영험을 말하고 있다. 감응전의 형태도 취하고 있어, 이 책이 분류하고 있는 많은 작품이 이 무렵부터 편찬되어 있는 것이다.

이상의 불전(佛典)과는 취향이 다른 선어록(禪語錄)이 있다. 이것은 선종에서 학덕(學德)을 겸비한 선사(禪師)의 말을 제자들이 집필

---

31) 도세(道世) 미상-683 당(唐)의 승려. 장안(長安) 출신. 12세에 청룡사(青龍寺)에 출가하고, 율학(律學)에 정통함. 현장(玄奘)의 역장(譯場)에 참여하고, 후에 서명사(西明寺)에 주재. 저서는 법원주림(法苑珠林) 사분율토요(四分律討要) 제경요집(諸經要集) 등이 있음.

한 것이다. 당나라 혜능선사(慧能禪師)의 말을 원나라 종보(宗寶)가 편찬했다고 일컬어지는 『육조단경(六祖壇經)』1권, 임제의현(臨濟義玄)의 『임제록(臨濟錄)』1권, 송나라의 도원(道原)에 의한 『경덕전등록(景德傳燈錄)』30권, 무문혜개(無門慧開)의 『무문관(無門關)』1권, 동산량개(洞山良价 : 807~869)의 『동산록(洞山錄)』1권 등이 계속해서 편찬되었다. 선어록은 결코 일부 선승만의 것이 아니다. 지식만으로 해석하려고 하는 불도의 방법을 비판하여 체증(體證)이외에는 없다는 것을 교시하고 있는 아름다운 문장이라고 생각하지 않을 수 없는 것이다.

20세기 초두에 돈황(敦煌)의 석굴사원에서 대량의 고문서(古文書), 고사경류(古寫經類)가 발견되었지만 그 중에서 「변문(變文)」이라고 일컬어지는 신자료가 발견되었다. 당대에 왕성하게 행해진 재가자(在家者)에 대한 통속적인 이야기 「속강(俗講)」이 있는데 중앙에서는 한 달, 지방에서는 수일간 개최되어, 유명한 승려의 강의에는 많은 청중이 모여 들었다고 한다.

변문이란 이 속강의 대본(臺本)이다. 불교 교화를 위해 극히 평이하게 교설한 이 변문은 당연히 구어조이고, 일상의 속인 생활과 관련한 이야기로 되어 있는 문장체이다. 변문은 그림으로 설명하여 보충하는(變), 그 대본(文)을 의미한다고 말해도 좋지만, 실제로는 그림으로 설명하지 않은 것도 있다.

『우란분경(盂蘭盆經)』이 중국에서 유행되어, 『대목건련명간구모변문(大目乾蓮冥間救母變文)』에서는 목련존자가 어머니를 구제하려고 지옥으로 향한다. 이야기를 재미있게 하기 위해 여러 가지 정경(情景)을 전개시키는 장면이 많은데, 이것은 『우란분경』의 성격을 훨씬 초월하고 있다. 그러나 민중에게는 이 변문형식의 이야기 형태가 익숙해져 있었을 것이다. 이 원본에는 「대목건련명간구모변문 병도일권(大目乾蓮冥間救母變文 幷図一卷)」이라고 되어 있기 때문에 명확히 그림으로 풀이해서 사용되어진 것임을 이해할 수 있다.

베이징(北京)에서 간행된 『돈황변문집(敦煌變文集)』(1957년, 2책)은, 이른바 대장경 등에 포함되어 있지 않은, 또 하나의 불교자료를 제공하고 있다. 『태자성도경(太子成道經)』, 『파마변문(破魔變文)』, 『항마변문(降魔變文)』등은, 석존의 성도(成道)와 항마(降魔)에 관한 전승(傳承)을 면밀하게 묘사해 낸다. 여기에서는 석존이 민중에게 있어서 실로 친근한 존재로 출현한다. 얼마나 어려운 수행을 해서 깨달음을 얻었는가를 실감나게 이야기하고 있다. 변문은 이렇게 해서 현재 불교의 자료로서 필요불가결한 것이 되었다. 그것이 구어체이고 회화체이어도 선어록이 속어(俗語)를 내포하고 있어도, 앞으로 더욱 발전시키지 않으면 안 될 것이다.

같은 동양이라고는 말하지만 인도 유럽어족의 인도어를 시나(支那) 티베트어족의 중국인이 중국의 언어로 번역하는 것은 문화의 전파에 있어서 일대 사업이었을 것이다. 다시 말해서 표음문자(表音文字)를 표의문자(表意文字)로 전환하는 것은 대단한 작업이었다고 생각된다. 중국은 그것을 아무 장애 없이 중국문화로 받아들인 것이다. 따라서 한역경전(漢譯經典)은 원전과 달리 독자적인 중국의 불교문화를 형성하게 된 것이다. 또한 한역경전 중 문학성이 높은 것은 중국 불교문학의 성립을 시사하고 있다. 이는 이미 인도에서 제시한 경전의 한역을 모두 불교문학의 정화로서 소개할 수 있는 것이다. 예를 들면 구마라습(鳩摩羅什)의 『묘법연화경(妙法蓮華經)』에는, 원전에는 없다고 생각되는 부분을 몇 군데 첨가하고 있다. 이것은 일탈이 아니고 중국인에게 이해되기 쉽게 하기 위한 노력에서 행해진 필요 불가결한 것이라고 할 수 있는 것으로 결코 변경시킨 것은 아니다. 또 독송경전(讀誦經典)으로서 리드미컬하고 미려하게 한 것은 구마라습뿐이다. 구마라습이 번역한 한역경전은 누구든지 리드미컬하게 독송할수 있는 경전으로 문학성이 풍부한 가장 대표적인 것으로 일컬어지고 있다. 이러한 의미에서 한역경전의 모두를 불교문학의 영역에 넣을수는 없다. 단, 경전의 성격에서 번역의 우아함이라든가 치졸함은 별도로 하고라도 운문(韻文) 형식의 것이나 설화 종류는 당연히 포함된다. 그 의미에서도 인도부에서 기술한 경전군은 대개 포함된다. 게다가 인도의 이행시(二行詩)를 오언시(五言詩)나 칠언고시(七言古詩), 그 밖의 다른 형체로 고쳐서 번역한 중국승려의 노력은 평가되어야한다고 생각된다.

임제종의 종조인 임제의현의 어록 『임제록』에 「빈주(賓主)의 할(喝)」의 이야기가 있다. 두 사람의 승려가 만나 동시에 할(喝)[32]을 했을 때 그 단적인 언어표현에도 두 승려의 심위(心位)는 역력하게 나타난다는 것이다. 이와 같은 견지에 보면 선의 교화에 언어 문자는 필요하지 않다고 말할 수 있겠지만, 현실로는 선의 경지를 밝혀 설명하는 것도 필요한 것으로, 그것에 의해 수행승의 마음을 자극하여 향상

---

32) 할(喝). 불교 선종(禪宗)에서 스승이 참선하는 사람을 인도할 때 질타하는 일종의 고함소리.언어로 표현할 수 없는 절대의 진리를 나타내기 위하여 할을 발한다. 즉 말, 글, 행동으로 할 수 없는 깨친 자의 자리를 불가피하게 소리로 나타내는 것이다. 이러한 의미의 할이 선종에서 사용된 것은 중국 당(唐)나라 마조도일(馬祖道 一) 시대부터라고 생각되나, 임제의현(臨濟義玄)에 이르러 널리 사용되었다.
[네이버 지식백과]

시키는 역할을 한다. 선의(禪意)의 전달을 위해 지적(知的) 인식과 함께 미(美)의 심상(心象)에 의한 직관을 소중히 하는 것이다. 여기에 선과 문학의 기본적인 모습을 볼 수가 있다. 불립문자(不立文字), 이심전심(以心傳心)을 표방으로 하고 있는 선이 문학과 깊이 관련되는 것은 선종이 중국에서 확립된 것과 밀접한 관계를 가지고 있겠지만, 한어(漢語)에 의한 수사기교의 전통을 가진 중국의 선승과 외국어로서 한어를 학습하는 한국에서의 문자의식은 그 원점에 있어서 큰 차이가 있다는 점도 무시할 수 없는 문제일 것이다.

3-3. 일본(日本)불교문학

일본의 불교는 한역(漢譯) 불전(佛典)의 수입에 의해 긴 역사적 경과를 거쳐 일본 독자적 불교를 만들어내게 되었다. 일본에서도 그 독자적인 불교의 전개에 수반하여 많은 저작(著作)이 있음은 말할 것도 없겠지만, 단지 그 대부분이 한문이라고 하는 방법으로 표현된 사실이다. 전거(典據)와 모든 경전은 한문이고, 또 이에 따라 발전시킨 것을 표현하는 수단도 한문을 사용하고 있다고 하는 극히 특이한 형태가 꽤 오랫동안 계속된 것이다. 일본의 뛰어난 조사(祖師)들은 한역 경전을 자유롭게 읽고 이해하는 능력을 가지고 있어서 불교의 핵을 형성하는 삼장(三藏)과 바로 접할 수가 있었다. 그러나 삼장을 접함에 따라 조사들이 내면에 형성하고 있던 것, 다시 말하면 그들이 체득한 종교적인 신조를 일본어(和文)로 표현하게 된 것은 상당히 시대가 지나고 나서 이루어 졌다는 점에 주목하지 않으면 안 된다. 일본 조사들의 법어(法語), 창도류가 일본어에 의해 기록되게 된 것은 대략 중세 이후부터이다. 여기에 일본 불교문헌의 구조적 특색이 있다고 볼 수 있다.

일본의 불교라고 말한다면 실제로는 종파(宗派)를 떠나서는 거의 존재하지 않으므로, 제각기의 종파의 교의(敎義), 그 전거가 되는 문헌, 교단의 역사와 현상을 연구 대상으로 하는 것이라고 생각한다. 그 것들을 학문적인 의미로 연구하려고 한다면, 일본문학, 일본역사, 종교학 내지 사회학 분야에 있어서 각각 학과의 방법론에 따라야 할 것이다.

일본 불교문학에 있어서, 일본의 조사들의 법어문학(法語文學)을 테마로 하는 경우, 구체적으로는 그 작품의 성립배경, 작품에 침윤(浸潤)되어 있는 불교사상 · 신앙을 분명하게 하지 않으면 안 된다. 그렇게 하기 위해서는 일본불교사(日本佛敎史), 특히 교단사(敎團史)와의 관계가 극히 중요하다. 나가이 요시노리(永井義憲)[33]는 불교적 가치가 선행되고 나서 문학적 가치가 수행되는 것이라고 하여, 「일본불교문학 연구라고 하는 것은 오히려 이 광범위한 일본문학사 전반과 서로 영향(影響), 교섭하고 있는 광의(廣義)의 불교문학」[34]인 것을 주장하고 있다.

일본문학을 장르별로 분류하는 경우, 와카문학(和歌文學), 모노가타리문학(物語文學), 설화문학, 수필문학 등, 작품의 형식으로 분류하는 것이 일반적이다. 이에 대해 「불교」라고 하는 차원이 다른 사상

---

33) 永井義憲(ながい よしのり)1914년-. 일본국문학자, 도쿄 출생. 1937년 다이쇼대학(大正大學) 문학부 국문학과 졸. 다이쇼(大正)대학 교수. 1962년 「일본불교문학연구(日本仏敎文學硏究)」문학박사. 1987년 퇴임. 명예교수.

34) 永井義憲著『日本佛敎文學硏究』豊島書房 p.89

(事象)으로서「문학＋불교」라고 하는 것으로 구분되는 것은 특이한 것으로 분류된다. 이것은『일본고전문학대계(日本古典問學大系)』(일본東京, 岩波書店)와『일본사상대계(日本思想大系)』(일본東京, 岩波書店)에 수록된 목록 등에 반영되어 있어서 그에 따른 불균형과 연관이 없지는 않은 것으로 인식되고 있다.

　『일본고전문학대계』에『삼교지귀(三敎指歸)[35] · 성령집(性靈集)[36]』,『정법안장(正法眼藏)[37] · 정법안장수문기(正法眼藏隨聞記)[38]』,『신란집(親鸞集)[39] · 니치렌집(日蓮集)[40]』,『가나법어집(仮名法語集)』,『오산문학집(五山文學集)』에 수록된 것은, 일본불교문학 연구에 있어서 현저한 진전을 의미하는 것으로 어느 것이나 불교문학에 적합한 선택이었지만, 그 중에는 해설(解說) · 교주(校注)에 불교학자의 힘을 빌어야 하는 것이 있어 아직 그 분야에 있어서 불교문학연구의 미숙함을 느끼게 하는 점이 있다.

---

35)『삼교지귀(三敎指歸)』 3권. 797년 헤이안(平安)초기 진언종(眞言宗)의 개조(開祖) 구카이(空海)의 저작. 구카이 24세 때의 작품으로 출가의 선언서(宣言書)라고 일컬어진다.『속일본후기(續日本後紀)』에는「삼교론(三敎論)」이라고도 한다.

36)『성령집(性靈集)』 헤이안(平安)초기 진언종 개조 구카이(空海 : 홍법대사(弘法大師))의 시문집. 구카이의 교우관계의 문(文), 종교의례(宗敎儀禮), 추선공양(追善供養)의 문(文)등이 있고, 구카이의 생애 활동과 사상 및 문재(文才)와 인간성을 알 수 있는 귀중한 자료.

37)『정법안장(正法眼藏)』도겐(道元)의 주저. 1231년-1253년. 95권. 와분체(和文體 : 일본어체)의 법어로 도겐선(道元禪)의 본령(本領)이 설시(說示)되어 있다.

38)『정법안장수문기(正法眼藏隨聞記)』 6권. 회장편(懷裝編). 도겐이 수시로 설법한 것을 회장(懷裝)이 수록한 것.

39)『신란집(親鸞集)』 1173년-1262년 정토진종(淨土眞宗)의 개조 신란(親鸞)의 문집.

40)『니치렌집(日蓮集)』 1222년-1282년. 가마쿠라신불교(鎌倉新佛敎)의 조사(祖師) 니치렌(日蓮)의 문집.

그 후에 간행된 『일본사상대계』를 보면, 『왕생전·법화험기(往生傳·法華驗記)[41]』, 『사사연기(寺社緣起)[42]』 등은 분명하게 불교문학의 영역에 들어있고, 『중세선가의 사상(中世禪家の思想)』, 『가마쿠라 구불교(鎌倉旧佛教)』 등에도 법어가 수록되어 있다. 『니치렌(日蓮)』에 수록되어 있는 유문(遺文)도 분명 법어라는 점에서 『일본고전문학대계』 소수(所收)의 작품과 구분하기 어려운 점이 있다. 『도겐(道元)[43]』의 『정법안장』은 일부가 『일본고전문학대계』 중에 수록되어 있다. 이 작품들은 종교적 가치 내지 사상적(思想的) 가치와 문학적 가치와의 구분이 어려운 작품 군이라고 말할 수 있을 것이다.

이상과 같은 내용을 종합해 보면 일본불교문학이란, 일본의 문학이며, 불교사상이나 신앙을 내장하며, 이것을 기반으로 한 것이라고 생각된다. 다시 말하면 불교사상이나 신앙이 작품의 주제가 되며 작품 내용의 중심이 되는 문학작품이라고도 말할 수 있다. 따라서 불교가요(佛教歌謠)·불교설화(佛教說話)·법어 등을 중핵으로 하여, 설경(說經)·불교시문(佛教詩文)·석교가(釋教歌)·사사기원(社寺起源)·불교기행(佛教紀行)·불교예능(佛教藝能)의 사장(詞章) 등은

---

41) 『법화험기(法華驗記)』 3권. 129화. 1040년-1044년 성립. 예산(叡山)의 승려 진원(鎭源)이 중국에서의 설화를 집필한 신라(新羅)의 승려 의적(義寂)의 『법화경집험기(法華經集驗記)』를 본 따서 일본의 법화경령험담(法華經靈驗譚)을 모은 것. 일반으로 『본조법화험기(本朝法華驗記)』라고도 불린다.

42) 『사사연기(寺社緣起)』 사원이나 신사(神社)의 창립 인연을 이야기한 기록 그림 등의 총칭. 고대 말부터 성행하여 중세 근세를 통해서 널리 유행했다.

43) 도겐(道元) 1200년-1253년. 저서로 『정법안장(正法眼藏)』 95권을 비롯하여 『보권좌선의(普勸坐禪儀)』 1권, 『학도용심집(學道用心集)』 1권, 『永平淸規(永平淸規)』 2권, 『永平廣錄(永平廣錄)』 10권, 『산송록도영(傘松錄道詠)』 등이 있다. 도겐선(道元禪)은 송조선(宋朝禪)의 단순한 이식(利殖)에 그치지 않고 본증묘수(本證妙修)를 근저로 하는 일본적 성격을 가지는 것이라고 일컬어짐.

분명히 일본의 불교문학의 한 분야라고 생각된다.

가령 일본불교문학이라고 하는 지역적 구분을 적용해서 일본에 존재하는 불교문헌을 선별해서 말한다면 한역의 경전류와 한문으로 성립된 불교문헌은 일체 제외해야 할 것이다. 그러나 한역 경전은 일본 불교의 전개에 중핵을 이루고 있는 것이므로 이들을 제외한다면, 일본 불교문헌의 구조에 틈이 생길 것으로 생각된다.

종교문학(宗教文學)의 이상을 「종교적 가치와 문학적 가치 쌍방을 동등한 비중으로 주장할 수 있는 것」이라고 가정하여 이것을 공동(空洞) 상태로 남겨져 있는 일본 불교문헌에 맞추어 넣으면 아마 한문에 의해서 표현되어 있는 일본에서 성립된 대부분의 불교문헌은 제외되지 않으면 안 될 것이다. 그것은 구카이(空海)[44], 사이쵸(最澄)[45], 겐신(源信)[46] 등의 일부 뛰어난 조사들의 작품을 제외하고 한문으로 표현된 대부분의 불교문헌은 신앙체험이나 사상의 지적 전달에 주안점을 두고 있어서, 표현의 아름다움, 문예적(文藝的) 가치 등을 주장하는 것은 거의 볼 수 없기 때문이다. 문예적 가치를 문제로 한다면 아무래도 일본어에 의해 표현된 작품 중에서 예를 드는 것이 타당할 것이다. 그러나 전술한 바와 같이 일본에는 일본어에 의해서 기술한 불교문헌은 비교적 적은 편이다. 다시 말해서 한역에 의한 삼장(三藏)을 제외한 결과 주변적 불교 전적(典籍)밖에 남지 않는 일본에서 불교문학의 이상형을 구한다고 하면, 그 자격을 갖춘 것은 한정적일 것

---

44) 구카이(空海) 774년-835년. 홍법대사(弘法大師). 일본 진언종의 개조.
45) 사이쵸(最澄) 767년(일설에는 766년)-822년. 일본 천태종(天台宗)의 창시자.
46) 겐신(源信) 942년-1017년. 일본 헤이안(平安)시대 중기의 천태승려. 『왕생요집(往生要集)』3권을 완성하여 일본 정토교사(淨土敎史)에 금자탑을 이루었다.

이다. 이러한 이유에서 생각해 보면, 어떠한 것이 일본불교문학일까 하는 질문에 대해서 이것이라고 대답할 수 있는 이상적 불교문학은 극히 적다고 말하지 않을 수 없게 된다. 특히 일본근대문학에 있어서는 현저하게 나타나게 된다.

일본의 불교문헌의 중핵을 이루는 것은, 주로 조사(祖師)들의 법어, 어록, 소식 등의 종의서(宗義書)로 되어 있다. 이들 종의서는 일본에 성립한 종단(宗團)의 사상, 신앙, 계율(戒律)의 전거가 되는 자료로서, 한역 삼장 성전이 대상에서 제외된 불교문학에서는 그 빈자리를 메꾸어야 할 가장 중요한 전적(典籍)으로 되는 것이므로, 이것을 무시한다면 일본에 독자적으로 성립한 종단의 교의(敎義)도 신앙도 거의 없을 것이다.

쓰쿠도 레이칸(筑土鈴寬)이 불교문학의 제1항에 든 것은 이 종의서이지만, 종의서는 종교적 가치만을 추구한 것이 많고 문학적 가치가 낮은 것에 결점이 있다고 말하고 있다. 과연 그러한지 만약 순수하게 일본의 불교문학을 구한다고 한다면 이 종의서 중에서 택할 수밖에 없을 것이다. 왜냐하면 쓰쿠도 레이칸이 제2에 든 종교적 가치보다도 문예적 가치를 제일의(第一義)로 한 점이다. 예를 들면『헤이케 모노가타리(平家物語)』[47]를 불교문학에 포함시킨다고 하는 입장은 불교문학에 대한 관점이 사람에 따라서 그 개념이 다르다는 견해가 작용하기 때문이다.

---

47)『헤이케모노가타리(平家物語)』12세기말의 겐페이(源平)합전을 취재한 군기(軍記) 이야기. 성립시대, 작자 미상. 이야기를 전개하는 이 작품의 사상 기반에는〈제행무상(諸行無常)〉,〈성자필쇠(盛者必衰)〉라고 하는 불교의 무상관(無常觀)이 있고, 일본문학사상 유수의 불교문학이라고 일컬어지고 있다.

오늘날 일본에서 불교문학으로서 높이 평가되고 있는 유이엔(唯円)[48]의 『탄니쇼(歎異抄)』[49], 도겐(道元)의 『정법안장』도 분명 문학작품을 의도로 하여 쓰여진 것은 아니었다. 둘 다 종의서로서 문학적 가치 여하를 묻지 않고, 종교적 가치를 목적으로 제작된 것이지만, 그것에 문학적 가치가 부수적으로 수반된 것 중에 포함되는 작품이다. 도겐과 같은 사람은 의식상으로는 분명히 문학을 부정하는 말을 남기고 있음에도 불구하고 그의 작품은 간결하고 밀도가 높은 문체로 압축되어 있어 문학으로서도 높은 달성도를 보이고 있는 것은 주지되고 있는 사실이다. 도겐이나 니치렌(日蓮)[50]이나 잇펜(一遍)[51]은, 그 법어를 문학작품이라고는 한 번도 생각하지 않았을 것이고, 대대로 이어오는 법제(法弟)들도 문학으로서 의식할 수가 없었을 것이다. 그것들은 그들에게 있어서 불교 그 자체였다. 한편 국문학자가 이들의 법어를 취급하면 주제에 있어서 『호죠키(方丈記)』[52]나 『헤이케모노가타리(平家物語)』나 『쓰레즈레구사(徒然草)』[53] 등과 다르겠지만, 취

---

48) 유이엔(唯円) 신란(親鸞)의 제자. ?-1288년. 『다니쇼(歎異抄)』의 저자.

49) 『탄니쇼(歎異抄)』 1권. 유이엔(唯円)저. 신란(親鸞) 멸후의 이단(異端)을 한탄한 내용이 수록되어 있음.

50) 니치렌(日蓮) 1222-1282 일본 니치렌종(日蓮宗)의 종조. 카마쿠라(鎌倉 신불교 조사(祖師) 한 사람. 천태법화교학(天台法華敎學)을 습득, 독자적인 법화경관(法華經觀)에 의한 불교체계를 수립. 저서 『니치렌유문(日蓮遺文)』 등이 있다.

51) 잇펜(一遍)1239-1289 처음에 천태(天台)를 공부하고, 뒤에 정토염불(淨土念佛)을 익힘. 시종(時宗)의 개조. 잇펜상인(一遍上人), 사성(捨聖)이라고도 불리며, 『잇펜상인어록(一遍上人語錄)』이 있다.

52) 『호죠키(方丈記)』 가모노쵸메이(鴨長明)저 1권, 가마쿠라시대(鎌倉時代) 초기의 수필. 1212에 성립. 중세의 대표적인 작품으로서, 중세문학의 무상관(無常觀)을 볼 수 있음.

53) 『쓰레즈레구사(徒然草)』 요시다겐코(吉田兼好)저 상하 2권. 수필. 성립년도 미상. (1330년 11월 22일 이후-1331년 9월 20일 이전으로 추정). 『호죠키(方丈

급방법으로 보면 국문학상 일반적 작품과 구별할 필요는 없을 것이다. 따라서 불교경전도 또 일본 불교사상 조사들이 남긴 저작도 이와 같이, 종교적 가치와 문예적 가치는 개별적인 것이 아니고 서로 공존하는 관계로 일본불교문학의 관점을 두어야 할 것이다.

4. 맺음말

이상과 같이 살펴본 바, 여러 작품의 저자들은 구도(求道)에 있어서 간절하고도 열정적인 태도이었기에 그 구도의 실천이 그대로 긴장된 표현으로 되어 작품으로 정착된 것이라고 생각해야 할 것이다. 이 긴장된 표현을 두고 문학적으로 뛰어나다고 한다면, 불교와 문학은 이미 둘로 대립하는 것이 아니고 또 둘이 접근하여 합체된 것이 아닌 원래 분리 불가능한 것으로 결합(結合)되어 있었다고 생각할 수가 있을 것이다. 다시 말하면, 신앙(=불교)와 표현(=문학)은 하나의 표리(表裏)에 지나지 않아서 결코 둘의 결합이 아니라는 것이다. 단적으로 말해서 하나의 작품을 두고 종교로 보는지 문학으로 보는지는 그것을 취급하는 사람의 주관(主觀)에 관계된다고 생각된다. 하나의 불상(佛像)을 신앙(信仰)의 대상으로 보는 사람과 예술적(藝術的) 대상으로서 보는 사람이 있는 것과 마찬가지로, 양자를 구별해야 할 조건은 대상에게 있는 것이 아니고, 이것을 취급하는 사람의 주관에 존재한다고 생각해야 할 것이다. 물론 일반적으로 말하면 종교와 문학이

記)』와 더불어 중세문학을 대표하고 있다.

각각 고유의 영역을 가지는 것은 부정할 수 없다. 그러나 관념 조작에 의해서 양자를 엄격하게 구분하여 한편은 피안(彼岸)을 향하는 것, 한편은 차안(此岸)에 머무는 것이라고 하는 비연속적 이차원의 세계로 구분할 필요는 없을 것이다. 인간의 정신 영역에 있어서 종교는 선악(善惡)의 문제를 다루는 일이 많고, 문학은 미추(美醜)에 관점을 두는 경향이 강하다고 한다. 그리고 진실, 허위에 관해서는 양자가 같은 비중을 두고 있다는 점에서 양자는 원래 합치점이 많은 정신적 영위로서 연속적으로 파악하는 일이 가능하게 될 수 있을 것이다.

아울러 인도를 비롯해서 일본, 중국의 불교문학과 같이, 한국의 불교문학도 그 맥을 같이 하겠지만, 한국불교문학의 특수성과 함께 그것에 대한 보다 활발한 연구와 작품형성에 주의를 기울여야 할 것이며, 또한 불교문학이 교화에 큰 역할을 할 수 있는 분야로서 전문적이고 적극적인 태도가 촉구되어야 한다고 생각된다.

제2장

문학작품에 나타난「인과응보(因果應報)」

1. 머리말

문학 작품의 내용에서 불교어(佛敎語)와 불교사상(佛敎思想) 등을
도입하여 쓴 작품의 수는 상당하며, 그에 대한 연구도 꾸준하게 이루
어지고 있다. 문학 작품 속에 나타난 불교에 관한 내용에서 본다면 불
교경전을 바탕으로 한 것, 불교 설화를 모티브로 한 것, 불교의 제사
상을 담고 있는 것 등등을 꼽을 수 있다. 본서에서는 그 중에서 불교
의 중요한 한 사상으로 알려져 있는「인과응보(因果應報)」사상을 중
심으로 고찰하고자 한다. 근현대문학 속에서「인과응보」에 대한 내용
은 어느 정도로 다루어지고 있을까.『일본문학과 불교(日本文學と佛
敎)』에서「현대문학 속에서 인과응보에 관해 표현되고 있는 사례는
많지 않다.」[1]라고 말하고 있는 바와 같이, 실제로 연구되고 있는 것은
그다지 많지 않다는 점에 기인하여 본 연구에 의의를 두고자 한다.

일본근현대문학 속에 나타나 있는 불교와 그 사상에 대한 묘사도 작가에 따라 다양하겠지만「불교의 인과응보 사상이, 현대의 문학작품의 주제를 규정(規定)하는 중요한 인자(因子)가 되는 것은 상당히 어려운 것 같다.」[2]라고 말하고 있는 점에서 감안해 본다면 용이한 것은 아니라고 생각된다. 따라서 근현대문학과 불교관련 연구 면에서도 선행연구는 그다지 활발하지 않은 편이다. 이것은 일본근대문학자 중에서 불교를 바탕으로 작품을 쓴 작가가 근세(近世) 이전에 비해 많은 편이 아니라는 점에서 이해할 수 있을 것이다.

이러한 점을 고려하여 필자는 근대문학에서 불교적 성향을 띤 작품을 쓴 작가로 일본근대문학을 대표하는 나쓰메 소세키에 주목을 하고자 한다. 그의 작품에서 세속적인 인간의 욕망, 어리석음, 생(生)과 사(死)와 같은 문제를 묘사할 때 불교의 인과사상을 도입하여 그 의미부합과 도리를 표현하고 있음을 찾아 볼 수 있기 때문이다.

인과응보는 불교의 사상으로서 대표적으로 들 수 있는 용어 중 하나이다. 인과(因果)라고 하는 것은 원인(原因)과 결과(結果)를 말한다. 결과를 있게 한 것을 인(因)이라고 말하고, 그 인(因)에 의해 생긴 것이 과(果)이다. 모든 사상(事象)에 원인이 있으면 결과가 있다고 하는 것이 인과의 도리이다.

불교에서는 일반적인 개념으로 이 세상의 모든 현상(現像)은 인과의 법칙에 의해 성립된다고 한다. 인과응보라고 하는 것은 윤리적 입장에서 인간이 행한 선악(善惡)의 행위에 관해서, 착한 행위(善因)에

---

1) 見里文周(1995)『日本文學と佛敎』岩波書店 p. 277
2) 『日本文學と佛敎』전게서 p. 277

는 좋은 결과로서의 보답(善果)이, 악한 행위(惡因)에는 나쁜 결과로
서의 보답(惡果)이, 인과의 법칙에 따라 생긴다, 라고 하는 의미로 이
해되고 있다.[3]

소설을 비롯해서, 한시(漢詩), 일기(日記), 서간(書簡) 등 소세키의
작품 중에는 불교경전에서 찾아 볼 수 있는 불교어라든가 불교의 사
상 등이 곳곳에 나타나 있다. 소세키는 세속적인 인간의 욕망(慾望),
어리석음, 죽음과 삶과 같은 것을 묘사할 때에 불교의 인과에 대한 것
을 자주 인용하여 그 의미와 도리를 표현하고 있다. 이러한 것은 소년
시절부터 익혀온 한문의 세계에서 자연스럽게 불교경전 등을 접했기
때문일 것이고, 이후의 소세키의 문학사상에 녹아 들어갔다고 생각된
다.

소설 『우미인초(虞美人草)』에는 「열 사람은 열 사람의 인과를 갖고
있다.」[4]라고 표현하여 인과는 인간 누구나가 가지고 있는 「붙어 다니
는 것」임을 나타내고 있다. 이와 같은 인간의 인과 때문에 속세의 번
민(煩悶)을 초월할 수가 없다. 현세계에서 벗어날 수가 없는 사람들
의 문제, 자신의 욕망에서 기인되는 인간의 죄(罪)와 인과, 삶과 죽음
으로부터 자유롭게 될 수 없는 인과의 관계가 얽혀 있기 때문이다. 그
인과로부터 해탈(解脫)하여 절대경지에 이르고자 하는 갈망 등은 소
세키가 끊임없이 구하고 있었던 문제였을 것이라고 생각하기 때문에
여기에서는 이러한 것들의 문제에 주목하고자 한다.

연구의 방법으로서는 초기의 문장에서 죽음에 직면하게 되기 직전

---

3) 中村元外編(1989) 『佛敎辭典』 岩波書店 p.47
4) 夏目漱石(1966) 『漱石全集』 岩波書店 『虞美人草』 3권 p.298

작품까지 차례로 고찰하여 인과응보가 변이(變移)하는 의미의 진전과 그 흐름을 파악하고, 소세키가 인과응보에 관해 어떻게 받아들이고 있는지, 어느 정도의 비중을 가지고 있는지, 또 인간에 의해 인과응보의 양상을 어떻게 나타내고 있는지 등을 연구하여 소세키의 인과응보관을 그의 작품을 통해 고찰해 보고자 한다.

2. 인과법(因果法)과 인과의 굴레

소세키는 1896년(明治 29년)에 쓴 단편 『인생(人生)』의 내용 안에 「인생은 심리적(心理的) 해부(解剖)로 종결되는 것이 아니다. 우리는 손을 흔든다, 그런데도 무엇 때문에 손을 흔드는지를 모른다. 인과의 대법(大法)을 업신여겨, 자기의 의사와는 달리, 갑자기 생겨나서, 쏜살같이 다가오는 것. 세속에서 이것을 이름하여 광기(狂氣)라고 부른다.[5]」라고 하여 인과에 관해 언급을 하고 있다. 이 문장에서 인과라는 말을 처음 사용하고 있으며 동시에 인과에 대한 관심도 깊이 나타내고 있다.

소세키는 인생에 있어서 의외로 생기는 어떤 일종의 불가사의한 것은 인과에 의한 것이고 또한 그것을 믿는다고 표현하고 있다. 여기에서 인과라는 단어를 처음 사용한 문장에서 「인과의 대법」이라고 하는 문구를 제시하고 있는 것에 주목된다. 이것은 이후의 작품에 인과의 대법에 대해 쓸 것이라는 예고처럼 주의 깊게 느껴지기 때문이다. 인

---

5) 夏目漱石(1966) 『人生』, 『漱石全集』12권 岩波書店 p.26

생에 있어서 자신도 모르게 부딪치는 여러 가지 사건 등은 눈에 보이지 않는 인과에 의한 것이고, 그것을 인정하는 것도 또한 인생이라는 것을 깨우치게 하는 한 의도일지도 모른다.

이와 같이 눈에 보이지 않는 인과에 관해서는 1898년(明治 31년)에 쓴 『해로행(薤露行)』 속에 이 세상에 존재하고 있는 죄(罪)와 더불어 다음과 같이 적고 있다.

> 떠나도 그대로인 세상은 죄(罪)로 탁해진다고 들었다. 어떠한 인과 (因果)의 파도를 한 번 일으킴에 따라, 만경창파 같은 혼란은 영겁(永劫)의 세월을 다해도 끝나지 않는 것을. 소용돌이 속에 머리도, 손도, 발도 빼앗기니 앞으로 가고 있는 우리의 끝은 모른다. 우리가 보는 것은 움직이는 세상이 아니고, 움직이는 세상을 움직이지 않는 물건의 도움을 받아서 멀리서나마 엿보는 세상이다. 살리고 죽이는 생사(生死)의 하늘과 땅(乾坤)을 정리(定裏)에 집어내어, 오색(五色)의 색상 (色相)을 조용함 속에 그리는 세상이다.[6]

이 세상에는 죄로 혼탁해 있지만 그 죄에는 인과가 있는 법이다. 그 인(因)에 얽혀 어떤 과(果)를 초래할지는 또한 알지 못하는 것이 인간이라고 하는 견지에서 소세키는 이것이 끊임없이 움직이고 있는 「눈에 보이지 않는 인과의 파도」라고 표현하고 있다.

이후, 1903년(明治 36년)에 영국유학을 마치고 일본에 돌아온 소세키는 제일(第一)고등학교와 도쿄(東京)제국대학의 강사로 근무하다가 얼마 되지 않아 그만두고 본격적으로 작품 활동을 하게 되면서

---

6) 『薤露行』, 『漱石全集』2권. p.149

소설을 쓰기 시작한다. 이때의 소설이 1905년(明治 38년)에 쓴 『나는 고양이다(吾輩は猫である)』이다. 이 소설에는 이후의 다른 작품보다 불교어와 불교사상(佛敎思想)이 많이 도입되어 있으며「인과」에 대한 표현도 있다.「고양이로 태어난 인과로 간케쓰(寒月), 메이테이(迷亭), 구샤미(苦沙弥) 선생들과 세치 혀끝으로 서로의 사상(思想)을 교환하는 기량은 없지만 고양이만의 둔갑술은 여러 선생보다 뛰어나다.」[7]라고 하여 먼저 고양이로 태어난 인과를 말하고 있다. 그리고 이어서 고노다이(鴻台)[8] 절의 종각 나무에 누군가 목을 매다는 일에 대해 대화하는 내용에서 주인(主人)과 간케쓰가 인(因)에 의해 생긴 것이 과(果)라는 인과법을 제시하고 있다.

「보면, 이미 누군가가 와서 먼저 매달려 있어. 단지 한 발 차이로 말이야. 자네, 유감스러운 일을 한 거야. 생각하면 그 때는 죽음의 신(死神)에게 잡힌 거야. 제임스 같은 자에 따르면 부의식(副意識)하의 유명계(幽冥界)와 내가 존재하고 있는 현실계가 일종의 인과법(因果法)에 의해 서로 감응했다는 거야. 실로 이상한 일이지 않은가.」

「과연 듣고 보니 좀 이상한 일이네, 있을 수 있는 일 같이는 생각되지 않지만, 나 같은 사람은 역시 비슷한 경험을 최근에 한 사람이니까 조금도 의심할 생각은 없어요.」[9]

라고 말하고 소나무에 누군가가 목을 매다는 것을 보고 싶다고 말한

---

7) 『吾輩は猫である』,『漱石全集』1권 p.119
8) 고노다이(鴻臺)는 일본 지바켄(千葉縣)의 고노다이(國府臺)로 조동종의 총녕사(總寧寺)라는 선종의 절이 있는 곳임.
9) 夏目漱石(1966)『吾輩は猫である』,『漱石全集』1권 岩波書店 p.69

것 때문에 실제로 매달려 있는 것을 보게 된다는 불가사의한 인과법에 대해 표현하고 있다. 이처럼 소세키는 눈에 보이지 않는 것임에도 불구하고 인과는 존재하고 있다는 것을 시사하고 있다.

그리고 다음 해인 1906년(明治 39년)에 쓴 『환영의 방패(幻影의 盾)』에는, 그 불가사의한 인과법에 의해 인간은 언제 어떤 업장(業障)으로 어디로 불려갈지 모르는 일로, 그 이전인 옛날로 돌아가는 수단으로서 필요한 방패의 힘을 예로 들고 있다.

　사람들에게 말하지 않은 방패의 역사 중에는 이 세상도 필요 없고 신(神)도 필요 없다 라고까지 생각한 희망의 끈이 연결되어 있다. 윌리엄이 매일 낮 매일 밤에 반복하는 마음의 이야기는 이 방패와 깊은 인과의 굴레로 연결되어 있다. 마음속에 무언가 희미하게 쉽게 사라지지 않는 전생(前生)의 자취와 모습 같은 것을, 백일하에 끌어내어 분명하게 확인하는 것은 이 방패의 힘이다. 어디에서 불어오는지 모르는 업장(業障)의 바람이, 빈틈이 많은 가슴에 새어 들어와 눈에 보이지 않는 파도가, 일어나고 부숴지고, 부숴지고는 일어나는 것을. 파도가 없는 옛날, 바람 불지 않았던 옛날로 돌아가는 것은 이 방패의 힘이다.[10]

여기에서 말하는 인과에 의한 업장 즉 업(業)은, 인(因)과 업의 뜻으로 사용된다. 인업(因業)라고 하는 것은 불교에서 인과 업, 또는, 인(因)인 업의 뜻으로, 인(因)인 업이라고 생각될 때는 업은 대개 나쁜 것이라고 간주된다.[11] 여기서 소세키는 눈에 보이지 않는 파도와 같은

---

10) 『幻影의 盾』, 『漱石全集』2권. p.51
11) 『佛教辭典』전게서 p.46

인과는 인과의 굴레로 연결된다고 강조하고 있다.

소세키는 이러한 것을 1906년(明治 39년)에 완성한 소설『풀베개(草枕)』에, 주인공인 요(余)와 나미씨(那美さん)와의 우연한 만남에 관해서 그 의도에 대해 나타내면서 두 사람의 관계가 인과로 이루어져 있다고 하여 다음과 같이 표현하고 있다.

> 두 사람의 지금의 관계를, 이 시(詩) 속에 적용해 보는 것은 재미있다. 혹은 이 시의 의미를 우리들의 신상에 비유해서 해석해도 유쾌하다. 두 사람 사이에는, 어떤 인과의 가느다란 끈으로, 이 시에 나타난 경우의 일부분이, 사실이 되어, 이어져 있다. 인과도 이렇게 가느다란 끈이라면 괴롭지는 않을 것이다. 게다가, 단순한 끈은 아니다. 하늘을 가로지르는 무지개의 끈, 벌판에 가로로 길게 뻗쳐있는 안개의 끈, 이슬에 빛나는 거미줄. 끊으려고 하면, 바로 끊기고, 보고 있는 동안에는 뛰어나게 아름답다. [12]

라고 하여 인과의 굴레에 결부되어 있는 것은 인과의 끈이라고 나타내고 있다. 이 세상에 있어서 여러 가지 인과의 끈과 그것이 튼튼하게 되는 것을 두려워하여 인과의 법칙의 지배를 강조하고 있는 것처럼「죽음」과 인과를 결부시키고 있다. 그리고 노인과 형님은 주인공 요(余)와 함께 서서 군인으로 떠나는 사촌동생인 규이치(久一)씨를 배웅하는데 나미씨는 사촌과 헤어지는 장면에서,「죽어서 오세요.」라고「죽음」을 말한다.

---

12)『草枕』,『漱石全集』2권 p.431

운명(運命)의 끈은 이 청년을 멀리, 어둡게, 대단하게 북쪽 지방까지 인도하기 때문에, 어느 날, 어느 달, 어느 해의 인과(因果)에, 이 청년과 얽히게 된 우리는, 그 인과가 다하는 곳까지 이 청년에 끌려가지 않으면 안 된다. 인과가 다할 때, 그와 우리의 사이에 문득 소리가 나고, 그 한 사람은 좋아하든 말든 억지로 운명의 범주까지 끌려간다. 남은 우리도 좋아하든 말든 억지로 남겨져야 한다. 부탁해도, 발버둥쳐도, 끌어당겨 줄 수는 없다.

우리들을 산 속에서 끌어내 준 규이치(久一)씨와, 빠져나온 우리의 인과는 여기서 끊어진다. 이미 끊어지고 있다.

자동차의 문과 창문이 열려 있는 것만으로, 서로의 얼굴이 보일 뿐이고, 가는 사람과 가지 않는 사람의 사이가 육척(六尺)정도 간격을 두고 있을 뿐, 인과는 벌써 끊어지고 있다. [13]

사촌 동생인 규이치(久一)씨는 기차를 타고, 기차 안에 서서 말이 없는 채로 기차 바깥을 보고 있고 노인도 형님도, 나미씨도, 요(余)도 사라져 가는 규이치씨를 보내면서 밖에 서 있다. 그리고 이미 이 세상의 사람이 아닌 멀고 먼 세계로 가 버리는 규이치씨를 바라보고 있다. 죽음이 예견되는 군인으로 가는 사촌의 배웅에서 가는 사람과 가지 않는 사람의 사이에서 이미 끊어지고 있는 인과를 보고 있는 것이다.

삶과 죽음의 인과, 나와 타인과의 인과, 그리고 시간(時間)과 공간(空間)의 인과처럼, 상대적인 인과의 법칙을 소설 『풀베개』 다음에 발표된 1907년(明治 40년)의 작품 「문예의 철학적 기초(文芸の哲學的基礎)」에도 표현하고 있다. 「이 세계(世界)에는 나라고 하는 존재

---

13) 『草枕』전게서 p.540

가 있고, 당신이라고 하는 존재가 있다, 그렇게 넓은 공간(空間) 속에 있고, 이 공간 속에 서로 연극을 하고, 이 연극이 시간의 경과로 추이(推移)해서, 이 추이가 인과의 법칙(法則)으로 연결되어 있다. 그러므로 그것에는 먼저 나라고 하는 존재(存在)가 있다고 보아야 한다. 시간이라고 하는 것이 있다고 보아야 한다.」[14]라고 기술하고 있다. 또 인과의 법칙이라고 하는 것이 있고, 그 인과의 법칙은 우리를 지배하고 있다고 보아야 할 것이고, 이것은 그 누구도 의심할 것이 아니다, 라고 하여 인간이 인과의 법칙을 인정해야 하는 것임을 분명히 표명하고 있다.

3. 과거(過去)의 인과와 속박(束縛)

「문예의 철학적 기초」에서 나타내고 있듯이, 인과의 법칙으로 연결되어 있는 이 세상의 모든 것에 인과가 없는 것은 없다, 라고 하는 것을 1907년(明治 40년)에 쓴 『우미인초(虞美人草)』에 시사하고 있다. 노인과 무네치카(宗近)군이 두 사람의 정(靜)이라고 하는 매우 가느다란 꽃에 관해 서로 나누는 대화에서 찾아 볼 수가 있다.

　　「두 사람의 정. 하하하하 재미있는 꽃이네.」
　　「왠지 인과가 있는 꽃뿐이군요.」
　　「조사만 하면 인과는 얼마든지 있다. 자네, 매화에 어느 정도 있는지

---

14)「文芸の哲學的基礎」『漱石全集』11권 p.45

알고 있나?」라고 재떨이를 당기고, 또 담뱃대로 담배통 안에 있는 담뱃재 속을 휘젓는다. 무네치카군은 이 기회를 타서 화두(話頭)를 전환했다. [15)]

이 내용에는 조사만 하면 얼마든지 있는 인과는 인간에게 한정되지 않고 꽃, 매화, 매실 등의 식물에도 있다고 말한다. 또, 『우미인초』에는 고노(甲野)씨와 무네치카군이 삼춘행락(三春行樂)의 홍이 다하여 동쪽으로 돌아가고, 잠들 수 있는 과거(過去)를 다시 불러 동쪽으로 가는 고도선생(孤堂先生)과 사요코(小夜子)에 대한 묘사에서, 한 사람의 인생에는 백 개의 세계가 있고, 이 세계의 중심에는 인과의 교차점(交叉點)이 있다고 표현하고 있다.

하나하나의 각 세계는 하나하나의 중심을 인과의 교차점(交叉點)에 설치해 두고 분수에 맞는 원주(圓周)를 오른 쪽으로 선(線)을 긋고 왼쪽으로 선을 긋는다. 화(怒)의 중심에서 사라지는 원은 날듯이 빠르게, 사랑(戀)의 중심에서 흔들고 오는 원주는 불꽃(炎)의 흔적을 허공 속에 태운다. 어떤 것은 도의(道義)라는 실을 당겨서 작용하고, 어떤 것은 간사한 원형을 넌지시 비추며 돈다. [16)]

인과법에 따라서 움직이고 있는 이 세상에는 인과의 끈으로 묶여져 그 끈으로 연결되어 있고, 그 곳에서 생기는 인과의 교차점에서 돌고 돌면서 각자의 인생을 향해 가고 있다. 그러나 어리석은 인간들은 그

---

15) 『虞美人草』전게서 p.326
16) 『虞美人草』전게서 p.18

인과에서 벗어날 수가 없어서 속박(束縛)되어 괴로워하고 있다.

이것을 소세키는 1908년(明治 41년)에 쓴 『창작가의 태도(創作家의 態度)』에, 한 국가의 역사에도 인과가 있다고 말하면서 그 인과에 속박되어 있는 한 어쩔 수가 없다고 표현하고 있다.

> 한 국가의 역사(歷史)에서 말해도, 한 국가내의 문학(文學)만의 역사에서 말해도 이것과 같은 인과에 속박(束縛)되어 있는 것은 물론입니다. 현대의 프랑스인이 혁명 당시의 일을 생각한다면 터무니없다고 생각할지도 모릅니다. 또 낭만파(浪漫派)의 승리를 연주한 에르나니 사건을 상상해도, 아아 열중하지 않아도 좋을 정도로는 느낄 것이라고 생각합니다. 하지만 이것이 인과라고 보면 어쩔 수가 없겠지요. [17]

역사뿐만이 아니라 문학에도 인과의 이치를 알아야 하며 인간의 인과를 몸소 받아들여 그 도리를 깨닫는 일도 이야기하고 있다. 사람은 각각 제멋대로 인(因)을 뿌리고 과(果)를 얻어 괴로워하기도 하고 기뻐하기도 하며 현재를 살아가고 있다. 이 현재는 인간 각자가 다르기 때문에 자신의 현재도 그렇게 해야 한다고 하면 조금 무리한 일이 발생할 것이다. 즉 인간 개개인이 다르기 때문에 『창작가의 태도』에서는 창작가가 어떤 태도로 세상을 보는가에 따라서 「아(我)와 비아(非我)의 관계에 있어서 역할을 하는 것이 인과의 법칙」이라고 기술하고 있다.

그리고 소세키는 「한 편의 소설이 완성되는 것도 이와 같은 인과의

---

17) 『創作家의 態度』, 『漱石全集』11권 p.45

규칙을 발휘한 경우이고, 이것은 객관적인 관계를 분명히 해서 나온 것으로, 비슷하다, 옮긴다, 인이 과가 되는 등의 사실을 인정해서 감탄했을 때의 이야기」[18]라고 하여 이미 밝혀진 객관적인 관계를 맛본다고 하는 것은 방향이 다르다는 견해를 보이고 있다. 이것에 관해서 다시 이어서 기술하고 있다.

> 우리의 세계는 선택(選擇)의 세계다. 성격의 전부라고 한 점에서, 전부를 관찰할 수 있다고는 말할 수 없다. 물론 비교적(比較的)이라고 하는 문자를 삽입해서 생각해 보는 것 밖에 방법이 없다. 그리고 객관적 태도로 시간의 내용을 비추어 가면 (어떤 한 물건에 관해) 이 연속이 인과가 될 것임에 틀림없으니까, 아무리 산만(散漫)해도 멸렬(滅裂)해도 신비해도 인과를 벗어난다고는 말할 수 없다. 단 그 인과가, 인과의 규칙으로 정리될 정도로, 경험상 숙지되어 있지 않으니까, 산만하고 멸렬하고 신비하다고 볼 뿐이다. 그러니까 이런 종류의 인과의 경험(經驗)이 반복되고, 그 안에서 인과의 규칙이 추상될 수가 있음과 동시에, 산만은 통일로 돌아오고, 신비는 명백하게 됩니다.[19]

반복되는 인과의 경험에서 인과의 규칙으로 정리되면 산만함은 사라지고 신비함은 명백하게 된다는 것이다. 인(因)에 따라서 과(果)를 얻는 연속에 의해서, 그 안에서 문학도 생겨난다. 그러나 소세키는 객관(客觀), 주관(主觀) 양방면의 문학에는 묘한 차이가 있어 참된 문학에 있어서는 인간의 자유의사를 부정하고 있다고 하여 그것에 관한

---

18) 『創作家の態度』전게서 p.146
19) 『創作家の態度』전게서 p.177

예를 들고 있다.

> 예를 들면 여기에 갑(甲)이 있어, 어떤 분노의 결과, 을(乙)을 죽인
> 다. 죄(罪)를 두려워하여 도망친다. 후회하고 자살한다. 라고 가정(仮
> 定)한다면, 분노가 원인으로 사람을 죽이고, 사람을 죽인 것이 원인으
> 로, 죄를 두려워하게 되고, 그것이 또 원인이 되어, 후회하고, 후회의
> 결과에 대해 자살한 것이 되니까, 이와 같이 점점 발전해 온 인과의 전
> 면(纏綿)은 모두 자연의 법칙에 의해 생긴 것이라고 보아야 한다. 죽이
> 는 것도, 두려워하는 것도, 후회하는 것도, 자살하는 것도 결코 당사자
> 가 마음대로 한 것이 아니다. 죽여 보면, 싫어도 좋아도 두려워하지 않
> 고 있을 수 없게 되고, 두려우면, 아무리 도망가려고 해도 회한(悔恨)
> 의 생각이 생기고, 회한의 생각은 반드시 자살시키지 않으면 멈추지
> 않을 것처럼 다가온다.[20]

여기서, 분노가 인이 되어 사람을 죽이고, 그것이 인이 되어 죄를
두려워해 자살하는 인과의 얽힘(纏綿)은 자연의 법칙에 의해 생긴 것
이라고 설명하고 있다.

하지만 소세키는 이어서「이 단계를 밟고 죽어야 할 것 같은 운명
을 안고 태어난 남자로 보는 것 이외에 달리 어쩔 수 없게 됩니다. 버
드나무는 푸르고 꽃은 붉은 이치같은 죽는 법입니다.」[21]라고 하여 운
명과 함께 있는 것을 있는 그대로 보는 도리를 시사하고 있다. 따라
서 살인을 한 본인을 질책하는 것에도, 자살을 한 본인을 칭찬할 수도

---

20)『創作家の態度』전게서 p.166
21)『創作家の態度』전게서 p.166

없게 된다. 그 행위는 인과로 발현(發現)된 것으로서, 그 책임자인 당사자는 「인과의 법칙에서 그 사람에게 선악(善惡) 그 밖의 속성을 인정할 수 있다고 해도, 행위를 굳이 고집하는 본인에게는 죄(罪)도 덕(德)도 없게 됩니다.」[22]라고 매듭짓고 있다. 즉, 이와 같은 인과의 법칙으로 연결되어, 이 모든 행위에 대한 내용에 밀접한 관계를 나타낼 때는 반복되고 중복됨에 따라 점점 변하여 발전하게 된다고 한다.

『창작가의 태도』와 같은 해에 발표된 작품 『갱부(坑夫)』에서도 인과를 표현하고 있다. 주인공인 청년이 도쿄(東京)를 떠나, 죽을 마음으로 무작정 걷고 걸은 끝에, 구리 캐는 광산의 쵸조(長藏)씨를 만나 갱부가 되지만, 이와 같이 된 사실에 대해, 아카겟토(赤毛布)와 고조(小僧)는 과거의 인과라고 하는 기색을 보인다.

> 쵸조(長藏)씨는 자신이 말없이 다리 쪽을 보고 있는 것을 보고,
> 「좋겠나, 자네, 괜찮은가?」
> 「좋습니다.」
> 라고 명료하게 답했지만, 내심 그다지 좋지는 않았다. 왠지 모르지만, 쵸조씨는 단지 자신에게만 열중하는 모습이었다. 아카겟토와 고조에게는 「좋겠나」라고도 「괜찮은가」라고도 묻지 않았다. 이 두 사람은 과거(過去)의 인과(因果)로, 갱부(坑夫)가 되어, 구리 캐는 광산 안에 천명(天命)을 다해야 하는 것이라고 인정하고 있는 듯한 기색이 분명히 보였다.[23]

---

22) 『創作家の態度』전게서 p.176
23) 『坑夫』,『漱石全集』3권 p.532

『갱부』의 주인공인 「자신(自身)」은 자기 자신에 대해 뒤돌아보면서 생각날 정도의 과거는 모두 꿈이고, 그 꿈같은 곳에 지난날에 대한 그리움의 정취가 있어서 인과의 예측을 만족시키는 사항에 대해서는 애매하지만 과거의 인과는 인정하지 않을 수 없다고 생각하게 된다. 주인공인 「자신」은 도쿄를 출발했을 때, 단지 어두운 곳에 가고 싶다고 생각해서, 그 당시는 오직 어두운 곳을 목적으로 걷기 시작했을 뿐이었지만 뒤돌아보며 「지금 생각하면 정말 바보스럽지만, 어떤 경우가 되면 우리는 죽음을 목적으로 해서 전진하는 것을 책망하며 위로라고 알게 된다. 단지 목표로 하는 죽음은 반드시 멀리해야 하는 사실이라고 생각한다. 적어도 자신은 그렇게 생각한다. 너무 가까우면 위로가 되기 어려운 것으로 「죽음」이라고 하는 인과이다.」[24]라고 죽음을 목적으로 하여 어두운 곳을 향한 것은 죽음의 인과였다는 것을 깨닫게 된다.

여기서 소세키는 인간의 여러 가지 인과는 죽음이라고 하는 단계에서 끝나는 것, 끊어지게 되지 않으면 죽음이라고 하는 인과를 초월해야한다고 말하고 있다. 인과를 초월하는 것은 깨달음을 얻는 것이다 이에 대한 유명한 이야기로서 백장야호(百丈野狐)의 이야기를 들수가 있다. 「대수행(大修行) 하는 사람, 다시 인과에 떨어지는가?」라는 질문을 받고, 「인과에 떨어지지 않는다(不落因果)」라고 대답한 것은 깨달음이 인과의 세계를 초월한다는 상식아래에서는 당연하다. 그러나 그 때문에 이 노인은, 이후 오백생 동안 여우의 몸으로 타락하게 되고, 백장의 「인과에 미혹하지 않다(不昧因果)」라고 하는 답에 의해,

24) 『坑夫』전게서 p.425

비로소 깨달음을 얻었던 것이다.」[25]라는 내용이다. 좀처럼 초월할 수 없는 인과의 무게를 내 스스로 받아들일 때, 비로소 깨달음으로 향하는 길이 열린다고 하는 것을 소세키는 잊지 않고 숙지하고 있었을 것이다.

앞에서 말한 죽음에 대한 인과 문제는 소설『갱부』와 같은 해인 9월 1일부터 12월 29일까지 완성한 소설『산시로(三四郎)』에서도 나타나고 있다. 삶과 죽음의 갈등 속에서 무력한 인간일 수밖에 없는 주인공 산시로(三四郎)를 통해 죽음을 둘러싼 인과의 두려움을 묘사하고 있다. 주인공 산시로는, 어느 날, 입원하고 있는 여동생에게 가기 위해 자신에게 빈집을 봐 달라는 부탁을 한 노노미야(野野宮)의 집에서 뜻밖의 죽음을 보게 된다. 철도에서 투신자살한 여자의 죽음이다. 이 순간적으로 발생한 사건에 관해서 다음과 같이 표현하고 있다.

    인생이라고 하는 튼튼할 것 같은 생명의 근원이, 모르는 사이에, 느슨해져서, 언제라도 어둠속으로 사라져 가는 것처럼 생각된다. 산시로(三四郎)는 욕심(慾心)도 이득(利得)도 필요 없을 정도로 무서웠다. 단지 쾅하는 소리가 나는 순간이다. 그 전까지는 분명히 살아있었음에 틀림없다.
    방안의 미진(微震)이 끝날 때까지 망연하게 있던 산시로는, 석화(石火)와 같이, 조금 전의 탄성과 지금의 열차의 울림이, 일종의 인과로 결부되었다. 그렇게 해서, 훌쩍 뛰어 올랐다. 그 인과는 두려워 할 수밖에 없는 것이다.[26]

---

25)『日本文學と佛敎』전게서 p.16
26)『三四郎』,『漱石全集』4권 p.56

라고 하여 찰나의 사건에 대해 산시로는 삶과 죽음이 순간 교차하는 것이라고 깨닫고, 죽음과 결부되는 무서운 인과에 대한 두려움을 표현하고 있다. 소세키는 산시로만이 아니라 독자에게 죽어가는 여자의 목소리와 열차의 울림은 인과로 결부되어 있는 것, 그리고 현실에 공존하는 생사(生死)의 문제에 관해서 한 번 더 인식하고 뒤돌아보게 한다.

4. 인과의 끈과 죄(罪)

소세키는 죽음과 함께 죄에 관해서도 인과를 말하고 있지만, 1909년(明治 42년)에 발표한 『그리고 나서(それから)』에는 인과로 드러난 벌(罰)에 관해서 묘사하고 있다. 밤낮 구별도 없이, 무장(武裝) 해제한 적이 없는 정신에 포위되어 있는 고통을 가지고 있는 다이스케(代助)가, 형의 장남인 15세 세이타로(誠太郎)가 좋아졌다고 하는 장면에서 생존경쟁(生存競爭)의 인과로 드러난 벌(罰)에 대해 표현하고 있다.

요즘 다이스케(代助)는 전보다도 세이타로(誠太郎)를 좋아하게 되었다. 다른 인간과 이야기하고 있으면, 답답해서 견딜 수 없었다. 그렇지만, 자신을 돌이켜 보면, 자신은 인간 속에서, 가장 상대를 답답하게 하게끔 만들어져 있었다. 이것도 오랜 세월 생존경쟁(生存競爭)의 인과(因果)로 드러난 벌(罰)일까 하고 생각하니 그다지 고마운 마음은 들지 않았다. [27]

---

27) 『それから』, 『漱石全集』 4권 p.468

라고 하여 다른 사람과 이야기 하는 것보다 세이타로를 상대로 이야기하고 있으면 상대의 혼이 자신 쪽으로 흘러 들어오는 것처럼 유쾌한 인과를 느낀다고 묘사하고 있다. 또, 미치요(三千代)와의 결혼을 둘러싸고 아버지로부터「그럼 뭐든지 너 마음대로 해라.」라고 들었을 때, 결혼을 반대하는 아버지를 수긍시키는데 만족할 만한 이유를 명백하게 말해야 하는 다이스케는,「인생에 대한 자기 자신의 철학(哲學)의 근본(根本)을 언급하는 문제에 있어서, 아버지를 속이는 것은 더더욱 불가능했다. 다이스케는 어제의 회견(會見)을 회고하고, 모두가 전진해야 할 방향으로 나아간다고 밖에 생각할 수 없었다. 하지만 무서웠다. 자기가 자기에게 자연스럽게 인과를 발전시키면서, 그 인과의 무게를 어깨에 짊어지고, 높은 절벽의 끝까지 밀린 것 같은 심정이었다.」[28]라고 벌(罰)에 이어 인과의 발전과 무게에 관해서 나타내고 있다.

이와 같은 죄와 벌에 대한 두려움을 가지고 무서워하는 인과에 대해서는 소세키는 1910년(明治 43년)에 쓴 소설『문(門)』을 통해서 인간의 갈등과 함께 잘 묘사하고 있다.

그의 후쿠오카(福岡) 생활은 전후(前後) 2년을 통해보면 상당한 고투(苦鬪)였다. 그는 학생(書生)으로서 교토(京都)에 있을 때, 여러 가지 구실로, 아버지로부터 수시로 많은 금액의 학자금을 청구하여 마음대로 마구 소비해버린 옛날을 생각하고 지금의 자신과 비교하면서, 자주 인과의 속박(束縛)을 무서워했다.[29]

---

28)『それから』전게서 p.584
29)『門』,『漱石全集』4권 p.657

여기서 언제부터인가 알 수 없는 인과의 속박 속에서 현재 살아가고 있는 인간, 그 때문에 괴로워하고 불행하게 살고 있는 모습을 나타내고 있다. 『문』에서 햇볕이 들어오지 않는 언덕 아래에 집을 빌려 살고 있는 소스케(宗助)와 오요네(お米)는 두 사람의 부부의 사랑은 결부되어 있지만 그 사랑 때문에 생긴 과거의 죄의식을 안고 두려워하고 있다. 이 두 사람을 보고 숙모와 숙부는 무서운 인과를 재인식한다.

> 「소(宗)씨는 아무래도 완전히 변해 버렸어요.」라고 숙모가 숙부에게
> 이야기하는 일이 있었다. 그러자 숙부는,
> 「그렇군. 역시, 그런 일이 있으면, 오랫동안 나중에 여운을 남길 것
> 이니까 말이야.」라고 답하고, 인과는 무섭다고 말한다.[30]

소세키는 『문』에서 오요네와 소스케가 과거의 죄 때문에 자신들의 아기가 죽은 아기가 되어 버리는 설정을 하고 있다. 그 죄의식으로 오요네는 히로시마(廣島)와 후쿠오카와 도쿄에 남는 하나씩의 기억의 저변(低邊)에 움직이기 어려운 운명의 엄한 지배와 인과의 두려움을 지니고 있다. 그 두려움으로 「눈에 보이지 않는 인과의 끈을 길게 당겨서 서로 연결」[31]되고, 그 끈을 더 멀리 연장하여 자신을 불가사의하게도 같은 불행을 반복하게끔 만들어져 있는 엄마라는 상황을 묘사하고 있다. 과거와 현재가 불가분한 인과로 연결되어 있는 것을 표현하고 있는 것이다.

현재의 상태는 소스케와 오요네의 과거문제로부터 온 죄라고 규

---

30) 『門』전게서 p.664
31) 『門』전게서 p.771

정하고, 고미야 토요타카(小宮豊隆)는 「이렇게 해서 그들은, 사회 밖에 사는 추위와 외로움을 견디어 왔다. 그러나 견딜 수 없는 것은, 그들 안에 그들을 위협하는 자가 살고 있는 것이었다. 그것은 말할 필요도 없이 그들의, 오요네가 이전에 공경한 사람, 야스이(安井)에 대한 「죄」의 의식이다. 물론 그들의 결합은, 이 「죄」를 전제로 한다. 이 「죄」없이는, 그들의 결합은 성립하지 않는다. 그들의 결합이 필연(必然)이었다고 하면, 「죄」도 또한 필연이었다.」[32]라고 기술하고 있다. 또, 에토 쥰(江藤 淳)은 『문』을 죄의 이야기라고 말하기보다 죄의 회피 이야기라고 하여, 「이러한 소세키가, 어쩌면 지상명령으로 불러일으킨 것처럼 스스로 어두운 동화(童話)를 중단하고, 소스케 부부의 과거 「죄」를 조심스럽게 제시하고 있는 것을 보는 만큼 참혹한 것은 없다.」[33]라고 논하고 있다.

『문』의 소스케 부부를 통해 너무나도 질긴 인과의 끈 때문에 번민에 시달리고 과거에 대해 괴로움을 당하는 무참한 인과인 것을 강조하고 있는 것 같다. 그리고 이 무서운 인과로부터 벗어나는 방안을 찾아 「종교와 관련하여 소스케는, 좌선(坐禪)이라고 하는 기억을 불러일으켰다.」[34]라고 하여 소스케는 선사(禪寺)의 문을 두드리게 된다. 인간의 욕망과 집착심에서 생겨난 모든 인과에서 해탈해야한다는 것을 시사하고 있다. 여기서 소세키는 좌선을, 자신의 죄 따위에서 떼어내어버리는 수단으로, 과거의 죄에 대한 인과의 속박에서 자신을 구하는 실제의 방법으로서 제시하고 있다고 생각한다. 『수능엄경(首楞

---

32) 小宮豊隆(1953)『夏目漱石』3권 岩波書店 p..62
33) 江藤淳(1928)『決定版 · 夏目漱石』新潮社 p.98
34) 『門』전게서 p.822

嚴経)』의 제1권「제법소생유심소현(諸法所生唯心所現)」에,「여래상
설제법소생유심소현. 일체인과세계미진인심성체(如來常說諸法所生
唯心所現. 一切因果世界微塵因心成体)」[35]라는 전거에서 알 수 있듯
이, 괴로움의 근본, 즉 일체의 인과는 마음의 작용에서 이루어지는 것
이므로, 마음의 실체를 찾아야 한다는 것을 알고, 압박의 원인이 된
자신의 죄와 과실(過失)에서 벗어나, 그에게 그 인과의 속박에서 해
방되는 인생을 부여하고 싶다고 하는 사명을 소세키는『문』에서 나타
내고 있는 것이다.

『문』에 이어서 1912년(明治 45년)에 발표한『히간 지나기까지(彼
岸過迄)』에도 소세키는 벗어날 수 없는 인과에 대해 그리고 있다. 스
나가(須永)의 이야기로 스나가의 친구인 게이타로(敬太郎)가 스나가
의 집 문 앞에서 뒷모습의 여인을 본 이후, 이 두 사람을 연결하는 인
연의 끈을 항상 상상하고 있는 내용으로부터 찾아 볼 수 있다.

　　그 끈에는 일종의 꿈과 같은 냄새가 있어서, 두 사람을 눈앞에, 스나
　　가(須永)와 또 치요코(千代子)로서 바라볼 때에는, 오히려 어딘가로
　　사라져버리는 일이 많았다. 그렇지만 그들이 보통 인간으로서 게이타
　　로(敬太郎)의 육안(肉眼)으로 현실의 자극을 부여하지 않을 때에는,
　　잃어버린 끈이 또 두 사람 사이를 떼어 놓을 수 없는 인과(因果)처럼
　　연결되었다.[36]

---

35)『大佛頂如來密因修證了義諸菩薩萬行首楞嚴境經卷第一』,『大正新脩大藏經』제
　　19권, 大正新脩大藏經刊行會 p.109
36)『彼岸過迄』,『漱石全集』5권. p200

또, 마쓰모토(松本)의 이야기로는 스나가 이치조(須永市藏)와 치요코 두 사람의 관계는 옛날부터 오늘날에 이르기까지 전혀 변하지 않는 것 같아, 부부가 되든, 친구로서 살든, 그 충돌만은 도저히 면할 수 없다고 하여, 「두 사람이 가지고 태어난, 인과라고 보는 것 이외에 달리 방법이 없을 것이다. 그런데 불행하게도 두 사람은 어떤 의미에서 밀접하게 끌리고 있다. 게다가 그 끌리는 방법이 또 옆 사람에게 어떠한 권위(權威)도 없는 숙명(宿命)의 힘으로 지배되고 있는 것이라서 무섭다.」[37]라고 하여 인과로 보는 것 이외에 달리 방법이 없는 숙명의 힘으로서 밀접하게 끌리고 있는 두 사람의 인과를 표현하고 있다.

『히간 지나기까지』와 같은 해 쓴 소설 『행인(行人)』에서는, 아버지와 여자가 나누는 이야기 중에서 인과 때문에 눈이 부자유스러운 「업병(業病)」을 얻었다고 하는 대화에서 그 괴로움에 관해서 말하고 있다.

「나는 보시는 바와 같이 눈을 앓고 난 이후, 색(色)이라고 하는 색은 모두 보이지 않습니다. 아무리 나이가 들어도 혼자서 부자유스럽지 않게 걸을 수 있는 인간이 몇 사람 있을까하고 생각하면, 어떤 인과로 이런 업병(業病)에 걸린 걸까, 라고 정말 괴로운 마음이 됩니다.」[38]

소세키는 이 업병은 어떠한 죄의 결과인지는 모르지만 필경 무슨 업이 있기 때문에, 그 인과에 의한 것이라고 말하고자 했을 것이라고

---

37) 『彼岸過迄』전게서 p.297
38) 『行人』, 『漱石全集』5권 p.575

생각한다.

업이라고 하는 것은 산스크리트의 기본적인 의미는 「하는 일」, 「하는 것」, 「하는 힘」 등으로, 작용, 행위, 제사 등을 나타내는 말로서 일반적으로 인도(印度) 사상으로 널리 알려져 있지만, 불교의 윤회설(輪回說)과 결부되고 나서는 윤회전생(輪回轉生)을 있게 하는 일종의 힘으로서, 훨씬 전부터 존재하고 있는 움직이는 잠재적(潛在的) 행위의 여력을 적극적으로 나타내게 되어,[39] 불교사상의 중심적 개념의 하나로 주목하기에 이른 것이다.

죄인(罪人)과 과거의 인과에 관해서는 1914년(大正 3년)의 작품인 『마음(こころ)』에도 찾아 볼 수가 있다 과거의 인과 때문에 다른 사람을 의심하고 믿을 수 없는 안타까움을 표현하고 있다.

나는 지금 내 앞에 앉아 있는 자가 한 사람의 죄인(罪人)이어서, 평소부터 존경하고 있는 선생님이 아닌 것 같은 기분이 들었다. 선생(先生)의 얼굴은 파랬다.

「당신은 정말로 성실하십니까?」라고 선생이 확인을 했다. 「나는 과거의 인과로, 사람을 의심하고 있다. 그러니까 실은 당신도 의심하고 있다. 그러나 아무래도 당신만은 의심하고 싶지 않다. 당신은 의심하기에는 너무나 단순한 것 같다. 나는 죽기 전에 단지 한 사람이라도 좋으니까, 다른 사람을 믿고 죽고 싶다고 생각하고 있다.[40]

과거의 인과 때문에 사람을 의심하게 된 선생, 그 선생은 사람을 믿

---

39) 『佛敎辭典』전게서 p.246
40) 『こころ』, 『漱石全集』6권. p.87

고 죽고 싶다고 「나」에게 성실한지 아닌지를 물으면서 죽음을 이야기
한다. 인생에 있어서 사랑도 무서운 죽음의 존재도 인과의 끈에 의해
결부되고 그 지배에 의해 발전해 간다고 하는 내용을 소세키는 작품
속에 표현하고 있다.

5. 인과관계(因果關係)와 인과응보(因果應報)

소세키는 죽음과 인과에 관해서 1915년(大正 4년)에 쓴 『유리문
안(硝子戶の中)』안에 모든 사람의 마음속에는 자신들조차 알지 못하
는 것이 얼마든지 잠재(潛在)해 있다고 하는 표현하면서 죽음이라고
하는 곳으로 가야할 인과에 대한 것을 기술하고 있다.

> 과거의 자각(自覺)은 특히 사라져 버리고 있을 것이다. 지금과 옛날
> 또 그 옛날 사이에 어떠한 인과도 인정할 수 없는 그들은, 그러한 결과
> 에 빠졌을 때, 왠지 자신을 해석해 볼 마음이 생길 것이다. 결국 우리는
> 스스로 꿈 사이에 제조한 폭탄을, 각자 생각한 대로 안고 있으면서, 한
> 사람 남기지 않고, 죽음이라고 하는 먼 곳으로 담소(談笑)하면서 걸어
> 가는 것은 아닐까.[41]

언제 죽을지 어떤 죽음의 인과가 잠재해 있는지를 다른 사람도 모
르고 자신도 모르는, 그 인과를 인정하지 못한 채, 단지 죽음을 향해
가는 인간의 행로를 한탄하고 있는 것처럼 묘사하고 있다.

---

41) 『硝子戶の中』, 『漱石全集』8권 p.485

앞에서 인과에 관련한 여러 가지 단어에 관해서 말했지만, 이것을 한 마디로 「인과관계(因果關係)」라고 정리하고자 한다. 소세키는 1915년(大正 4년)에 쓴 『노방초(道草)』에서 처음 이 단어를 사용하고 있다.

두 사람은 자신들의 이 태도에 대해서 아무런 주의(注意)도 성찰(省察)도 하지 않았다. 두 사람은 두 사람에게 특유한 인과관계(因果關係)를 가지고 있는 사실을 암암리(暗暗裏)에 자각하고 있었다. 그리고 그 인과관계가 일체의 타인(他人)에게는 전혀 통하지 않는 것이라고 하는 것도 잘 숙지하고 있었다. 그러니까 사상(事狀)을 모르는 제삼자의 눈으로, 자신들이 혹시 이상하게 비춰지는 것은 아닐까 하는 의심조차 일으키지 않았다.[42]

겐조(健三)가 부인의 병 때문에 불안하여 일을 하면서, 두 사람이 지니고 있는 인과관계를 자각하고는 「옛날의 인과가 지금도 역시 앙얼입고 있는 것이다.」[43]라고 이어서 말하고 있다. 옛날의 인과가 지금에도 앙얼입고 있다 고 하는 것은 바로 인과응보(因果應報)를 일컫고 있다. 소세키는 이 단어를 1916년(大正 5년), 죽음 직전까지 쓰고 있었던 미완성인 채 남아 있는 유작 『명암(明暗)』에 제시하고 있다. 마지막 작품 『명암』에, 「과보자(果報者)」라고 하는 말을 처음 사용하고 있는 점에도 착목되지만, 특히, 「인과응보」라는 말을 처음 도입하고 있음에 주목하고자 한다. 이 소설의 주인공 쓰다(津田)는 오노부(お

---

42) 『道草』, 『漱石全集』6권 p.437
43) 『道草』전게서 p.470

延)와 결혼한 후 반년 이상을 경과하고 있다. 쓰다와 그녀와의 사이에 일어난 상사적(相思的)인 연애사건이, 마치 신비의 불꽃처럼, 쓰기코(継子)의 앞에서 타오른 것이었다. 그래서 오노부의 말은 쓰기코에게 있어서 영구한 진리 그 자체가 되어 있고, 오노부가 말하는 모든 것을 뭐든지 진실로 받아들이고 있는 상태로 쓰기코는 오노부를 믿고 있다는 내용에서 과보자(果報者)라는 말을 도입하고 있다.

> 오노부(お延)도 새삼 앞에 한 말을 취소하는 것 같은 여자는 아니었다. 어디까지나 선견지명에 의해 하늘의 행복을 누릴 수가 있었던 소수의 과보자(果報者)로서, 쓰기코(継子)의 앞에 자신을 표방(標榜)하고 있었다.[44]

라고 말하고 있는 것처럼, 자신이 결정한 쓰다와의 결혼에 자신(自信)을 가지고 있는 오노부는 그 과보자로서 행복하다고 표현하고 있다. 또, 이 두 사람은 이미 「인과로 연결되어 있었다.」[45]라고 표현되어 있다. 쓰다의 여동생인 오히데(お秀)는 쓰다부부에게 항상 불만을 품고 있었기 때문에 그들의 배후에 짊어지고 있는 인연(因緣)은, 「타인에게 알 수 없는 과거로부터 복잡한 손을 내밀어서, 자유롭게 그들을 조종했다.」[46]라고 하는 인과로 연결된 관계이고, 「과거의 인과의 자취를 더듬어 보려고 하는 생각조차 일어나지 않는」[47]관계로서 표

---

44) 『明暗』,『漱石全集』7권 p.213
45) 『明暗』전게서 p.326
46) 『明暗』전게서 p.352
47) 『明暗』전게서 p.366

현되어 있다. 그리고 오노부와 오히데가 마주 앉아 싸운 일을 둘러싸고 쓰다에게 요시카와(吉川)부인은 너무 노부코(延子)를 소중히 하기 때문이라고 지적하는 장면에서, 쓰다는 요시카와부인 앞에서는 고양이 앞의 쥐와 같다고 묘사하고 있다. 쓰다와 요시카와 부인은, 「타인(他人)이 관여하지 않는 인과로 이미 연결되어 있었다.」[48]라고, 그 관계를 설명하고 있다. 여기서 다른 작품과 대조되는 것은, 인과의 굴레라든가 인과의 파도라든가 인과의 속박이라든가의 문제가 아니라, 「인과로 연결되어 있었다.」, 「인과로 이미 연결되어 있었다.」와 같이, 이미 어떻게 할 수 없는 끈질긴 인과로 연결되었다고 하는 것이 강조되고 점이다.

그리고 이 작품에서 중요한 부분인 쓰다와 기요코(清子)의 관계에 관해서 살펴보면 고바야시(小林)는 쓰다에게 인간의 변해가는 욕심을 말하면서 그 예로서 쓰다가 결혼 전에 알던 여자 기요코에 대한 이야기를 하게 된다. 고바야시는 「자네는 저 기요코라고 하는 여자에게 빠져있었지. 한동안은 뭐든지 그 여자가 아니면 안 될 것 같다고 말했지. 그뿐만이 아니지, 상대 쪽도 천하에 자네 한 사람이외에 남자는 없다고 생각하고 있는 것처럼 알고 있겠지. 그런데 어때 결과는?」이라고 쓰다에게 말하고 나서 오노부에게 이 사실을 이야기하게 되고, 오노부는 기요코와 있었던 모든 일을 듣게 된다. 그리고 기요코를 잊지 않고 있으면서 오노부와 결혼한 사실에 관해서 대화하는 장면에서 인과응보(因果應報)라는 단어가 등장한다.

---

48) 『明暗』전게서 p.448

「그러니까 전부터 내가 말한 거야. 자네에게는 너무 여유(餘裕)가 있어. 그 여유가 자네를 지나치게 사치스럽게 만들었어. 그 결과가 어떤가 하면, 좋아하는 것을 손에 넣자마자, 바로 그 다음 것을 가지고 싶어 한다. 좋아하는 것을 손에 넣지 못했을 때는 발을 동동 구르고 분해하지.」

「언제 내가 그런 짓을 했나?」

「했고말고. 그리고 지금도 하고 있잖아. 그것이 자네의 여유가 앙얼 받는 이유라네. 내가 가장 통쾌하게 느끼는 점이라네. 빈천(貧賤)이 부귀(富貴)를 향해 복수를 하고 있는 인과응보(因果應報)의 이치지.」[49]

이와 같이 고바야시는 쓰다에게 사실을 가르쳐 줄 마음으로 말한다. 앞에서 말한 바와 같이, 여기서 주목해야 할 것은 『명암』이전의 소세키의 작품 속에서 「인과응보」라고 하는 단어는 한 번도 사용되고 있지 않지만, 마지막으로 남긴 유작인 『명암』에 사용되고 있다는 사실이다. 과연 소세키는 이와 같은 내용 전개에서 의도적으로 설정해서 「인과응보」의 도리를 묘사한 것일까. 필자가 고찰한 의견으로서는, 소세키가 이 단어를 마지막 작품에 사용하고 있는 것은 의도적이라고 생각한다.

인간의 의지로는 끊을 수 없는 두려운 인과관계로부터 자유롭게 될 수 있는 방법은 무엇일까, 하고 여러 인과의 개념과 의미를 각 작품에 전개하고 나서 그 귀결점으로서 「인과응보」라는 말을 사용한 것이라고 생각하기 때문이다.

따라서 필자는 소세키 작품 전반에 표현되고 있는 인과에 대한 모

---

49) 『明暗』전게서 p.549

든 것은, 『인생』에서 처음 사용하기 시작한 인과의 대법이라는 선언
(宣言)에서 마지막 작품 『명암』의 「인과응보」로 매듭 짓기에 이르기
까지, 소세키는 의도적으로 그것을 전개해서 배치하고 있다고 생각한
다. 이러한 것에 대해 먼저 생각할 수 있는 것은 인과에 관해서 작품
마다 거의 같은 단어를 사용하고 있지 않다는 점, 「인과의 대법」에서
「인과응보」까지 그 의미를 점점 발전시키고 있기 때문이다.

즉, 소세키의 일생에 있어서 그의 작품 속에 여러 가지 인과를 제시
하여 그것을 단계적으로 사용하고 있으며, 의도적으로 그 의미를 전
개해서 작품 속에 주도면밀하게 구상하여 도입하고 있다고 판단된다.
그리고 소세키는 비로소 『명암』에 마지막으로 인과관계에 기인한 과
보자(果報者)와 인과응보(因果應報)의 참뜻을 시사하고 있다고 주목
한다.

6. 맺음말

이상으로 「인과응보(因果應報)」에 관해서 일본 근대문학을 대표하
는 나쓰메 소세키(夏目漱石)을 작품을 통해 나타내고 있는 그 사상과
의미 및 양상 등을 연구해 보았다.

여기서 알게 된 중요한 사실은 수많은 그의 작품 중에 한시(漢詩)
에는 당연히 인과에 대한 것을 묘사하고 있을 것이라고 생각하고 조
사해 보았다. 그 결과, 이상하게도 작가 자신의 솔직한 내면을 표현한
한시에는 사용하고 있지 않다고 하는 사실이다. 「인과(因果)」라는 단
어가 작품에 처음 쓰인 것은 1896년(明治 29년)에 쓴 『인생』이라는

단편에서이다. 이 『인생』이라는 작품 속에 인생에 있어서 어떤 일종의 불가사의한 것이 「인과의 대법」이라고 하는 것을 전제로 하고 있다. 이것은 이후의 작품에 인과응보의 도리를 하나씩 펴 보이겠다고 하는 제시처럼 느껴졌다. 그리고 그 다음에 나타낸 것이 「인과의 파도」로, 그 인(因)으로 인해 어떤 과(果)에 부딪칠지도 모른 채 파도처럼 끊임없이 움직이고 있다고 표현하고 있다. 그러나 그 속에는 인과법(因果法)이 있다고 하는 내용을 소설 『나는 고양이로소이다』에 나타내고 있다.

소세키는 먼저 인과법이라고 하는 대명제(大命題)를 제시하고 차차로 그 도리를 넓히고 있는 것이다. 보이지 않는 인과의 파도에는 불가사의한 인과법이 있고, 그 불가사의한 인과법은 인과의 인연으로 결부되는 것이라고 강조하고 있으며, 인간이 언제 어떤 업장(業障)으로 인과의 인연에 결부되는가는 인과의 가느다란 끈이 그 역할을 한다고 시사하고 있다.

인간이 인과의 법칙을 인정하고, 그것에 지배받고 있는 것이라고 표명하고 있는 것이다. 인과의 법칙에 의해 움직이고 있는 이 세상에서 우연히 만나는 인과의 교차점(交叉點)에서 각자의 인생은 결정되어지고 그렇게 된 인과의 굴레는 자연의 법칙에 따라 온 것이라고 한다. 그리고 반복되는 인과의 경험에서 인과의 규칙으로 정리되는 것이다. 여기서 소세키는 인간에게 여러 양상으로 연결되는 인과는 「죽음」이라고 하는 단계에서 끊어지든지, 그렇지 않으면 죽음이라는 인과를 초월해야 한다고 말하고 있다. 이 세상은 각양각색의 인과의 끈으로 연결되어 있으며 그것이 좋게 될 것인지 어떨지는 인과의 법칙에 의한 것이다. 소설 『문(門)』에서는 무서운 과거의 인과 때문에 죄

의식을 안고 괴롭게 살아가고 있는 소스케(宗助) 부부의 모습을 나타
내고 있으며, 그것은 눈에 보이지 않는 인과의 끈으로 과거와 현재가
불가분의 인과로 묶여져 있기 때문이라고 표현하고 있다.

　『유리문 안(硝子戸の中)』에서는 이와 같은 인과를 인정하는 문제
를 나타내고 있다. 앞에서 인과에 관련한 여러 가지 단어와 그 의미에
관해서 기술했지만, 이것을 한마디로「인과관계(因果關係)」라고 말
할 수 있다. 소세키는『노방초(道草)』에서 처음으로「인과관계」를 사
용하여 여러 가지 인과에 의해 관계되는 모습을 그려내고 있다. 또,
마지막 작품『명암』에는「과보자(果報者)」와「인과응보(因果應報)」
에 대해 표현하고 있다. 소세키 작품 전체에 쓰인「인과」의 모든 것은,
『인생』에서 처음 사용하기 시작한「인과의 대법」에서 마지막 작품
『명암』의「인과응보」에 이르기까지, 소세키는 의도적으로 그 의미를
전개하여 작품 속에 주도면밀하게 사용하고 있다고 판단된다. 그 이
유로는 먼저 작품마다 인과에 관해 거의 같은 말을 사용하고 있지 않
다는 점과,「인과의 대법」에서「인과응보」까지 의미를 점차 발전시켜
나가고 있기 때문이다. 필자는 소세키가 일생동안 쓴 작품 속에 여러
가지「인과」를 제시하고 그것을 단계적으로 구상하여 주의 깊게 도
입하고 있으며, 그리고 인과의 귀결점으로「인과응보」를 마지막 작품
『명암』에 사용하고 있는 것은 최종적으로 인간과 인생에 있어서「인
과응보」의 참된 의미와 도리를 피력하기 위한 것이라고 결론 지을까
한다.

제3장

불교의 관점에서 본 동(動)과 정(靜)
나쓰메 소세키의 작품을 중심으로

1. 머리말

나쓰메 소세키(夏目漱石)의 문학 세계에서 찾아 볼 수 있는 다양한 주제 중에서도 그의 문장에 나타나 있는 철학적 세계관과 인생관에 근거를 두고 작품 속에 표현되어 있는 문학 사상을 검토해볼 필요가 있다고 생각된다. 소세키가 작품을 대할 때 어떠한 문제를 생각하고 무엇에 관심을 가지고 어떻게 사고(思考)하는지에 대해서 규명한다면 보다 심도 있게 소세키의 사상을 파악하고 작품에 대한 이해를 할 수 있을 것이기 때문이다. 그 한 방법으로서 본서에서는 소설뿐만 아니라 일기, 연설문 등 기타 문장을 통하여 주지하고 있는 문제의 하나로 동(動)과 정(靜)에 관해 고찰하여 불교적 관점에서 본 소세키의 사상에 접근하려고 한다.

본 연구논제와 관련 있는 선행연구는 적은 편이지만 본고에서 부분적으로 논하고 있는 주관(主觀)과 객관(客觀)의 문제에 있어서 오다이라 마이코(小平麻衣子)는 『소설의 고고학(考古學) 심리학(心理學)·영화에서 본 소설기법사(小說技法史)』[1]의 서평에서 작자에 의해 채용된 작자의 자각(自覺)의 유무(有無)라고 하는 작자의 의식(意識)이 기술되어 있다고 지적하면서 「『히간 지나기까지(彼岸過迄)』, 『행인(行人)』등을 소재로 소세키 작품에 있어서 3인칭 체에서 1인칭 체로의 이행(移行)을 작자보다 직접적인 심정의 토로를 동시에 실현시키는 문체에 대한 모색을 포착하여 〈주관(主觀)〉과 〈객관(客觀)〉의 융합이라고 하는 동시대(同時代)의 논쟁 과정과의 대응을 지적한다.」라고 평하고 있다.[2] 또 이시이 가즈오(石井和夫)는 시미즈 코준(淸水孝純)이 『소세키(漱石) 그 유토피아적 세계(漱石そのユ―トピア的世界)』[3]에서 논한 『풀베개(草枕)』론에 대하여 「정관자적(靜觀者的) 측면과 행동자적(行動子的) 측면 사이에서의 흔들림, 이들의 문제가 화가(畫家)의 비인정(非人情)의 이행과 함께 부상하지만, 화가의 내부 모순은 소세키 자신을 투영한 결과이다.」[4]라고 지적하면서 주의하고 있다.

　그러나 이와 같은 선행연구에서 말하는 주관(主觀)과 객관(客觀)의 융합, 정관자적 측면과 행동자적 측면 등에 관한 것은 본고의 논지와 가까운 의미가 함축되어 있다고 생각할 수 있지만 본 논지의 대상

---

1) 藤井淑禎(2001)『小說の考古學へ 心理學·映畵から見た小說技法史』
2) 小平麻衣子(2001)『同時代讀者を復元する想像力』,『漱石硏究』第14號 翰林書房 p.205
3) 淸水孝純(1999)『漱石そのユ―トピア的世界』漱石硏究』第12號 翰林書房 p.221
4) 石井和夫(1999)『漱石の類比的思考をめぐって』,『漱石硏究』第12號 翰林書房 p.226

과 개념에 있어서 방향을 달리 한 문제로 의미의 깊이에서는 동일시
하는데 무리가 있다고 보여 진다.

소세키는 자신의 작품 속에 여러 가지 문학적 개념과 사상적 개념
을 나타내면서 종교적(宗敎的)인 면에서는 불교의 선적(禪的)인 면
을 나타내고 있기도 하다. 그 중에서도 인간의 삶에서 가장 중요한 마
음의 문제에 관해서는 끊임없이 표현하고 그 마음의 본체를 깨닫고자
노력하고 있다. 이러한 점에 있어서는 졸저[5]에서 이미 논한 바 있으
나 여기서는 불교의 선도리(禪道理)의 영향과 더불어 그의 작품에 나
타내고 있는 동(動)과 정(靜)의 개념에 초점을 맞추어 다시 정리하여
조명해보고자 한다.

소세키는 독자들에게 정과 동의 도리를 표현하고 그러한 문장을 통
해 자신에게는 깨달음을 위한 하나의 수행과정으로 삼고 있는 것이라
고 생각되기 때문이다. 동과 정은 대부분 인간의 마음(心)이라고 하
는 경계와 관련되는 것으로 분별심이 일어나는지 그렇지 않은지의 문
제와 깊은 연관을 내재하고 있다. 시시각각으로 변하는 인간의 마음,
그 포착할 수 없는 진심(眞心) 즉 마음의 본체를 찾는 과정에서 생멸
(生滅)하는 가지각색의 양상을 찰나(刹那)에 인식하는 것은 용이하
지 않기 때문에 결코 타인으로부터 얻는 것이 아니고 각자의 자신의
내면(內面)에서 찾아야하는 문제로서 인식해야 하는 것이다. 소세키
자신의 작품의 통하여, 움직이고(動) 있는 자신의 마음이 변화해 가
는 것을 정(靜)의 경지에서 관조(觀照)할 수 있어야 하고 동의 세계
속에서 정을 깨달을 수 있어야 한다는 신념을 가지고 진정한 자신을

---

5) 陳明順(1997)『漱石漢詩と禪の思想』(日本)勉誠社

찾는 수행의 하나임을 강조하고자 하는 뜻을 나타내고 있는 것은 아닐까하고 생각한다. 본 논고에서는 소세키가 주지하고자 하는 동과 정의 의미가 불교의 선도리(禪道理)의 관점에서 어떻게 표현되어 있는지에 주안점을 두고 소설 한시 등에 나타나 있는 그의 문장들을 중심으로 하여 연구 고찰하려고 한다.

2. 동(動)과 정(靜)의 진의(眞意)

소세키의 작품에 나타나 있는 동(動)과 정(靜)에 관하여 논하기에 앞서 본고에서 주목하게 된 동과 정이라고 하는 단어에 대해 먼저 주의하고자 한다. 소세키의 단어 사용과 그 의미를 전달하고자 하는 의도를 이해해야 하는 점에 있어서 먼저 소세키가 표현하고자 하는 동과 정에 대한 참뜻과 그것에 내재된 사고에 대해 탐구할 필요성이 있다고 생각한다.

소세키는 자신의 많은 문장 속에서 단순히 움직이다, 움직임(動く：うごく, 動き：うごき)과 조용하다, 조용함(静かだ：しずかだ, 静かさ：しずかさ)이라는 일반적인 발음과 뜻을 새기는 단어와는 달리 굳이 동(動：どう)과 정(靜：せい)이라는 단어 읽기와 새김으로 구분해서 사용하고 있고 그 의미와 느낌을 전하고 있음에 주목하게 된 것이다. 따라서 본고에서는 소세키가 동과 정이라고 구분하여 시사하고 있는 부분에 관해서 고찰해 보고자 한다.

소세키는 1911년(明治 44년)에 쓴『생각나는 일 등(思ひ出す事など)』에 정과 동을 중점으로 하여 마음의 생멸(生滅)을 시사하는 내용을 남기고 있다.

　일기(日記)를 살펴보니「정(靜) 이것을 성(性 : しょう)이라고 하면 마음(心) 그 가운데 있고, 동(動) 이것을 마음이라고 하면 성(性) 그 가운데 있다. 마음이 생(生)하면 성(性)이 멸(滅)하고, 마음이 멸(滅)하면 성(性)이 생(生)한다.」라고 하는 어려운 한문이 구불구불하게 반 페이지 정도로 메우고 있다.[6]

　라고 적고 있다. 소세키 자신이 적어 둔 일기 내용을 『생각나는 일 등』에서 다시 거론하고 있는 이 문구에 대한 이해를 충분히 하지 않으면 소세키가 다른 여러 문장에서 언급하고 있는 동과 정의 참뜻을 알 수 없을 것이라고 생각된다. 위의 문장이 조금은 난해한 점도 있지만 여기서 말하는 마음이란 어떤 것인가를 먼저 알아야 할 필요가 있을 것이다. 동의 국어 사전적 의미로는「움직임」으로 되어 있고 정은「조용함, 움직이지 않는 상태」로 동의 반대어로 표기 되어 있을 정도이고 불교사전적인 의미는 별도로 표기되어 있지 않다. 하지만 동과 정과 더불어 거론된 성(性)은 어떠한 것인지 그 의미를 살펴보면 사전에서 말하는 일반적인 뜻으로「사람이나 사물 따위의 본성이나 본바탕」이라고 새기고 있고, 불교적인 뜻으로는「사람이 본래 갖추고 있는 본질적인 불성(佛性)」[7]「존재하는 것의 변하지 않는 본성(本性)」[8]이라고 새기고 있다. 또 불교경전에서 그 전거를 찾아보면「성

---

6)『思ひ出す事など』,『漱石全集』(1966) 8권 岩波書店 p.287
7) 中村 元 외(1989)『佛教辭典』岩波書店 p.416
8) 中村 元 외(1989)『佛教辭典』전게서 p.416

(性)은 즉 진여(眞如)의 묘리(妙理)이다.(法相 2卷 抄上)」[9]라고 명기되어 있다. 따라서 위의 글에서 알 수 있는 바와 같이 소세키가 중시하고 있는 마음은 번뇌와 잡념이 번다한 그런 세속의 마음을 일컫는 것이 아님을 짐작할 수 있다. 이것은 속념(俗念)을 떠난 참된 마음 즉 진심(眞心)을 말하고 있으며 이 진심은 상당한 수행을 거쳐 얻을 수 있는 것으로 소세키는 일생동안 이 진심을 얻기 위해 노력하면서 이 문제에 대해 숙고했을 것이라고 유추된다.

「정(靜) 이것을 성(性)이라고 하면 마음 그 가운데 있다.」고 하는 것은 정은 변하지 않는 불성, 진여의 묘리로서 우리의 마음에 있다는 것이고 「동(動) 이것을 마음이라고 하면 성(性) 그 가운데 있다.」라고 하는 것은 동이 마음이라고 한다면 이 역시 변하지 않는 불성 진여를 통해 그 나타냄을 알 수 있는 것이라는 뜻이다. 결국 마음이 살아난다고 하는 것은 동하는 것임을 알 수 있고 마음의 작용이 없어지면 정(靜)의 상태가 되는 것을 의미하고 있다. 정에서 동, 동에서 정의 관계는 변하지 않는 진리를 깨달음으로서 그 절대적인 마음의 도리에서 포착할 수 있는 것이다. 청소년 시절부터 접하고 익히기 시작한 불교의 선도리(禪道理)의 영향으로 소세키는 이러한 정과 동의 도리를 자신의 작품 속에 나타내면서 독자들에게는 그 도리를 표현하고 그러한 문장을 통해 자신에게는 깨달음을 위한 하나의 수행과정으로 삼고 있었다고 생각된다.

1906년(明治 39년) 12월에 발표한 소설 『태풍(野分)』에서 현대인으로서의 청년이 가지고 있는 번민에 대한 제가(諸家)의 해결법으로

---

9) 전게서 p.416

여러 가지를 언급하고 있는데 그 내용 중에서 첫째 항목과 둘째 항목을 보면 「첫째, 정심(靜心)의 공부를 쌓아라. 둘째, 운동(運動)을 하고 냉수마찰을 하라.」[10]라고 제시하고 있다. 여기서도 제일 먼저 요구되고 있는 것이 정심의 공부이다. 물론 소세키의 의도로서 정(靜)을 앞세워서 그 중요성을 강조했을 것이다. 그 다음 두 번째로 동을 요구한다. 인간의 번민을 해결함에 있어서도 첫째가 정(靜)을 체득하기 위한 수행을 들고 있음을 알 수가 있다. 이러한 정에 관해 직접 표현한 문장으로 1898년(明治 31년) 3월의 한시에는 다음과 같이 표현하고 있다.

춘일정좌

일일의 정(靜)을 회득하면
참으로 알 수 있는 백년의 분주함.

春日靜坐

會得一日靜　회득일일정
正知百年忙　정지백년망

이 한시의 내용에서도 알 수 있듯이 하루의 정(靜)을 얻을 수 있다면 백년의 분주함을 알 수 있다는 경지를 나타내고 있다. 여기에서 백년의 분주함이라는 것은 정(靜)에 대한 동(動)을 나타내는 것으로 수

---

10) 『野分』, 『漱石全集』(1966) 2권 岩波書店 p.699

많은 번민과 괴로움으로 가득 찬 세월이 백년이라 하더라도, 인간이
단 하루라도 마음의 본체 즉 진여를 깨달을 수 있는 정을 회득한다면
찰나에 번뇌 망상을 없앨 수 있다는 것을 읊고 있다. 그러나 마음의
본체를 알지 못한다면 동과 정의 기미를 알 수 없는 것이다. 이에 관
해서 위의 시와 같은 시기인 1898년(明治 31년) 3월의 한시의 구에,

　　실제

　　내 마음 속에 괴로움 있는 것 같지만
　　이것을 찾으려 해도 찾기가 어렵구나.

　　失題

　　吾心若有苦　　오심약유고
　　相之逐難相　　상지수난상

　라고 하여 용이하게 찾을 수 없는 마음의 본체에 대해 읊고 있다.
이 시구에서도 알 수 있듯이 소세키는 마음의 작용(動)에 주목하여
그 깨달음을 구하고 있음을 나타내고 있다. 이 마음 작용의 표현에 대
해 1906년(明治 39년)에 쓴 소설 『풀베개』에서 진정한 그림을 그리
고자 하는 화가를 통해 「나의 느낌은 외부(外部)로부터 오는 것은 아
니다, 가령 외부로부터 온다고 하더라도, 나의 시계(視界)에 펼쳐지
는, 일정한 경치는 아니니까, 이것이 원인이라고 손가락을 올려 분명
하게 남에게 보일 수는 없다. 존재하는 것은 단지 마음(心)이다. 이 마

음을, 어떻게 나타내면 그림이 될 것인가」[11]라고 적고 있다. 마음을 어떻게 구체화 하여 묘사하느냐 하는 것은, 정(靜)에서 얻는 동의 현전(現前)이라고 할 수 있을 것이다. 남에게 보이기 위해서는 자신의 느낌만으로는 나타내기 어렵다. 그 느낌을 눈으로 볼 수 있도록 하는 것은 동의 세계를 주로 하지 않으면 안 되는 일이다.

1908년(明治 41년)의 소설『산시로(三四郎)』에서 미네코(美禰子)의 그림을 그린 화가 하라쿠치(原口)는,「화가(畫家)는 말이야, 마음(心)을 그리는 것이 아니야. 마음이 외부에 모습을 나타내고 있는 것을 그리는 것이니까. (중략) 그러니까 우리들은 육체만 그리고 있다.」라고 말하고 있다. 여기서 마음은 정(靜)의 세계에서는 그 모습은 볼 수가 없기 때문에 눈에 보이는 동(動)의 세계인 모든 물체와 육체를 통해 표현을 할 수 있다는 내용이다.

또,『풀베개』에서의 화가는 마음을 소중히 하되 그 대상을 고르는 것에 고심하고 있다.「색(色), 형태, 상태가 만들어지고 자신의 마음이, 아아 여기에 있었구나하고, 홀연히 자신을 인식하게끔 그리지 않으면 안 된다.」[12] 라고 표현하고 있듯이 진정한 마음의 상태로서 그 합당한 대상의 움직임(動)을 발견하고 느낄 수 있어야 진정한 그림을 그릴 수 있다고 소세키는 묘사하고 있다. 즉, 양쪽 다 정(靜)의 세계에서 마음의 본체가 현전(現前)하는 동(動)을 포착하여 그것을 표출하는 것을 말하고 있다. 눈으로 볼 수 없는 무형(無形)인 진여(眞如)를 모습으로 그릴 수가 없지만, 세속의 시공(時空)을 초월하여 단 하

---

11)『草枕』,『漱石全集』(1966) 제2권 岩波書店 p.457
12) 전게서 p.457

루라도 정(靜)의 세계인 깨달음의 선경(禪境)에 들어간다면 동(動)의 세계를 자유자재로 현출(顯出)할 수가 있을 것이다. 인간은 현재 살고 있는 세상에서 이와 같은 진리를 터득해야 함에도 용이하게 실현할 수가 없다. 1898년(明治 31년)에 쓴 『해로행(薤露行)』속에는 우리가 사는 세상과 더불어 정(靜)에 대한 표현을 다음과 같이 말하고 있다.

> 우리가 보는 것은 움직이는 세상이 아니고, 움직이는 세상을 움직이지 않는 사물(物)의 도움으로 멀리서나마 간접적으로 들여다보는 세상이다. 활살(活殺) 생사(生死)의 건곤(乾坤)을 앞뒤로 염출(捻出)해 내어 오색(五色)의 색상을 정(靜) 속에 그려내는 세상이다.[13]

세상의 움직임에 있어서 사물을 매개체로 하여 동(動)의 모습을 도출한 것을 정(靜)의 세계에서 오색으로 그려내는 것이 세상이라는 것이다. 자칫하면 인간 세상은 동(動)의 상태로 쉼 없이 이끌려 정(靜)의 세계를 접하는 것이 어렵기 때문에 더욱 강조된다는 견해다.

소설 『풀베개』에서는 동(動)에 대하여 「보통의 소설가(小說家)처럼 각자 마음대로 근본을 찾고자 하여 심리작용(心理作用) 면(面)에서 접촉한다든지, 인사(人事)의 갈등에 대립한다든지 하는 것은 속된 것이 된다. 움직여도(動) 상관없다. 그림 속의 인간이 움직인다고(動) 보아도 지장이 없다. 그림 속의 인물은 아무리 움직여도(動) 평면(平面) 밖으로 나올 수 있는 것은 아니다. 평면 밖으로 튀어 나와서, 입체적(立體的)으로 움직인다고(動) 생각하는 것이야 말로, 이쪽과 충돌

---

13) 『薤露行』, 『漱石全集』2권 p.149

하기도 하고 이해(利害)의 교섭이 생겨나기도 하여 성가시게 된다. 성가시게 되면 결국 미적(美的)으로 보고 있을 수는 없게 된다.」[14]라고 시사하고 있다. 동(動)의 세계의 표현이 그림이긴 하지만 이해가 발생하여 성가시게 되는 동(動)은 미적인 가치가 없어지는 것이다.

인간 세계에 있어서 모든 것에 세속적(世俗的)인 심리작용과 인사의 갈등이 있는 것은 어쩌면 당연한 일이겠지만, 화가가 목적으로 하는 진정한 그림의 대상은 될 수 없다. 화가가 말하는 진정한 그림을 얻기 위한 필수조건으로는, 세정(世情)에 끌려 생겨나는 분별과 번뇌에 움직이고(動) 있는 자기의 마음을 정적(靜的)인 경지에서 얻을 수 있어야만 된다는 것이다. 즉, 모든 색상(色相)세계의 사물에서 현출하는 동(動)로부터 초월하여 번뇌 망상과 희노애락(喜怒哀樂)이 없는 정(靜)의 경지에 들어간다면 완전한 자유를 느낄 수 있기 때문에 그리고자 하는 것도 자유자재로 표현할 수 있다는 것을 말하고 있다. 소세키는 움직이는(動) 것과 움직이지 않는(靜) 것에 관해서「세상 속에도 움직이지 않고 있다(靜). 세상 밖에도 움직이고 있지 않다. 다만 그냥 움직이고 있다(動). 꽃에 움직임도 없고(靜) 새에도 움직임도 없고(靜), 인간에 대해서 움직임도 없고(靜), 다만 멍하니 움직이고 있다(動).」[15]고 하여 동과 정이 공존(共存)하고 있는 도리를 말하고 있다.

『풀베개』에서 모든 삼라만상(森羅萬象)은 분명 움직이고 있지만, 그것을 보는 마음, 변하지 않는 불성(佛性)의 자리에는 움직임이 없

---

14)『草枕』p.395
15) 전게서 p.454

다고 하는 도리를 이해하기 어려운 문장으로 표현하고 있다. 소설 속에서 시인과 화가는 「상대세계(相對世界)의 정화(精華)를 음미해야 하고, 철골철수(徹骨徹髓)의 맑음을 알아야 한다.」[16]고 주지하고 있다. 이 역시 동(動)과 정(靜)을 비유한 것으로 상대세계의 정화가 동(動)의 세계이고 철골철수의 맑음이 정(靜)의 세계에 속한다고 이해할 수 있다. 진정한 그림을 그리려고 하는 화가는 나미(那美)의 표정에서 이러한 세계를 얻으려고 하지만 「깨달음(悟)과 미혹함이 한 집에서 싸움을 하면서도 동거하고 있는」[17]나미에게서는 쉽지 않은 일이다. 여기서 말하는 깨달음은 정(靜)의 세계이고, 미혹함은 동(動)의 세계이다. 마음의 통일이라고 하는 것은 정(靜)의 세계에서 체득할 수 있는 평온한 선(禪)의 세계이다. 1906년(明治 39년) 9월 30일에 소세키가 모리타(森田)에게 보낸 편지에는 『풀베개』에 대해 「천연자연(天然自然)은 인정(人情)이 없다. 보는 사람에게도 인정은 없다. 쌍방이 비인정이다. 단지 아름답다고 생각한다.」[18]라고 적고 있다. 이 문장에서 적고 있는 천연자연은 번뇌와 분별이 없는 정(靜)의 세계를 일컫고 있기 때문에 인정이 없는 것이다. 서로가 비인정의 세계인 정(靜)의 경지에서 느끼는 진정한 아름다움을 이야기하고 있다.

소세키는 이와 같이 초자연의 정경에서 표출되는 정(靜)과 동(動)에 대하여,

원래는 정(靜)이어야 할 대지의 일각에 결함이 생겨서, 전체가 저절

---

16) 전게서 p.453
17) 전게서 p.422
18) 『漱石全集』14권 p.457

로 움직였지만, 동(動)은 본래의 성품에 반한다고 깨닫고 애써 본래의
모습으로 되돌아가려고 한 것임에도 불구하고 평형(平衡)을 잃은 기
세에 제압되어, 마음과는 달리 본의 아니게 계속 움직여 왔다.[19]

라고 묘사하고 있다. 그러나 동(動)만 중시하는 그림은 본래 원만한
상(相)으로 돌아가지 않으니까 저속하므로 정(靜)을 기반으로 하는
동(動)으로서의 표현하는 그림을 요구하고 있다고 뒤이어 적고 있다.
따라서 정(靜)은 비인정으로 연결되고 또 선적(禪的)인 체(体)로, 동
(動)은 인정으로 연결되어 용(用)으로 귀결된다. 소세키가 「마음의
용(用)은 현상세계에 의해 나타난다.」[20]라고 말하고 있는 내용에서도
알 수 있는 바와 같이 현상세계를 통해서 마음의 작용으로서 용(用)
의 도리를 감지할 수 있다. 체(体)와 용(用)이 상호 작용하면서 공존
하는 것이다. 정(靜)과 동(動)도 또한 이와 같은 이치로 상호 공존하
면서 현출하는 것이다.

　정(靜)의 비인정에서 표출되는 동(動)의 인정을 그리는 것이 화가
의 목표이기 때문에, 전혀 색기가 없는 평범한 얼굴에서는 나타나지
않는 인정이기에 계속 고민하게 된다. 「어떤 순간의 충동에서, 이 정
(情)이 그녀의 얼굴에 표출되는 순간이야말로 화가의 그림은 성취
된다.」라고 동(動)의 표출에 의한 묘사를 말하고 있다. 이와 같이 소
세키는 정(靜)과 동(動)에 관해서 움직임이 어떻게 변하는가에 따라
「완전한 예술가로서 존재할 수 있는 한 점의 취미를 포착」[21]하지 않으

---

19) 전게서 p.421
20) 『漱石全集』제16권 p.270
21) 『草枕』p.548

면 안 될 것을 이야기하고 그 한 점의 포착은 정(靜)의 세계에서 묘출되어야 함을 강조하고 있다. 즉, 진여의 묘리로서 보이지 않는 무형의 정(靜) 즉 체(體)로부터 눈으로 볼 수 있는 한 점의 취미인 동(動) 즉 용(用)을 취득하는 것이야 말로 진정한 것이라는 말이다.

소세키는 『풀베개』에서 「색상세계(色相世界)로부터 옅어져 가는 것은, 어떤 점에 있어서 초자연(超自然)의 정경(情景)이다」[22]라고 표현하고 있다. 즉 인간을 떠나지 않고 인간 속에서 정(靜)과 동(動)이 상호 작용하면서 안정감을 이루어가는 과정을 나타내고자 하는 것이라고 생각된다.

3. 동(動)과 정(靜), 아(我)와 비아(非我)

위에서 소세키가 말하고 있는 동(動)과 정(靜)의 의미에서 살펴본 바와 같이 정(靜)이 마음의 참됨(眞) 즉 진심의 상태에서 느낄 수 있는 것이라는 점을 알 수 있다. 진심을 얻을 수 있는 경지는 번잡스러운 잡념과 번뇌에서 벗어난 참된 아(我)의 상태 즉 진아(眞我)를 체득하는 일일 것이다. 『생각나는 일 등((思ひ出す事など))』에는 「아(我)와 세계와의 관계는 매우 단순하다. 완전히 스테틱(靜)[23]하다. 따라서 안전하다.」[24]라고 말하고 있다. 정(靜)이 아(我)와 세계와의 관계를 가진다면 그 세계라는 것은 비아(非我)로 연결된다고 생각할 수

---

22) 전게서 p.462
23) static 정(靜), 정적(靜的)
24) 『漱石全集』제8권 p.312

있을 것이다. 다시 말하자면 아(我)와 비아의 관계가 단순하며 스테틱(靜)한 것으로 귀결된다. 즉 동(動)과 정(靜)을 숙지하기 위해 참된 아(我)의 대상으로서 비아를 이해해야 하는 문제가 대두되는 것이다. 아(我)는 정(靜)과 관련되고, 비아는 동(動)과 관련성을 가질 수 있다. 소세키는 참됨에 대한 개념과 함께 비아에 대해『창작가의 태도』에서「자기 자신에게 참된 자, 즉 남에게 참된 자가 되어야 비로소 세간(世間)에 통용되는 참됨이 성립되니까, 이 절실한 경험을 누가 보아도 움직일 수 없는 참됨으로 내세우려면, 이것을 객관적으로 안치(安置)할 필요가 생깁니다. 그래서 나는 이 연설의 모두에 자신의 과거의 경험도 비아(非我)의 경험이라고 간주할 수 있다고 미리 예방선을 쳐두었습니다. 그 느낌이야말로 아(我)의 소유이고, 또 아(我) 한사람의 소유이지만 느낌은 타인의 것이라고 말했습니다. 따라서 자기의 과거의 사랑과 타인의 사랑은 같이 비아의 경험으로 간주합니다.」[25]라고 하여 아(我)와 비아(非我)의 문제에 있어서 타인뿐만이 아니라 과거도 비아의 범주에 든다고 하여 그 관계와 의미를 설명하고 있다.

소세키가 아(我)에 대해 자신의 작품에 처음으로 표현하고 있는 문장으로는 1889년(明治 22년) 5월 25일의 한시에서 찾아 볼 수 있다.[26] 이 시는 졸저에서 소개한 바 있기도 하다.

무 제

세진을 모두 씻어 아(我)도 없고 물(物)도 없어

---

25)『創作家の態度』,『漱石全集』(1966) 11권 岩波書店 p.161
26) 본서에서 한시에 대한 한국어 역은 필자의 역으로 하였음.

단지 볼 것은 창밖 고송의 울창함뿐이구려.

천지는 심야에 이르러 소리 하나 없고

빈방에 묵좌하고 있으니 마치 고불과 같구나.

無　題

洗盡塵懷忘我物　　세진진회망아물

只看窓外古松鬱　　지간창외고송울

乾坤深夜闃無聲　　건곤심야격무성

默坐空房如古佛　　묵좌공방여고불

이 시구에서 말하고 있는 물(物)은 동(動)의 개념으로 볼 수 있고, 아(我)에 대해서는 소세키가 추구하는 참된 아(眞我)의 입장에서 본다면 정(靜)의 개념으로 볼 수 있을 것이다. 「빈방에 묵좌하고 있으니 마치 고불과 같구나(默坐空房如古佛)」의 시구에서 느낄 수 있듯이 시의 전체 분위기는 정(靜)의 세계를 읊고 있음을 알 수 있다. 이 시뿐만 아니라 소세키의 한시는 주로 동(動)의 세계보다 정(靜)의 세계를 표현하고 있다. 그 이유로서는 일찍이 불교 수행을 통해 깨달음을 참구하는 참선을 실천하고 만년까지 한시를 통해 그 경지를 표현하고자 한 의도에서 기인된 것이라고 생각된다. 1914년(大正 3년)의 한시에서도 아(我)와 관련된 시구를 구사하고 있음에 주목된다.

무　제

들의 냇물은 꽃 피는 마을을 흘러가고

춘풍은 나의 초당에 들어 오구나.

흐르는 물도 불어오는 바람도 왠지 담담하니,

이러한 무아의 경지야말로 선향이 아니겠나.

無 題

野水辭花塢	야수사화오
春風入草堂	춘풍입초당
徂徠何澹淡	조래하담담
無我是仙鄕	무아시선향

라고 읊고 있어 정(靜)의 극치와 무아(無我)의 경지를 나타내고 있다. 소세키는 이 무아에 대해 1915년(大正 4년) 1월경부터 11월경까지 쓴 「단편(斷片)」을 비롯하여 수없이 자신의 문장에서 표현하고 있다. 무아의 경지가 번뇌로 괴로워하는 세속으로부터 초월한 경지로서 깨달음의 세계 즉 정(靜)의 경지를 이야기하고 있음을 알 수 있다. 또한 소세키가 세상을 떠나기 직전인 1916년(大正 5년) 11월 20일에 지은 마지막 한시의 구에서는,

무 제

벽수벽산 어디에 아(我)가 있는가,

천지의 모든 것이 모두 무심이로다.

無 題

碧水碧山何有我   벽수벽산하유아

蓋天蓋地是無心   개천개지시무심

라고 읊어 그러한 아(我)마저도 방하(放下)할 수 있는 무심(無心)의 경지인 정(靜)의 세계를 회득하였음을 천명하고 있다. 그러면 비아에 대해서는 어떠한 견해를 가지고 있을까.

1908년(明治 41년)의 강연문 『창작가의 태도』에는 창작가의 입장에서 「작가 자신 이것을 아(我)라고 명명합니다. 또 하나는 작가가 보는 세계로 비아(非我)라고 명명합니다.」[27]라고 하여 아(我)와 비아에 대해 정의하고 있다. 이에 이어서 참됨(眞)의 소중함을 강조하고 다음과 같이 적고 있다.

참됨(眞)이 목적이라면 참됨을 좋아할 것이다. 좋아하지는 않는다 하더라도 거짓됨(僞)을 싫어할 것이다. 참됨을 취하고 거짓됨을 버리는 것은 자연스러운 일이지 않겠는가. 참으로 그러합니다. 그러나 문자상으로 진위(眞僞)는 있지만, 비아(非我)의 세계, 즉 자연의 사상(事相)에는 진위는 없습니다.[28]

라고 하여 참됨과 더불어 진위가 없는 자연의 사상(事相)인 비아의 세계에 대해 덧붙여 말하고 있다.

소세키는 여기서 창작가가 어떤 입장에서 어떤 태도로 세상을 보는가에 관하여 작가 자신을 아(我)라고 일컫고 있다. 이 아(我)는 철학

---

27) 『創作家の態度』, 『漱石全集』제11권 岩波書店 p.162
28) 전게서 p.163

자가 말하는 Transcendental 이라든가, 심리학자가 논하는 Ego 라든 가 하는 것이 아니라고 말하고 있다.

아(我)라고 하는 것은 항상 움직이는 의식의 흐름이 계속되는 것으로, 과거(過去)의 아(我)와 현재(現在)의 아(我)로 구별하기도 한다. 소세키는 여기서 아(我)와 비아의 구별에 있어서 비아 즉 사물을 볼 때, 사물이 아(我)로부터 독립해서 현존한다고 말할 수 없고 아(我)가 사물을 떠나서 생존한다고 말할 수 없으며 둘은 근본적으로 양면을 구별할 수 없고 구별할 수가 없으니까 일치한다는 언어도 필요 없다고 설명하고 있다. 이것은 앞에서 언급한 것처럼 정(靜)을 떠나 동(動)이 없고 동(動)을 떠나 정(靜)이 없다는 논리와 같다. 정의 도리에서 동을 볼 수 있어야 하고 동을 통해 정을 회득할 수 있어야 한다.

소세키는『창작가의 태도』에서 계속해서 이 세계에는 나(私)라고하는 존재가 있고, 당신이라고 하는 존재가 있으며 같은 공간속에서인과의 법칙으로 연결된다.[29]고 하여 나(私)라는 개념을 강조하고 나(私)를 비롯하여 동(動)의 여러 양상을 거론하고 있다. 이것은 비아로서 동(動)의 세계를 설명하고 있는 것으로 생각할 수 있다. 인과의 법칙 또한 동(動)의 입장에서 설명될 수 있는 부분이다. 시간과 공간이 공존하고 나(私)와 상대가 공존하는 가운데 인과의 법칙은 작용하고 있기 때문이다. 인생에 있어서 어떤 일종의 불가사의한 것으로 인과의 법칙에 의해 지배되고 있다는 것을 인식함으로서 아(我)와 비아의 구별이 되고 상호의 갈등 속에서 객관적으로 통찰할 수 있으며 궁극적으로는 아(我)와 비아의 존재도 하나의 동일체에서 기인되는 것이

---

29)『創作家の態度』,『漱石全集』제11권 p.113

라고 소세키는 말하고 있기 때문이다.

그러나 과거의 아(我)와 현재의 아(我)로 구별하여 어디에서 과거가 시작되고 어디에서부터 현재가 되는 것인가라고 하는 문제를 거론한다면 그것에 대한 제한은 없다고 한다. 소세키는 「고대(古代)의 철학자처럼 하늘을 날아가는 화살에 손가락으로 가리켜 지금 어디에 있다, 라고 남에게 알려 줄 수가 없으니 필경 화살은 움직이고 있지 않는 것이라고 하는 토론도 할 수 없는 것도 아닙니다.」[30]라는 예를 들어 제한에 대한 문제점을 설명하면서 다음과 같이 서술하고 있다.

우리 내계(內界)의 경험은 현재를 떠나면 떠날수록 마치 타인의 내계 경험인 듯한 태도로 관찰할 수가 있는 것처럼 생각됩니다. 이러한 의미에서 말하면 아(我) 속에도 비아(非我)와 같은 느낌으로 취급할 수 있는 부분이 발생합니다. 즉 과거의 아(我)는 비아와 같은 가치이므로 비아 쪽으로 분류해도 지장이 없다고 하는 결론이 됩니다. [31]

라고 하여 아(我)와 비아는 별개의 것이 아닌 상호 연관성을 가지고 있다는 것과 앞에서 언급한 바와 같이 과거의 아(我)는 비아와 같은 가치를 가지므로 비아로 분류해도 무방하다는 전제아래 아(我)와 비아를 구별해 놓고 나서 아(我)가 비아에 대한 태도를 검토한다고 말하고 있다.

결국 한편으로는 아(我)로부터 비아로 옮기는 태도이고, 또 한편

---

30) 전게서 p.115
31) 전게서 p.117

으로는 비아(非我)로부터 아(我)로 옮기는 태도입니다. 또 비아가 주
(主)이고 아(我)가 빈(賓)이라고 하는 태도이고, 아(我)가 주(主)이고
비아가 빈(賓)이라고 하는 태도라고도 말할 수 있습니다.[32]

이와 같은 속성을 연결시키는 일은 한층 더 객관성을 분명하게 해
줄 것이라고 생각된다. 이것은 우리들의 주변에서 시각(視覺), 청각
(聽覺) 등을 단순히 주관적 태도로만 취급한다면 색(色)은 색으로, 소
리(音)는 소리로만 인식 할 것이다. 그러나 이 색과 소리에는 「동일체
(同一體)인 비아가 공존하고 있으며, 색(色)도 비아의 속성이고 소리
도 비아의 속성」[33]이라고 보는 것이다. 이에 따라 이 색과 소리도 동
일한 비아의 속성이라고 종합하여 본다면 전보다는 훨씬 그 사물에
대한 존재를 명확히 하는 의미가 되니까 객관적 태도에 중점을 둔 서
술이라고 해야 한다는 것이다. 그러나 소세키는 여기서 주의해야 할
것으로 이 때 주관적 분자(分子)가 없어졌다고 해석해서는 안 된다고
한다. 실제로 색을 보고 소리를 듣는 이상은 이 경험을 종합해서 아
(我) 이외의 것(非我)이 아닌 색도 소리도 의연히 주관적 사실이 되
는 것이다. 여기서 하나의 가설로 아(我)인 주관을 정(靜)으로, 비아
인 객관을 동(動)로 생각해본다면 보다 이해할 수 있는 것이 아닐까.
　소세키는 이러한 이치를 돌에 비유하여 설명하고 있다. 저 사람의
마음은 돌과 같다, 라는 예를 들어서 살펴보면 마음과 돌을 비교할 수
가 없다는 것이다. 사람의 마음을 돌에 비교하는 것이 될 수 없다고
하는 것은 우리가 돌에 대한 경험에 대해 아(我)로부터 비아의 세계

---

32) 『創作家の態度』, 『漱石全集』제11권 p.151
33) 전게서 p.128

로 내던지는 태도, 즉 아(我) 이외의 것에 조금도 움직이지 않는 돌이라고 명명되는 것이 존재하고 있다고 간주하기 때문인 것은 아닐까. 이미 내던져진 돌이라고 명명되어진 이상, 아(我)의 태도가 아(我)로부터 비아로 향하여 작용하는 이상 돌은 어디까지나 돌 자체로 존재할 뿐으로, 어떠한 방법으로도 사람의 마음에 비교할 수가 없는 것이다. 돌에게는 주관의 내용이 내포되어 있지 않기 때문에 아(我)로부터 비아로 전이(轉移)될 수 없다는 것이다. 그 이유로서 다음과 같이 말하고 있다.

> 우리들은 우리들의 기분(氣分) 주관의 내용을 비아(非我)의 세계로부터 얻습니다. 그러나 비아의 세계는 기계적(器械的) 법칙의 평형(平衡)을 가짐으로서 비로소 안정되는 것입니다. 만약 이 평형을 잃어버리면 곧바로 무너져버립니다. 따라서 자신이 이러한 기분이 되고 싶다고 생각했을 때 그 기분을 생기게 해주는 비아의 세계 형상이 갖추어지지 않을 수가 있습니다. 즉 비아의 세계를 지배하는 기계적 법칙이 아(我)의 기분에 응해서 작용해 주지는 않습니다. 그 법칙의 운행과 자신의 기분과 합체(合體)되었을 때, 결국 자신이 그렇게 되고 싶다고 간절히 희망하고 있었던 것 같은 기분이 생겨날 때, 비아의 형상을 평소의 공식(公式)으로 해석하려고 하는 것이 우리들의 욕망입니다.[34]

위의 가설에서 보면 주관은 정(靜)의 세계가 된다. 정(靜)으로부터 동(動)을 감지하는 것을 전제로 한 소세키의 의도에서 보면 주관의 내용을 비아의 세계에서 얻는다는 것의 이해에 무리가 없게 된다. 그

---

34) 『創作家の態度』, 『漱石全集』제11권 p.157

러나 이러한 욕망과는 달리 이 기분을 구성하는 일부들은 비아의 세계에, 이것에 상응하는 형상을 발견하고 또는 상상할 수가 있지만 이 전체의 기분에 응하는 것을 객관적으로 도출해내려 한다면 불가능한 것이라고 말하고 있다. 비아의 세계를 지배하는 기계적 법칙이 아(我)의 기분에 응해서 작용하지 않아서 평소의 공식으로 해석하고자 하는 욕망을 가진다는 것은 비아가 동(動)의 세계이기 때문에 일어날 수 있는 현상이라고 생각된다.

소세키는 이러한 기분을 기분으로서 나타내는 일에 있어서 전체적인 요소에 발현되어지지 않는다고 말하고 복잡한 기분의 대상을 객관적인 비아의 세계에 나타내려고 하면 열 가지 기분을 하나의 형상으로 대표해서 나타내고 나머지 아홉은 이 상징을 통해서 생각을 일으키도록 하지 않으면 안 된다는 것이다. 요컨대, 상징(象徵)으로서 사용하는 것은 비아의 세계 속에 있는 것일지도 모르겠지만 그 암시하는 것은 자신의 기분에서 기인된다. 엄밀히 말하면 이러한 경향은 타인의 기분이 아니며 외부에서 오는 기분도 아닌 것으로 주관적 태도에서 거리를 두고 바라 볼 수가 있는 것으로, 즉 이것은 소세키가 말하고 있는 정(靜)의 세계에서 기인한다고 이해할 수 있다.

소세키는「자신의 과거의 경험도 비아의 경험으로 간주할 수가 있다.」[35]라고 전제하고 있듯이 이것을 사랑에 비유하여 자신의 사랑과 타인의 사랑에 있어서, 가령 분량 성질이 같아도 소유자가 다르며, 예감도 다르고, 방향도 다르기 때문에 자기의 과거의 사랑과 타인의 사랑과는 다 같이 비아의 경험이라고 간주하고 있다. 이 점에서 보면 주

---

35) 전게서 p.156

관적인 사랑 그 자체를 한 걸음 떨어져 바라 볼 수 있는 것이다. 주관
인 정(靜)도 객관인 동(動)도 서로 일치하고 있기 때문에 작가의 마
음과 독자의 마음으로 아는 것 이외에 달리 방법이 없는 경우가 많아
질 것이다. 사랑을 예를 들어 주관과 객관의 문제와 결부하여 비아와
아(我)와 관련지어 다음과 같이 언급하고 있다.

　　사랑(愛)의 객관적 존재를 공인(公認)하더라도 이것을 서술할 때에
　는 그 사랑의 소유자와 결합시켜야 합니다. 동시에 사랑을 주관적인
　경험으로서 역시 같은 수단으로 호소한다면 서술할 수가 없습니다. 그
　러나 그러하기 때문에 같은 것으로 귀착한다고 결론짓는 것은 조금 잘
　못된 것입니다. 전자는 비아(非我)의 사상(事相) 속에 사랑을 인정하
　여 이것을 묘출하는 것이고, 후자는 아(我)의 사랑을 인정한 이상 이
　것을 비아의 세계에 내던지는 것입니다. 즉 그 본위(本位)로 하는 것
　은 아(我)가 경험하는 사랑이라고 하는 정조(情操)로, 이 무형(無形)
　무취(無臭)의 정조에 상응하는 것 같은 비아의 사상(事相)을 창설하
　는 것입니다. 아(我)의 사상(事相)은 자연으로부터 주어지는 것으로
　그 분자(分子)인 사랑을 서술하는 것과, 아(我)가 절실하게 경험하는
　사랑을 부여하는 것으로서, 가장 적절하게 이것을 서술하기 위하여 비
　아의 사상(事相)을 임의로 건립한다는 차가 생깁니다. 따라서 양자(兩
　者)는 어떤 점에 있어서 일치하는 것은 물론입니다만 극단적으로 되면
　크게 느낌을 달리하는 것입니다.[36)]

이 문장에서 거론하고 있는 바와 같이 객관적 존재와 결부시켜 비

---

36) 『創作家の態度』p.155

아를 말하면서 비아의 사상(事相) 속에 사랑을 인정하여 묘출하는 것
이라고 설명하고 있다. 그리고 사랑이 주관적인 경험이라고 한다면
아(我)의 사랑을 인정하여 비아의 세계에 내던지는 것이라고 이야기
하고 있다. 앞에서 말한 가설에서 검토해 보면 아(我)의 사상(事相)
이것은 자연으로부터 주어지는 것으로 정(靜)의 입장이 되고, 비아
의 사상을 임의로 건립한다는 것은 동(動)의 입장으로 이해할 수 있
을 것이다. 이러한 이치에 입각한다면 비아의 사상을 창설하기 위해
객관적 서술이 요구되지만 이 객관적인 서술에는 관찰력(觀察力)을
필요로 하고 있다. 소세키는 이 관찰력이 과학이 발달함에 따라 간접
적으로 그 공기에 전염된 결과라고 보고 인간들이 예술적 정신은 넘
쳐날 정도로 있지만 과학적 정신은 이것과 반비례해서 크게 결여되
어 있음을 염려하고 있다. 따라서 문학에 있어서도 「비아의 형상을 무
아(無我)무심(無心)으로 관찰」[37]할 능력은 발달되어 있지 않다고 언
급하고 있다. 여기서 말하는 무아와 무심은 정(靜)의 세계로 객관적
인 시각으로 진지하게 사물을 대한다면 아(我)는 주관의 세계로서 정
(靜)을 충분히 체험할 수 있으며 창작가는 그러한 정(靜)의 세계에서
분출하는 비아의 세계를 문학으로 표현할 수 있을 것이다. 이차럼 소
세키는 마음의 본체를 추구함에 있어서 아(我)와 비아(非我)의 의미
와 정(靜)과 동(動)의 진정한 의미에 관해 그 참된(眞) 도(道)의 진리
를 자신의 여러 문장에서 나타내고 있다고 생각된다.

---

37) 전게서 p.170

4. 맺음말

소세키는 동(動)과 정(靜)에 대해 깊은 관심을 가지고 자신의 사상과 철학에 비추어 그 관계를 규명하고 그것을 작품 속에 나타내고 있음을 알 수 있다. 눈에 비치는 모든 것에 동중정(動中靜), 정중동(靜中動)의 세계를 볼 수가 있다면 진정한 깨달음의 도리를 감득할 수가 있는 것이다. 소설『풀베개』에서는 동(動) 속에서 정(靜)을 볼 수 있고, 정(靜) 속에서 동(動)의 세계를 표출하는 것이야말로 참된 화가가 될 수 있음을 말하고 있다. 만년의 한시에서는 진정한 정(靜)의 세계에서 읊은 한시를 통해 불법의 진리를 표현하고 동(動)의 모습으로 깨달음의 진리를 전하고 있다. 즉 소설을 비롯해서 한시 및 여러 문장에서 동(動)과 정(靜)의 참된 의미에 주의를 기울여서 작품을 이해해야 할 것이 요구된다.

아(我)와 비아의 문제도 둘로 구분해서 단정할 수 없는 것으로 정(靜)의 세계를 세속에서 벗어난 세계에서 찾는다고 하면 이것은 참된 주관으로 이어져 진아(眞我)의 면에서 아(我)를 이해하게 된다. 또한 동(動)의 세계가 상대세계에서 현출하기에 객관으로 이어져 비아(非我)로 연관된다.『생각나는 일 등(思ひ出す事など)』에서 정(靜), 동(動), 성(性), 마음(心)에 관한 상관관계를 거론하면서 그 의미에 중시하고 있는 소세키를 이해하기 위해서는 그가 죽음을 맞이하기 직전까지 지니고 있었던 마음에 대한 수행과 그 깨달음을 향한 참구에 주의를 기울여야 할 것이다.

인간의 일상생활에는 모든 것이 동(動)의 세계를 벗어나서 존재할 수 없다. 동(動)의 개념을 배제하고는 이 세상에서 인간의 삶을 생각하기 어렵다. 그러므로 인정을 초월해서 보는 것, 그 속에서 속계의 인정을 관조하는 것, 그것이야말로 정(靜)의 경지일 것이다. 이러한 것의 체득이 문학의 영역 내에서 필요한 요소가 되고 정(靜)에서 묘출되는 동(動)의 표현이 진정한 가치가 있다고 주지하고 있는 점에서 생각한다면 소세키의 문학과 그의 사상을 고찰하기 위해서는 이해해야 하는 또 하나의 문제라고 생각된다.

제4장

문학 속에 인용된 「공안(公案)」

1. 머리말

인도(印度)에서 발생해서 중국과 한국을 경유하여 6세기경 일본에 전해진 불교는 일본의 역사 및 일본인의 생활 곳곳에 큰 위치를 차지하면서 중요한 역할을 수행해 온 것은 분명하다고 할 수 있다. 그리고 불교는 종교적(宗敎的)으로나 문화적(文化的)으로도 일본의 문화(文化)와 사회(社會), 일본인들에게 깊이 자리하여 독특한 일본 불교를 형성하고 있다. 이러한 일본 불교사(佛敎史)를 포괄적으로 연구한 쓰지젠노스케(辻善之助)[1]는 「불교(佛敎)가 그 전개(展開)를 통해서 일

---

1) 辻 善之助(つじ ぜんのすけ) 1877-1955, 전쟁 전의 일본의 역사학자. 도쿄제국대학(東京帝國大學) 명예교수 문학박사. 전공은 일본불교사
불교사 연구로부터 일본인의 정신과 일본문화의 형성을 탐구한 실증주의적(實証主義的) 연구에 매진하여 일본사학의 발전에 기여함. 효고현(兵庫縣)출신.
위키패디아 https : //ja.wikipedia.org

본 국민의 피가 되고 살이 되었다.」라고 말하고 또 「일본 역사(歷史) 속에서 불교를 제외하고는 그 대부분을 잃었다고 말하지만, 그건 단순한 말이고 사실은 불교를 제외하고 일본의 역사를 생각하는 것은 거의 불가능하다고 해야 할 것이다.」라고까지 서술하고 있다. 이 견해는 많은 연구자들에 의해서 그 의견을 같이 하고 있으며, 일본의 문학과 불교와의 관계에 대해서도 간과할 수 없는 요소라고 생각된다.

불교를 제외하고 일본의 역사를 생각하는 것은 거의 불가능하다고 한다면 문학에 있어서도 마찬가지 현상이라고 말할 수 있을 것이다. 그러므로 일본 문학은 고전(古典)에서부터 불교와 더불어 전개 발전되어 근현대까지 그 맥을 이어 오고 있다고 볼 수 있다. 물론 문학 속에 나타나 있는 불교적 요소의 농도에 따라 그 맥의 강약도 다르겠지만 불교라는 흐름을 배제하고 문학을 말할 수는 없다는 이야기로 이해할 수 있을 것이다. 따라서 본 연구에서는 불교의 여러 요소 중에서 불교의 구도(求道)와 참선수행 정진에 있어서 한 방법으로서 제시되고 있는 공안(公案)을 중심으로 하여 근대문학을 탐구해 보고자 한다. 근현대의 많은 작가들이 불교와 관련한 작품을 남기고 있지만 그 중에서 직접 선사(禪寺)를 찾아 공안(公案)을 부여받고 참선(參禪)을 경험한 작가로 근대문학을 대표하는 나쓰메 소세키의 작품을 근간으로 하여 연구에 임하려고 한다. 불교 관련 졸론에서 부분적으로 언급한 바는 있지만 여기서는 좀 더 구체적으로 작품 속에 어떤 공안이 인용되고 도입되어 있는지, 어떻게 해석되고 있는지에 대해서 그 전거(典據)와 더불어 고찰하고자 한다.

2. 공안(公案)의 의미

공안(公案)은 일반적으로 화두(話頭)라고도 하며 그 뜻은 간단하게 말하면 불교에서 말하는 선(禪)의 문답(問答) 또는 문제(問題)이다. 원래는 관청의 조서(調書), 안건(案件)을 의미하는 법칙용어(法則用語)의 하나지만 당나라 말경에 목주도종(睦州道蹤 : 780-877)이 어느 참문자(參問者)에게 「현성공안(現成公案)[2], 너에게 서른 막대기(棒)를 놓겠다.」라고 한 말에 의해 스승이 제자(弟子)를 시험하거나 평가하는 의미의 선어로 되었다. 참선 수행을 하면서 공부심의 깊이를 가늠하기 위한 선의 문답은 때와 장소를 달리하여 제삼자의 견해가 붙는 것이 상례(常例)이며, 처음에 아무 대답도 하지 못하는 스님을 대신하는 「대어(對語)」와, 대답을 해도 충분하지 않아 다른 입장(立場)에서 대답해 보이는 「별어(別語)」 등 제2차 제3차의 문답을 거치게 되는 것이다.

이 때 최초의 문답을 본칙(本則) 또는 고칙(古則), 화두(話頭), 화칙(話則) 등으로 말하고 참선하는 데 있어서 이를 공안선(公案禪), 또는 간화선(看話禪)이라고 한다.

송대(宋代)는 일반 사대부(士大夫) 사이에 그러한 간화(看話)의 관심이 높아져서, 고칙(古則)을 모은 거고(擧古)와 운문(韻文)의 송

---

2) 현성공안(現成公案) 모든 현상의 있는 그대로의 모습이 곧 진리 그 자체이므로 그것을 참선하는 수행자에게 제시된 과제로 한 것. 그 어떤 힘에 의하여 이루어지는 것이 아니라 애초에 완성되어 있는 진리에다 자신의 의지가 가미되는 행위, 곧 자각(自覺)은 자신의 자(自)와 진리의 각(覺)이 동시간과 동공간에 구현되는 모습이다. 그것을 진리가 구현되어 있다는 의미에서 현성공안(現成公案)이라 한다.
[네이버 지식백과] http : //terms.naver.com

(頌)을 붙인 송고(頌古), 산문(散文)의 글들을 모은 염고(拈古) 등, 각
종 공안집(公案集)이 편찬되었다. 원오극근(円悟克勤)이 설두(雪竇)
의 송고백칙(頌古百則)을 강론한『벽암록(碧嚴錄)』[3], 무문혜개(無
門慧開)가 50칙(則)의 공안에 평(評)과 송(頌)을 붙인『무문관(無門
關)』[4] 등은 대표적인 저작(著作)[5]으로 꼽히고 있다.

3. 소설(小說)에 나타나 있는 공안

소세키의 작품 속에 공안에 대한 내용이 직접적 또는 간접적으로
나타나 있지만「공안」이라는 단어를 직접 사용한 것은 의외로 적은
편이다. 소세키가 처음 접한 공안은 26세 때 가마쿠라(鎌倉)에 소재
하는 원각사(円覺寺)에 방문했을 때였다.「색기를 버려라(色氣を去

---

3)『벽암록(碧嚴錄)』벽암집(碧巖集)이라고도 함. 운문종(雲門宗) 4대인 설두중현(雪
   竇重顯 : 980-1052)이 집성하고 임제종 11대인 환오극근(圜悟克勤)이 본칙에 대
   한 설시(說示) 평창(評唱)을 가한 공안집. 종교서로도 유명하지만 뛰어난 문학서
   로도 꼽히고 있음. 종문 제일의 서적으로 근세 일본 선에 지대한 영향을 끼쳤음.
   [네이버 지식백과] http://terms.naver.com
4)『무문관(無門關)』중국 남송(南宋)의 선승(禪僧) 무문 혜개(無門慧開)가 지은 불교
   경전.『선종무문관(禪宗無門關)』이라고도 한다. 1권. 고인(古人)의 선록(禪錄) 중
   에서 공안 48칙(公案四十八則)을 뽑고 여기에 염제(拈提) 또는 평창(評唱)과 송
   (頌)을 덧붙였다. 이 48칙의 총칙(總則)이라고 할 제 1칙 조주무자(趙州無字)에서
   저자는 무(無)를 종문(宗門)의 일관(一關)이라 부르고, 이 일관을 뚫고 나아가면
   몸소 조주(趙州)로 모실 뿐 아니라 역대 조사(祖師)와 손을 잡고 함께 행동하며 더
   불어 견문을 나누는 즐거움을 같이 하게 된다고 한다. 본서에는 이 무자(無字)의
   탐구가 전편(全編)에 깔려 있다.『벽암록(碧嚴錄)』,『종용록(從容錄)』과 함께 선종
   의 대표적인 책이다.
   [네이버 지식백과] http://terms.naver.com
5) 中村 元 外(1989)『仏教辞典』岩波書店 p.247

れよ)」에 당시 정황에 대한 회상(回想)이 기술되어 있다.

> 소카쓰(宗活) 씨는 소탈한 스님이라고 생각했다. 「나쓰메 씨 개정(開靜)입니다」문득 잠을 깨니 소카쓰(宗活) 씨가 나를 흔들어 깨우고 있었다. 시계를 보니 아직 오전 두시 새벽, 둥! 하고 대종(大鐘)이 울린다. 선당(禪堂)에서는 인경(引磬)의 시끄러운 소리가 난다, 목판이 딱딱 울린다, 반종(半鐘)이 울린다, 와자지껄 독경(讀経) 소리가 난다 그 다음에 울려 퍼지는 환종(喚鐘)[6]을 듣고 우리들은 은료(隱療)[7]로 갔다.
> 환종을 치고 노스님 앞에 나오자 소엔(宗演) 씨는 미소를 띠며 간단한 선에 대한 마음가짐을 말하고, 끝으로 조주(趙州)의 무자(無字)를 공안으로 내려주었다.[8]

이 문장에 제시되고 있는 「조주의 무자(趙州의 無字)」 공안은 『무문관』 제1칙에 있는 유명한 공안으로 「구자환유불성. 야무. 주운무.(狗子還有仏性. 也無. 州云無.)」[9]이다. 조주선사(趙州禪師)에게 한 스님이 「개에게도 불성(佛性)이 있습니까?」라고 묻자 선사는 「무

---

6) 범종(梵鐘)은 대종 또는 인경이라고 하고 이와 비슷한 작은 종을 반종(半鐘) 또는 환종(喚鐘)이라고 하는데, 범종의 범(梵, brahman)은 청정을 뜻하는 말로서 범종이란 「청정한 사원에서 울리는 맑은 소리를 지닌 종」을 말한다. 따라서 범종소리는 부처님의 음성(法音, 圓音)으로서 지옥에서 고통받는 모든 중생들이 「고통에서 벗어나 즐거움을 얻게 하고(離苦得樂) 무명(無明)을 밝혀서 광명으로 이끌기 위해서」 울리는 법구(法具)이다.

[네이버 지식백과] http : //terms.naver.com

7) 은료(隱療) 스승의 집(師家) 또는 노스님의 거처(居處)

[네이버 지식백과] http : //terms.naver.com

8) 「色氣を去れよ」『漱石全集』(1966)제16권 p.683

9) 『大正新脩大藏経』(1973)제48권 『無門關』大正新脩大藏経刊行會 p.121

(無)!」라고 대답했다고 한 내용이다. 이것은 「어떤 사람이 개를 가리키며 개에게 불성이 있습니까. 답하는 사람이 두 명 있는데 그 둘 중에 한 사람이 말하기를, 개에게 불성이 있습니다, 라고 답하고 한 사람은 개에게 불성 없습니다, 라고 답했다.」[10]라고 번역되어 있지만, 원전 「조주록(趙州錄)」에 있는 의미는 단순히 「없다(無)」라고 되어 있다. 하지만 이를 공안으로 볼 때에는 「있다(有)」에 대한 「없다」라고 하는 유무(有無)의 이원(二元)을 초월한 「절대무(絕對無)」라고 해석한다. 즉 조주는 「무(無)」라는 한마디로 자기의 불성(佛性)을 그대로 체현(體現)해서 보인 것이다.

소세키는 이 공안을 안고 참선 정진을 하면서 공안에 대한 견해를 내보이는 과정을 다음과 같이 표현하고 있다.

> 다시 참선이 시작된다. 나의 차례가 되어 새벽에 부여받은 공안(公案)에 대해서 견해를 말하자, 일언지하에 퇴장당하고 말았다. 이번에는 철학식(哲學式)의 이치를 말하자 더더욱 안 된다고 받아주지 않는다. 그렇게 해서 조주의 무자(趙州의 無字)가 짐이 되었고, 좀처럼 소엔(宗演) 씨는 받아 주지 않았다.[11]

라고 공안 참구(參究)에 고민하고 있는 과정과 모습이 표현되고 있다. 소세키가 직접 가마쿠라의 원각사에 가서 경험한 참선을 자세하게 담고 있는 소설 『문(門)』에는 「공안」이라는 말이 몇 번 나온다. 그리고 공안에 대해서도 그 참구의 방법과 주인공 소스케(宗助)가 노

---

10) 中村 元 外(1989) 『仏教辭典』岩波書店 p. 205
11) 『色氣を去れよ』, 『漱石全集』제16권 p.683

스님에게서 공안을 부여받는 상황 등에 관한 일들이 묘사되고 있다. 공안을 받으면서도 소스케는 자신의 내면(內面)에 있는 지금의 생활과 비교해 보고 그 차가 심한 것에 놀라게 된다. 선승(禪僧)들을 보고 마음 편한 신분이니까 좌선(坐禪)을 할 수 있는 것인지, 혹은 좌선을 한 결과 그런 편한 마음이 될 수 있는 것인지, 라고 혼돈하게 된다. 이 혼돈에 대해서 선승 기도(宜道)는 소스케에게 결코 편안해서는 안 된다는 것과 오랜 세월 동안 주어진 공안에 대한 타파를 하기 위해 고행하는 운수(雲水)[12]의 이야기를 들려주며 아침과 저녁 낮과 밤을 게을리 하지 않고 열심히 좌선 정진(精進)해야 한다는 조언을 해 준다. 그리고 소스케는 선방으로 안내되고 공안을 타파하고 깨닫는 일이 어려운 과정이라는 것을 신중하게 생각하고 있을 때 다시 기도의 안내를 받는다.

약 한 시간 지났다고 생각할 즈음 기도(宜道)의 발소리가 다시 본당 쪽에서 울렸다. 「노스님이 상견(相見)하시겠다고 하니까 사정이 괜찮으시다면 가시지요.」라고 말하고, 정중하게 문지방 위에 무릎을 꿇었다.[13]

이 내용에 의해서도 좌선 전에 공안을 부여받을 때의 분위기와 절차가 잘 표현되어 있는 것을 알 수 있다. 여기서 말하는 「상견(相見)」은 선사(禪寺)의 노스님을 대면하는 일로 『벽암록』제4칙에 「편구위

---

12) 운수(雲水) 행운류수(行雲流水)의 약자로 선의 전문도량에 입문하여 수선하는 승려. [네이버 지식백과] http : //terms.naver.com
13) 『漱石全集』제4권 p. 833

의 재입상견(便具威儀 再入相見)」[14]이라는 구에서 그 의미를 볼 수가 있다. 이는 선가(禪家)의 일반 상식으로서 노스님에게 공안을 부여받을 때, 먼저 깨달음의 길을 향하고 있는 공안 받을 사람의 공부심과 각오 등을 미리 점검받고 공안을 받을 수 있는 마음가짐의 정도를본다. 그리고 나서 노스님에게 인정받았을 때, 정진하는 태도와 수행규칙에 관해 엄격하게 듣고 나서 공안 중의 하나를 선택해서 주어지는 것이다. 소설『문』속에서 이 과정을 마치고 난 뒤 소스케에게 주어진 공안에 대해서 묘사된 부분을 보면 다음과 같다.

> 노스님은 쉰 정도로 보였다. 검붉은 광택이 있는 얼굴을 하고 있었다. 피부도 근육도 모두 탄탄하여 어디에도 나태함이 없으나 동상(銅像)이 초래한 인상이 소스케의 가슴에 새겨졌다. 그 대신 그의 눈에는 평범한 인간에게서는 도저히 볼 수 없는 일종의 정채(精彩)가 번쩍였다. 소스케가 처음 그 시선을 접했을 때는 어둠 속에서 갑자기 칼날을 보는 것 같은 생각이 들었다.「글쎄 어디서부터 들어가도 마찬가지이지만」이라며 노스님은 소스케를 향하여 말했다. 부모미생이전본래의 면목(父母未生以前本來面目)은 무엇인가, 그것을 한 번 참구(參究)해 보면 좋겠구면.」[15]

이「부모미생이전본래면목(父母未生以前本來面目)」공안은 소설『행인(行人)』에도「나 같은 사람은 시종일관 부모미생이전(父母未生以前)부터 지금에 이르기까지 일찍이 자기의 주장을 바꾼 적이 없는

---

14) 朝比奈宗源 譯『碧巖錄』上 전게서 p. 74
15) 『漱石全集』제4권 p. 834

남자다.」[16]라는 표현으로 인용되고 있다. 이 공안은 중국 선종(禪宗)의 6대 조사인 혜능선사(慧能禪師)가 참구한 것으로서, 육조대사 이후 많은 선사들이 정진해 온 공안이다.『육조단경(六祖壇経)』에 따르면 혜능(慧能)이 혜명(慧明)에게 교시(教示)하는 장면에서 「불사선불사악정여마. 나개시명상좌본래면목(不思善不思惡正与麼. 那箇是明上座本來面目.)」[17]이라고 설하자 즉시 혜명이 대오(大悟)했다는 일화로 유명하게 된 공안으로, 이후 선종에서는 대표적인 공안의 하나로 알려져 있다. 또 이 「부모미생이전본래면목」은 실제 소세키가 가마쿠라의 원각사에서 참선할 때 주어진 공안이기도 하다. 참선을 하고 있을 당시 소세키는 샤쿠소엔(釋宗演)에게 이 공안에 대한 답으로 그 견해를 말한다. 「『문학론』을 위한 노트(『文學論』のためのノート)」에 따르면 소세키가 「사물(物)을 떠나서 마음(心) 없고 마음을 떠나서 사물 없습니다. 달리 말할 수 있는 건 없습니다.」라고 말하자, 샤쿠소엔은 「이치상으로 말한 것이다. 이치로서 추측해서 모든 학자가 그렇게 말한다.」[18]라고 꾸지람을 들었다(일할 : 一喝)[19]고 적고 있다. 소세키는 이 공안에 대해서 자기 나름의 답을 준비해서 말해보았지만 결국 노스님으로부터 인정받지 못한다. 즉 소세키는 공안에 대한 적절한 답이 아닐뿐더러 지극히 얕은 지식에 불과하다는 것을 알게 되고 죽음 전까지 이 공안을 마음속에 지니고 정진에 매진한다.

---

16) 『漱石全集』제1권 p. 503
17) 鄭柄朝譯解(1978)『六祖壇経』韓國仏教研究院 p.54
18) 村岡勇編(1976)「文學論ノート」岩波書店 p.14
19) 일할(一喝) 말로 표현할 수 없는 직접 체험의 경지를 나타낼 때, 또는 제자를 꾸짖거나 호통 칠 때 토하는 큰 외마디 소리.
　　[네이버 지식백과] http : //terms.naver.com

이 공안과 함께 선가(禪家)에서 대표되는 공안인 「정전백수자(庭前柏樹子 : 뜰 앞의 잣나무)」는 소설 『풀베개(草枕)』에서 묘사되고 있다.

빗방울 떨어지는 곳에 있는 선인장을 보고 「묘한 그림자가 일렬로 나란히 있다. 나무라고도 보이지 않는다, 풀은 물론 아니다.」라고 하여 본당(本堂)의 끝에서 끝까지 일렬로 질서 있게 나란히 함께 흔들리고 있는 것, 또 그 그림자가 본당의 끝에서 끝까지 일렬로 질서 있게 나란히 함께 흔들리고 있는 것을 표현하면서 선의 공안에 비교하고 있다.

> 가까이 다가가 보니 선인장이다. 높이는 일곱 여덟 척이나 될 것 같다. 쓸모없는 푸른 황과(黃瓜), 주걱처럼 눌려 찌부러져 손잡이 쪽을 아래로 하고, 위로 위로 연결시킨 것처럼 보인다. 그 주걱이 몇 개 이어져야 끝이 될 건지 모르겠다. 오늘 밤 중에도 차양을 뚫고 기와 위까지 나올 것 같다.(생략)주걱과 주걱의 연속이 자못 엉뚱스럽다. 이런 우스꽝스러운 나무는 없을 것이다. 게다가 깨끗한 물건이다. 어떠한 것이 부처인가라고 묻자, 정전백수자(庭前柏樹子)다, 라고 답한 스님이 있다고 하는데, 만약 같은 물음에 접한 경우에는, 나(余)는 두 말 없이, 월하(月下)의 선인장이라고 그 답에 응할 것이다.[20]

여기에서 나타내고 있는 공안 「정전백수자」는 조주선사가 한 승려에게 「조사서래의(祖師西來意)」즉, 달마가 중국에 전한 불법의 심오한 경지에 대한 질문을 받고 이에 대해서 「정전백수자」라고 답한 것

---

20) 『漱石全集』제2권 p. 511

으로부터 전해지고 있다.『벽암록』제45칙 「평창(評唱)」과『무문관』 제37칙 등에 있으며 그 원문은 「일일승문조주. 여하시조사서래의. 주 운. 정전백수자.(一日僧問趙州. 如何是祖師西來意. 州云. 庭前柏樹 子.)[21]이다. 이 내용은 어떠한 것이 이 조사가 서쪽에서 온 뜻이냐, 라 는 물음에 조주선사가 말하기를 뜰 앞의 잣나무이니라. 라고 했다는 이야기이다. 주(州)는 당나라의 선승 조주(趙州)선사이다. 이는 단순 히 잣나무를 말하는 것이 아니라 대오(大悟)의 심경을 그대로 표현한 것으로 자아(自我)를 공(空)으로 하고 무아(無我)가 되면 물아일체 (物我一體), 인경불이(人境不二), 주관객관(主觀客觀)의 구별이 없어 진 경지를 말한다.

소설『풀베개』에서「정전백수자」를 도입한 것은 마음속에 품고 있 던 공안의 답으로「월하의 선인장」이라는 자신의 견해를 나타내 보이 기 위한 것은 아닐까 하고 추측된다.

『나는 고양이로소이다』에서는 공안 「확연무성(廓然無聖)」이 제시 되고 있다. 고양이가 하는 이야기로 주인(主人)과 다타라군(多多良 君)이 우에노공원(上野公園)에서 무슨 짓을 했는지, 경단을 몇 그릇 먹었는지에 대해 탐정할 필요도 없고 또 미행할 용기도 없으니 그냥 휴양하겠다는 내용에서 「다감다한(多感多恨)으로 밤낮 심신을 지치 게 하는 나 같은 자는 비록 고양이라고 해도 주인 이상으로 휴양을 필 요로 하는 것은 당연한 일」이라고 하여 다타라군이 고양이를 보고 휴 양 이외에 아무런 능력도 없는 군더더기라고 욕하는 장면에서 다음과 같이 좌선과 더불어 표현되고 있다.

---

21) 朝比奈宗源 譯(1976)『碧巖錄』中 岩波書店 p. 126

자칫 물상(物象)에만 사역(使役)당하는 속인(俗人)은 오감(五感)의 자극 이외에 아무런 활동도 하지 않기 때문에 남을 평가하는 것도 귀찮아한다. 무엇이든 일의 끝부분을 생략하고, 땀이라도 흘리지 않으면 일하지 않은 것처럼 생각한다. 달마(達磨)라고 하는 스님은 발이 썩을 때까지 끝까지 좌선(坐禪)을 했다고 전해지지만, 가령 벽의 틈에서 담쟁이덩굴이 기어 들어와 대사(大師)의 눈과 입을 막을 때까지 움직이지 않는다고 하면, 자고 있는 것도 죽어 있는 것도 아닌 것이다. 머릿속은 항상 활동하여, 확연무성(廓然無聖) 같은 특이한 도리(道理)를 골똘하게 생각하고 있었을 것이다.[22]

여기에 제시된 공안 「확연무성(廓然無聖)」은 선의 진수는 쾌활하고 커서 성범(聖凡)의 차별 같은 것은 없다는 의미다. 『벽암록』 제1칙 본칙에 「양무제. 달마대사. 여하시성체제일의. 마운. 확연무성.(梁武帝. 達磨大師. 如何是聖諦第一義. 磨云. 廓然無聖.」[23]이라고 기록되어 있다. 이는 양(梁)의 무제(武帝)가 달마대사에게 묻기를, 어떠합니까, 이 성제제일의(聖諦第一義)는 무엇입니까? 달마가 말하기를, 확연무성이로소이다, 라고 답했다는 내용이다. 그러나 소세키는 소설 속에서 「확연무성」의 선적(禪的)인 뜻이 아니고 사전적(辭典的)인 의미로 인용한 것으로 보인다.

또, 소세키는 눈에 보이는 형태만 보고 마음을 보지 못하는 것에 관해서 「유가(儒家)에도 정좌(靜坐)의 공부라고 하는 것이 있다고 한다. 그렇다고 해서 방 안에 칩거(蟄居)하여 한가로이 앉아 수행을 하

---

22) 『漱石全集』제1권 p. 205
23) 朝比奈宗源 譯 『碧巖錄』 上 전게서 p. 42

는 것은 아니다. 뇌 속의 활력은 남달리 붉게 타고 있는 것이다.」라고
하여 마음을 보는 것에 대한 중요성을 말하고 공안「건시궐(乾屎橛)」
을 인용하고 있다.

다만 외견상(外見上)으로는 지극히 조용하며 단정하고 엄숙한 상태
이므로 천하의 평범한 안식은 모두 형태만 보고 마음을 보지 않는 불
구(不具)인 시각(視覺)을 가지고 태어난 사람으로, ---- 하지만 그의
다타라 산페이(多々良三平)군 같은 사람은 형태를 보고 마음을 보지
못하는 제일류(第一流)의 인물이니까 이 산페이 군이 우리를 보고 건
시궐(乾屎橛)과 동등한 취급을 하는 것도 그렇지만.[24]

「건시궐」은 부정(不淨)한 것이 묻은 채 마른 것으로 선가에서는 똥
막대기라는 말로 일컬어지기도 한다. 대변이 말뚝처럼 높게 쌓여 건
조된 상태를 말하며, 더러운 것을 뜻한다. 또 어떠한 일도 이루어지지
않는 다는 뜻이 있다.[25] 부정(不淨)한 물건을 예로 들어 진리를 깨닫
게 하는 선문답 등에서 흔히 쓰이는 공안이다.『무문관』의 제21칙에
는「승문. 여하시불. 문운. 건시궐.(僧問. 如何是仏. 門云. 乾屎橛.)」[26]
이라고 되어 있다. 스님이 묻기를, 어떠한 것이 부처입니까? 무문이
말하기를, 건시궐(똥막대기)이다, 라고 명시되어 있다.

이것 역시 더럽다든가 깨끗하다든가 하는 분별심이 없이 진심(眞
心)을 봐야 한다는 선리(禪理)를 말하고 있다.

---

24)『漱石全集』제1권 p. 206
25) 中村 元 外(1989)『仏教辞典』岩波書店 p. 141
26)『大正新脩大藏経』(1973)제48권『無門關』大正新脩大藏経刊行會 p.282

형태를 보고 마음을 보지 않는 어리석음을 한탄하는 것으로, 소세키의 선에 의한 작의(作意)가 나타나 있는 공안이다. 사람들이 고양이를 경멸하는 것도 무리는 아니지만 형태 이외의 활동을 보지 못하는 자를 향해 자기 영혼의 빛을 보라고 굳이 말하는 것은 「중에게 머리를 땋아라, 라고 강요하는 것 같고, 다랑어에게 연설을 해 봐라, 라고 말하는 것 같고. 전철에 탈선(脫線)을 요구하는 것 같고, 남편에게 사직(辭職)을 권고하는 것 같고, 산페이에게 돈 생각하지 마라, 라고 말하는 것 같은 것」이라고 하여 무리한 주문에 불과한 말로서 공안과 같은 문장을 늘어놓고 있다.

또 『나는 고양이로소이다』에서는 공안, 「철우면의 철우심(鐵牛面の鐵牛心)」도 볼 수 있다. 간케쓰(寒月) 군과 주인(主人)이 죽음에 대해 대화하는 장면에서 이 공안이 제시된다.

> 「태어날 때는 아무도 숙고해서 태어나는 자는 없지만, 죽을 때에는 누구나 염려하는 것처럼 보이지요」라고 간케쓰가 서먹서먹한 격언(格言)을 말한다.
> 「자네처럼 말하면 즉 뻔뻔스러운 자가 깨닫는 게로군」
> 「그렇지, 선어(禪語)에 철우면(鐵牛面)의 철우심(鐵牛心), 우철면(牛鐵面)의 우철심(牛鐵心)이라고 하는 말이 있지」
> 「그리고 자네는 그 표본이라고 하는 셈인가?」[27]

「철우면의 철우심, 우철면의 우철심」이라는 공안은 1885년(明治 28년)에 지은 「무제(無題)」의 한시 제4구에도 「심사철우편부동(心似

---

27) 『漱石全集』제1권 p. 508

鐵牛鞭不動)」이라고 쓰고 있다.

이 「철우(鐵牛)」에 대한 전거는 『벽암록』의 제38칙 「풍혈조사심인 (風穴祖師心印)」의 본칙에 「조사심인, 상사철우지기(祖師心印, 狀似 鐵牛之機)」[28]라는 구에서 찾아 볼 수 있다. 소세키는 이 공안의 의미 를 한시에 도입하여 독센 군의 초연하고 출세간적인 모습에 비유하고 있다.

그리고 또 고양이의 눈에 비치는 인간의 어리석음을 두고 다음과 같은 선어로 비유하고 있다.

「일념만년(一念万年), 만년일념(万年一念). 짧기도 하고, 짧지도 않
다.」

「뭐야 그건 도가(道歌)인가, 상식 없는 도가군.」

「인간은 영리한 것 같아도, 습관을 잃고, 근본을 잊는다고 하는 큰
약점이 있어.」[29]

「일념만년(一念万年), 만년일념(万年一念)」의 전거는 「일념만년, 만년일념. 현기신속, 격양갱장.(一念万年, 万年一念. 玄機迅速, 激揚 鏗鏘.)」라고 하여 『선해일란(禪海一欄)』서언(緒言)에 명시되어 있는 문구이다. 시간은 사람의 주관적인 마음 작용에 의해 길게도 짧게도 느껴질 수 있다는 뜻이다. 『환오심요(圜悟心要)』에도 「일념만년, 만

28) 朝比奈宗源 譯(1977)『碧巖錄』中 岩波書店 p.63
　　『碧巖錄』제38칙 「風穴祖師心印」의 本則 「舉. 風穴在郢州衙內上堂云 [倚公說禪.
　　道什麼據], 祖師心印, 狀似鐵牛之機 [千人万人撼不動. 訛節角在什麼據. 三要印
　　開不犯鋒鋩].
29)『漱石全集』제1권 p. 514

년일념. 이십육시중순일무잡(一念万年, 万年一念. 二十六時中純一無
雜)」이라는 문구가 있다. 즉 그 도리(道理)의 묘함이 너무 커서 말로
다하기 어려울 뿐 아니라 세상 모든 것이 자신의 마음에 의해 좌우된
다는 선리(禪理)를 설한 것이다.

또 공안 「노지(露地)의 백우(白牛)」는 「자네는 현이 없는(無絃) 거
문고를 타는 자니까 곤란하지 않은 편이겠지만, 간케쓰 군의 경우는
삐걱삐걱 삐삐 이웃 간에 들리는 것이라서 매우 곤란해 하고 있는 참
이라네.」라고 하는 내용으로 공안 「무현(無絃)의 거문고」와 함께 묘
사되어 있다.

「그런가? 간케쓰 군, 근처에 들리지 않게 바이올린을 켜는 법을 모
르는가요?」
「모르겠어요, 있다면 여쭙고 싶은 데요」
「물어보지 않아도 노지(露地)의 백우(白牛)를 보면 바로 알 텐데」라
고, 뭔가 알 수 없는 말을 말한다. 간케쓰 군은 잠에 취해서 저런 이상
한 소리를 하는 것이라고 감정(鑑定)했기 때문에 일부러 상대하지 않
고 화두를 돌렸다.[30]

공안 「노지의 백우」는 『법화경(法華經)』[31]의 「비유품(譬喩品)」에
나오는 화택(火宅)의 예에서 찾아 볼 수 있다. 그 내용을 보면 장자의
아이들이 커다란 백우의 우마차를 타고 불이 난 화택을 벗어나, 거리

---

30) 『漱石全集』제1권 p. 491
31) 『법화경(法華經)』제1기(초기) 대승경전. 기원 50년-150년 사이에 성립된 것으
로 추정. 일승묘법(一乘妙法) 구원석가(久遠釋迦) 보살행도(菩薩行道) 3대 특색
을 설하고 있다.

의 노지에 안좌(安坐) 했다고 하는 이야기이다. 이 이야기는 삼계(三界)의 화택을 벗어난 경지(境地), 번뇌를 벗어난 경계를 말한다. 「노지의 백우」에서 「노우(露牛)」는 장자의 아이들을 노지로 옮긴 백우로 일승묘법(一乘妙法)을 비유한 것이다.[32]

이러한 공안을 사용한 소세키의 그 궁극적 목표는 도(道)를 깨닫는 것이다. 견성성불하여 무아의 경지에 들어가는 것이라고 생각된다. 이에 이어 『나는 고양이로소이다』에서 삼경월하입무아(三更月下入無我)가 제시되고 있다. 간케쓰군과 구샤미선생이 자각심에 대해서 서로 나누는 대화에서이다.

> 「지금의 사람은 탐정적이다. 도둑적이다. 탐정은 사람의 눈을 속이고 자신만 좋은 일을 하려고 하는 장사니까, 자각심(自覺心)이 강하지 않고서는 안 된다. (중략) 「삼경월하입무아(三更月下入無我)라고 하는 것은 이 지경(至境)을 읊은 것이란 말이야. 」[33]

「삼경월하입무아(三更月下入無我)」는 깊은 밤 밝은 달 아래에서 번뇌를 벗어나 도(道)의 경지 즉 무아에 들어간다는 뜻으로 중국 선승의 시집 『강호풍월집(江湖風月集)』[34]에 있는 「언부광문(偃溪廣聞)」의 시구 「삼경월하입무하(三更月下入無何)」에서 인용하고 있다고 생각된다. 무하(無何)는 「무하유향(無何有鄕)」의 약어로 무심(無

---

32) 中村 元 外(1989)『仏教辞典』岩波書店 p. 850
33) 『漱石全集』제1권 p. 504
34) 『강호풍월집(江湖風月集)』 남송(南宋)의 송파종게(松坡宗憩 : 무준사범(無準師範)의 후임자)가 편집한 송말 선승(禪僧)의 시게선집(詩偈選集).
   https://search.yahoo.co.jp

心)한 심경을 말하고 있으므로 무아(無我)라는 말로 대체했다고 생각
된다.

소설『행인(行人)』에는 선(善)도 던지고 악(惡)도 던지고 부모로부
터 태어나지 않는 그 이전의 모습도 던지고 일체를 모두 방하(放下)
하고 오도(吾道)를 향한 향엄선사(香嚴禪師)에 관한 이야기 나온다.
총명하고 영리하게 태어났다고 알려져 있는 향엄선사는 흔히 말하는
하나를 물으면 열을 답하고, 열을 물으면 백을 답한다고 하는 인물이
었지만 그 총명하고 영리함이 오도에 방해가 되어 오랜 시간이 지나
도 도(道)에 들어가지 못했으나 어느 날 돌이 대나무에 맞아 나는 소
리를 듣고「일격(一擊)에 소지(所知)가 망(亡)했다 하여 기뻐했다」[35]
는 이야기를『행인(行人)』의 형을 통해서 묘사하고 있다. 이것은「향
엄격죽(香嚴擊竹)」이라고 하는 선의 공안 중 하나로서『경덕전등록
(景德伝灯錄)』제11권에「일격망소지, 경불가수치, 처처무종적, 색성
외위의, 제방달도자, 함언상상기(一擊亡所知, 更不仮修治, 處處無縱
跡, 色聲外威儀, 諸方達道者, 咸言上上機)」[36]라고 하는 내용을 소설
속에서 표현한 것이라고 생각한다.

소설『우미인초(虞美人草)』에서는 수수께끼의 여자가 무네치카(宗
近)의 집에 오는 장면에서「수수께끼의 여자가 있는 곳에는 파도가
산(山)이 되고 숯덩이가 수정으로 빛난다. 선가(禪家)에서는 버드나
무는 푸르고 꽃은 붉다고 한다. 혹은 참새는 짹짹하고 까마귀는 까악

35)『漱石全集』제5권 p. 753
36)『大正新脩大藏経』(1973)제51권『景德伝灯錄』제30권 大正新脩大藏経刊行會 p.
463

까악이라고 한다.」[37]라고 표현하고 있다. 이어서 수수께끼의 여자는 까마귀를 쨱쨱으로 하고 참새를 까악까악으로 해야 하는 여자라고 말하면서 「염화(拈華)의 일찰(一拶)」 공안을 제시하고 있다.

최상의 다툼에는 한마디의 말도 허락하지 않는다. 염화 일찰(拈華の 一拶)은 불언(不言)으로 하며 또 불어(不語)이다. [38]

이 글에서 보이는 「염화일찰(拈華一拶)」은 「염화미소(拈華微笑)」의 공안을 일컫고 있다. 어느 날 석존이 영취산(靈鷲山)에서 손에 한 송이 꽃을 들어 보이자, 모두 무슨 뜻인지 알지 못하고 잠자코 있었지만, 마하가섭(摩訶迦葉)만이 그 의미를 이해하고 활짝 미소 지으며 (破顔微笑) 답했다. 그래서 석존은 염화의 뜻을 알아차린 마하가섭에게 불법을 전했다고 하는 고사(故事)이다. 이는 송나라 이후의 선종에서 「불립문자 교외별전(不立文字 敎外別伝)」의 입종(立宗)의 기반(基盤)을 나타내는 것으로서 중용(重用)되고 또 공안의 하나가 된 것이다.

여기에서 소세키는 소설 속에 수수께끼의 여자를 둘러싸고, 있는 그대로 그 자체를 깨닫는다는 의미로 버드나무는 푸르고 꽃은 붉다 (柳綠花紅)라는 선의 도리와 더불어 「염화미소」 공안의 의취를 가져온 것이라고 생각된다.

---

37) 『漱石全集』제3권 p.160
38) 『漱石全集』제3권 p. 24

4. 한시에 인용된 공안

소세키는 소설뿐만 아니라 한시에도 공안을 도입하여 자신의 내면 세계 즉 불교, 선에 대한 마음가짐을 표현하고 있다. 일찍이 소세키의 나이 17, 18세 때 만든 첫 한시 제1구에 공안의 한 문구를 쓰고 있는 것에 주목된다.

고찰은 하늘을 치솟아 한 물건도 없고
가람은 반쯤 허물어져 장송만 빽빽하네

高刹聳天無一物　고찰용천무일물
伽藍半破長松鬱　가람반파장송울

여기에서 말하는 「무일물(無一物)」은 중국의 선종 제6조인 혜능선 사(慧能禪師 : 638~713)의 게송에 나오는 공안 중 하나로 그 전거는 「본래무일물. 하처야진애.(本來無一物. 何處惹塵埃.)」[39]에서 찾아볼 수 있다. 그 내용은 본래 아무것도 없는데 어디에 티끌과 먼지가 달라 붙겠나, 라는 의미이다. 이 「무일물」은 이후의 소세키 작품 속에 많이 쓰이고 있는 용어 중 하나이다. 「무일물」은 번뇌와 망념(妄念)이 없 는 무아(無我)의 경지, 색즉시공(色卽是空)의 경지를 의미한다.

또 1914년(大正 5년) 8월 23일의 한시 제3구와 제4구에

지금은 단지 야반의 대나무 소리를 사랑하고

---

39) 鄭柄朝譯解(1978)『六祖壇経』韓國仏教研究院 p. 73

대중과 소나무를 심고 백장의 선을 맛본다.

無他愛竹三更韻　무타애죽삼경운
与衆栽松百丈禪　여중재송백장선

라고 하여 백장선사(百丈禪師)의 「백장선(百丈禪)」을 읊고 있다.

「백장(百丈)」은 백장회해선사(百丈懷海禪師 : 720~814)이며 당나라의 선승으로 마조도일선사(馬祖道一禪師709~788)의 제자이면서 황벽희운선사(黃檗希運禪師 : ?~850)의 스승이다.

『벽암록』제26칙 「본칙(本則)」의 「백장대웅봉(百丈大雄峰)」에, 한 스님이 백장회해선사에게 질문하는 내용에서 그 전거를 볼 수 있다. 「승문백장, 여하시기특사. 장운, 독좌대웅봉. 승례배. 장편타.(僧問百丈, 如何是奇特事. 丈云, 獨坐大雄峰. 僧礼拜. 丈便打.)」[40] 한 승려가 백장에게 어떠한 것이 기특한 것입니까? 하고 질문을 하자 백장이 독좌대웅봉이라고 말한다. 이 대답을 듣고 승려는 예를 다해 절을 올렸다는 뜻으로 「백장독좌대웅봉」의 공안이 전해지고 있다. 소세키는 「여중재송백장선(与衆栽松百丈禪)」이라는 시구에 백장 선풍(禪風)을 표현하여 진정한 수행자의 태도에 공경을 나타내고 있다. 번민이 많은 세속에서 벗어난 무욕(無慾)과 무소유(無所有)의 경계를 보이고 있는 것이다. 그리고 1914년(大正 5년) 9월 18일 한시에는 「물염화망작미소(勿拈華妄作微笑)」라고 하여 석존(釋尊)이 마하가섭에게 전한 「염화미소」에 대해 읊고 있다. 이 공안에 대해서는 앞에서 언

---

40) 朝比奈宗源 譯『碧巖錄』上 전게서 p. 257

급했으므로 설명은 생략하기로 한다. 1916년(大正 5년) 10월12일의 한시 제1구에는 「쵀탁에 의해 깨달음의 기연을 알았오(途逢啐啄了機緣)」라고 하여 공안 「경청탁기(鏡淸啄機)」의 내용을 시사하고 있다. 「도봉쵀탁료기연(途逢啐啄了機緣)」은 『벽암록』의 제16칙의 「본칙(本則)」의 「거. 승문경청. 학인쵀. 청사탁. 청운. 환득활야무. 승운. 약불활. 조입괴소. 청운, 야시초리한.(擧. 僧問鏡淸. 學人啐. 請師啄. 淸云. 還得活也無. 僧云. 若不活. 遭入怪笑. 淸云, 也是草裏漢)」[41]에서 「경청쵀탁기」의 그 전거를 찾아 볼 수가 있다. 한 승려가 경청선사에게 학인은 쵀, 스승은 탁이냐는 질문을 하는 내용이다. 경청도부선사(鏡淸道咐禪師 : 898~937)는 설봉의존(雪峰義存 : 822~908)의 제자로 절강성소홍부(浙江省紹興府)의 경청사(鏡淸寺)에 있던 사람으로서 설봉선사 밑에서 대오(大悟)하고 부터는 오로지 쵀탁(啐啄)의 기(機)를 써서 수행자를 지도한 선사(禪師)이다.

「쵀탁동시(啐啄同時)」는 위의 전거에서 보았듯이 공안의 하나이며 시절 인연을 설명하는 독특한 표현이다. 다시 말하면 제자의 수행이 원숙하게 된 것을 「쵀(啐)」, 스승이 제자의 혜안을 개발하는 것을 「탁(啄)」이라 하여 「도(道)」를 깨닫는 데는 「쵀(啐)」과 「탁(啄)」이 동시에 맞닿을 때 가능하다는 뜻이다. 이는 계란 껍질 속에서 병아리가 쪼아대는 것이 「쵀(啐)」, 어미 닭도 그에 따라서 껍질 밖에서 쪼아대는 것이 「탁(啄)」이기 때문에 「쵀탁」이 동시에 행해지지 않으면 병아리가 태어날 수 없다고 하는 의미이다.

또 위의 시 제 3구에는 「바람이 있어 깃발이 펄럭이고 깃발이 펄럭

---

41) 朝比奈宗源 譯 『碧巖錄』上 전게서 p. 200

여서 바람 있는 것을 알고(一樣風旛相契處)」라고 읊어 공안「풍동번동(風動旛動)」을 도입하고 있다.

「일양풍번상계처(一樣風旛相契處)」의 구의 전거로는『무문관』의 제29칙에「유이승대론. 일운번동. 일운풍동. 왕복증미계리. 조운. 불시풍동불시번동.(有二僧對論. 一云幡動. 一云風動. 往復曾未契理. 祖云. 不是風動不是幡動.)」에서 찾아 볼 수 있다. 사찰의 정원에 있는 깃발이 바람에 펄럭이는 것을 보고 두 승려가 서로 논쟁을 하는 장면에서 한 승려가 말하기를 깃발이 움직이는 것이라고 하고, 또 한 승려가 말하기를 바람이 움직이는 것이다, 라고 한다. 이를 보고 육조대사가「바람과 깃발이 움직이는 것이 아니라, 움직이는 것은 자신의 마음」이라는 법을 설파한 것이다. 즉, 소세키는「쵀탁」이 동시에 이뤄지는 것처럼「풍번」도 인연이 동시에 상응해야 함을 나타내면서 삼라만상의 자재무애(自在無碍)의 도리를 나타내고 있다고 생각한다.

이상과 같이 청년 시절에 선사에서 직접 접하게 된 공안은 그의 수행에 있어서 하나의 근본으로 되어 오도(悟道)를 향하게 되고 그에 대한 정진심을 작품 곳곳에 나타내고 있다. 아울러 참선과 더불어 자신의 공안에 대한 견해를 그의 작품을 통해 직접 또는 간접적으로 나타내고 있다고 생각된다.

5. 맺음말

본 연구에서 고찰해 본바와 같이 소세키는 오도(悟道)의 경지를 얻기 위해서 선가(禪家)의 공안에 대한 참구를 하면서 진실로 깨닫기를 원했던 것으로 해석된다. 공안에 관해서는 소세키는 서적을 통해 십대 소년 시절부터 익혔고 이십대에 직접 공안을 접하게 된 것이다. 그리고 그러한 공안 참구의 신념과 의지를 지닌 채 끊임없이 수행하면서 그의 소설과 한시 등에 나타내고 있다. 스무 여섯살 때 첫 참선 수행 때, 선사(禪寺)의 노스님으로부터 직접 부여받은 공안, 「조주(趙州)의 무자(無字)」와 「부모미생이전본래의 면목(父母未生以前本來の面目)」을 비롯하여 「정전백수자(庭前柏樹子)」, 「노지의 백우(露地の白牛)」, 「무일물(無一物)」, 「염화미소(拈華微笑)」, 「철우면의 철우심, 우철면의 우철심(鐵牛面の鐵牛心, 牛鐵面の牛鐵心)」, 「건시궐(乾屎橛)」, 「확연무성(廓然無聖)」, 「경청탁기(鏡淸啄機)」, 「풍동번동(風動幡動)」 등 여러 공안을 작품 세계에 도입하고 있으며, 그 의취를 작품 곳곳에 직접 간접으로 비유하고 표현하고 있다. 또한 선에 의해 자신의 공안에 대한 견해를 제시하면서 만년까지 정진을 계속해 온 것이다.

또 본 연구를 통해 고찰한 결과, 소설 『나는 고양이로소이다(吾輩は猫である)』 등의 초기 작품에는 불교에 관련한 이야기와 더불어 많은 공안을 인용하고 도입하고 있지만, 후기 작품에는 공안의 도입이 적어지고 있다는 사실을 확인할 수 있었다.

이처럼 소년 시절부터 만년까지 관철되고 있는 소세키의 사상에 하나의 근본으로 되고 있는 「견성성불(見性成佛)」에 대한 염원과 불교 즉 선 수행에서 절대적인 위치에 있는 공안에 대해서 연구하고 이해하는 것은 매우 중요한 일이라고 생각한다. 따라서 진정한 소세키를 이해하는 것은 물론 그의 작품을 이해하는 데 있어서 간과할 수 없는 문제임을 주지하고자 한다.

제5장

『백봉 선시집(白峰 禪詩集)』의 세계

1. 머리말

1-1. 백봉의 생애

한국불교에서 재가불교(在家佛教)운동이 시작된 시기에 대해서 잠정적 활동부터 살펴본다면 그 시기를 명확하게 말할 수 없지만 사회적으로 인지할 수 있는 한 조직으로서 활동한 것을 볼 때 대체적으로 1960년대 이후로 들고 있다. 그 형태는 여러 양상으로 나타나고 있지만 본고에서는 재가불교 중에서도 이 시기에 거사불교(居士佛教)운동을 펼친 백봉 김기추거사에 대해 살펴보고자 한다.

백봉(白峰) 김기추거사는 출가를 전제로 하는 승가풍의 수행과는 달리 재가자로서 수행할 수 있는 거사풍을 내세운 현대 한국불교에서 거사불교운동의 주축에 선 인물로 거론 할 수 있을 것이다.

하지만 현재까지 백봉거사에 대한 논문을 비롯하여 선행 연구 자료가 거의 없는 실정이어서 본고에서는 먼저 그의 생애에 대해 간략하게 서술하고 백봉거사가 저술한 『백봉 선시집(白峰 禪詩集)』을 비롯하여 그의 저서를 중심으로 하여 거사가 말하는 수행방법과 설법 내용 등에 관해서 논하고자 한다.

백봉(白峰)은 법명이고 본명은 김기추로 출가자가 아닌 재가자로 백봉거사(居士)로 불려지고 있다. 1908년 2월 2일 부산 영도에서 태어났으며 뒤늦은 56세에 불법(佛法)을 만나 1985년 8월 2일 78세 입적하기까지 속가(俗家)에 머물면서 거사풍(居士風) 불교를 크게 일으켰다. 그의 생애를 간단히 살펴보면 불법을 만나기까지 파란만장한 생을 살았음을 알 수 있다. 거사의 부친이 한의원이었던 영향으로 어린 시절을 전통적인 유학(儒學)의 분위기에서 성장하면서 부산 영도 초등학교를 졸업하던 해에, 부산상업학교(釜山商業學校 : 현재 부산상업고등학교의 전신임)에 진학하였다. 그러나 중학교 2학년 때 일제(日帝)가 교명(校名)을 부산제2상업학교로 바꾸자, 조선어와 조선역사를 교과목에 넣어주길 요청하고 학교 교명을 바꾸려는 교명반대운동을 주도(主導)하였다가 주모자로 지목되어 퇴학을 당하게 된다.

학교 중퇴 후에는 많은 독서(讀書)를 통하여 국가와 세계의 상황을 파악하고, 서울을 왕래하면서 독립운동의 필요성을 절감하게 되어 민족 단결과 조선 해방에 뜻을 같이 한 학교 선배이자 동네 친구인 일송(逸松) 정영모(鄭永謨)와 같이 항일독립운동 단체인 「청년동맹」을 결성한다. 거사는 초대 총무(總務)를 맡아 활동하다가 초대 회장인 정일송이 형무소에 투옥되자 제2대 회장(會長)을 이어받아 항일운동을 계속하던 중 일제의 재판을 받고 부산 동대신동 형무소에 투옥되어 수감생활을 하게 된다.

형무소에 수감되어 있을 적에 첫째 동생 김양추(金良秋)가 읽을거리로 불교서적인 『벽암록(碧巖錄)』을 반입(搬入)해서, 불교와 첫 인연을 맺게 된다. 이러한 불교와의 인연으로 거사는 『벽암록(碧巖錄)』에 첨부된 부록에서 참선법에 대한 짧은 글을 읽고 무작정 면벽(面壁)을 실행한다. 당시 그는 사회운동과 민족주의 사상에 전념하던 시절이었기에 불교나 기독교 등의 종교를 미신으로 치부하던 무신론자였다. 이러한 생각은 일제하의 탄압과 해방 후의 온갖 시련을 거치면서 「인간이란 무엇인가?」라는 회의로 발전했지만, 스스로 내린 결론은 「양심적으로 살다가 깨끗하게 죽으면 그만이다」는 생각이었다고 한다.

출감(出監)한 후에도 일제에 항거하는 활동을 계속하는데 대해 일본 경찰이 요시찰인물(要視察人物)로 지목하여 행동에 제한을 받게 되어, 생계와 일제의 검거를 피해 만주(滿洲)로 이주(移住)를 한다.

만주에서 광산(鑛山)관련 직업을 가지고 생활하던 중에 그곳에서도 일제(日帝)의 감시를 피하지 못하고 결국 헌병대에 검거되어서, 독립활동을 이유로 사형수(死刑囚) 감옥(監獄)에 투옥되게 된다. 감옥 생활을 하는 도중 자기도 모르게 관세음보살(觀世音菩薩)이란 다섯 글자를 감방 벽에다 빽빽하게 써 놓았다고 한다. 담당 일본 경찰이 그 광경을 보고는 「내 어머니가 항상 관세음보살(觀世音菩薩)을 염불하는데...」 하고는 호의(好意)를 표하였다고 한다.[1] 거사는 만주의

---

1) 백봉 김기추거사의 육성 녹취록에서.
　「그럼 여러분들 내가 공부하게 된 원인을 잠깐 말씀드리겠습니다. 난 과거 일제시대에 청년운동을 좀 했습니다. 그 청년운동을 하다가 징역도 살고 그랬는데...불교

헌병대에서 이 「관세음보살 사건」으로 살아났다고 술회하고 있다. 하지만 그 당시까지는 거사는 여전히 종교와는 무관한 삶을 살았다.

집으로 돌아온 뒤에도 거사는 일정한 직업이 없이 지냈다. 물론 주위에서는 취업을 하도록 종용했지만, 그의 마음은 움직여지질 않았다. 그러다가 광복을 맞이하게 되고, 해방 후에도 격동하는 현대사의 조류에 휩쓸려 모진 시련과 좌절을 겪었다.

해방 직후에 건국준비위원회(建國準備委員會) 산하단체인 부산건국준비위원회에서 남부(南部)위원장을 맡아서 해방직후 의 민생(民生)을 돌보다가 미군정(美軍政)당국에 의하여 또 투옥생활을 하게 된다. 당시 일제(日帝)가 저장했던 양곡(糧穀)을 시민(市民)들에게 무상(無償)으로 배급을 했는데, 그 배급이 미군정령(美軍政令)에 위반된다고 하여 군법(軍法)재판에 회부되었지만, 1년 뒤에 무죄(無罪)로 석방된다.

거사는 교육을 위해서는 학교의 설립이 필요하다고 주장하여, 영도에 부산남여상(釜山南女商)이라는 여자고등학교 설립의 설비추진위원장직을 맡아 지역 유지들을 설득하여 육영사업에 관여하게 하기도 하였고, 정치에 뜻을 두고 국회의원에 입후보도 했으나, 여의치 않자 서울에서 사업을 크게 하던 동생 김양추(金良秋)의 권유로 서울로 이사를 하여 동생이 경영하던 회사(會社)에서 사장직을 맡아 사회생활

니 예수교니 하는 것들을 전부 미신으로만 알았습니다.(생략) 당시 내가 무신론자인데-내가 이 얘길 하려고 옛날이야기를 하는 겁니다-어찌된 이유인지 회칠한 감방 벽에다 한문으로 관세음보살을 쓰기 시작했어요. 예전에 부산에서 청년동맹 위원장을 하다가 붙잡혀 들어가 징역을 살았는데, 그때 책을 보다 관세음보살이란 명칭을 알긴 알았어요. 아무튼 이 관세음보살을 감방 벽에다 쓰기 시작했는데, 한 5-6개월 쓰니까 벽 전체가 관세음보살로 꽉 찼어요.」

을 하기도 했다.

　이러한 굴곡이 심한 생활에서 오는 시련과 좌절로 인해 그는 인생의 무상(無常)함을 철저히 느끼고 있었다. 하지만 56세 때 불법을 공부하기 전까지 그의 종교관은 앞서 말했듯이 아주 소박한 것이었다.

　어느 날 신거사의 소개로 처음 절에 가게 되고 이러한 계기로 거사는 조주선사(趙州禪師)의 무자(無字) 화두(話頭)로서 정진하게 된다. 정진하고 있던 1963년 1월의 어느 날 깨달음을 얻었다고 한다. 이 후 거사는 부산을 거점으로 보림선원(寶林禪院)을 운영하며 거사불교의 선두자로서 참선(參禪) 수행과 함께 계속해서 교화에 힘을 기울였다. 선원(禪院)에서는 전국 각지에서 오는 도반들로 해마다 여름과 겨울에 두 차례씩 일주일에 걸쳐 철야(徹夜)를 하면서 정진을 하는 전통을 지켜왔다. 그러던 중, 1985년 여름철 철야정진(徹夜精進) 기간에 거사는 자신이 자주 인용하던 자신의 「최초구(最初句)」라는 게송을 하얀 천의 위에 써서 제자들을 시켜 기다란 대나무 장대 위에 걸어서 선원 입구에 세워놓게 하고 8월 2일 일주일간의 정진이 끝나는 날 아침, 거사는 철야정진 해제식(解制式)을 끝내는 마지막 설법을 하고 조용히 입적했다.

2. 오도(悟道)와 교화(教化)

2-1. 오도(悟道)

청소년시절부터 일제강점기라는 역사적으로 힘든 시대를 살아오면서 겪어야만 했던 수많은 시련과 그러한 그의 인생에서 절실하게 느낀 무상(無常)함으로 거사는 삶이라는 문제에 대해 회의를 품은 채 미미하나마 감옥생활에서 인연을 맺은『벽암록』,「관세음보살」등으로 불교에 대한 관심은 계속 가지고 있었다. 그러던 어느 날, 거사는 충북(忠北) 청주(淸州)에 있는 심우사(尋牛寺)에 가게 되고, 우연히 여름철 참선(參禪) 정진(精進) 수련법회에 참가하게 되었다. 친구인 신원경(申圓鏡)거사가 주도한 그 열흘간의 정진대회에서 처음으로 자존심(自尊心)이 크게 상(傷)하는 경험을 한 거사는, 분심(忿心)에 신통(神通)을 얻고자 불교공부를 시작하게 되었다고 한다.

신통(神通)과 오도(悟道)의 구분도 분명치 않았던 거사는 주지스님으로부터 조주무자(趙州無字) 화두를 받게 되고 그 화두를 해결하기 위하여 일구월심 쉼 없이 참구(參究)를 한다. 너무 열심히 한 탓에 상기병(上氣病)으로 위험에 처하기도 했을 때는 마침 상경한 친구 정일송(鄭逸松)이 응급실로 이송해 가서 수개월간 치료를 받은 적도 있다. 이처럼 거사는 결사적(決死的)으로 화두에만 몰두한 것이다.

1963년 1월에 청주 심우사(尋牛寺)에서 겨울 정진을 했을 때에는, 화두 일념(一念)에 빠져 새하얀 얼굴이 시커먼 얼굴로 변해버렸다고 한다. 그러한 거사의 모습을 보고 염려한 신원경거사가『무문관(無門關)』책을 가지고 그에게 다가가서「비심비불(非心非佛)」을 펴보이자, 거사가 갑자기 벌떡 일어섰다고 한다. 그 때 거사의 시커먼 얼굴에서 광채가 나면서 온몸에서 방광(放光)을 했다고 한다. 이 광경을 목격한 도반(道伴)들은 자신도 모르게 백봉거사를 향해 무수히 절을 하자 멍하니 서있던 백봉거사는 언젠가 읽었던 무거무래역무주(無去無來亦無住)라는『화엄경(華嚴經)』의 글귀를 떠올리며「그래. 무거무래역무주(無去無來亦無住)지」라고 했다.

이렇게 하여 깨달음을 얻은 그 다음 날 저녁 무렵에, 마당에 있는 바위에 앉아 있을 때 아래 마을에서 울려오는 교회 종소리를 듣고 백봉거사는 깨달음의 심경을 읊게 되었다. 「종성(鐘聲)」이라는 게송(偈頌)이다. 본장에 인용한 백봉거사의 한시의 한국어역은 백봉거사의 역이며 한국어 표현은 백봉거사의 표현을 그대로 표기한 것이다.

종성(鍾聲)

홀연히도 들리나니 종소리는 어디서 오나.
까마득한 하늘이라 내 집안이 분명허이.
한 입으로 삼천계를 고스란히 삼켰더니
물은 물, 뫼는 뫼, 스스로가 밝더구나.[2]

---

2) 백봉 김기추(1976) 『금강경강송(金剛經講頌)』 보림선원(寶林禪院) p.44
이 「종성(鍾聲)」이라는 시(詩)에 대한 백봉거사의 직접적인 설법은 다음과 같다. 「당시 내가 벌떡 일어섰어요. 멍멍한 상태인데, 도반들이 전부 내게 세 번씩 절을 했대요. 그땐 내가 몰랐거든. 나중에 들으니 그런 것 같아요. 그 때 방 남쪽으로 창이 하나 있었는데, 창을 통해 바라보니 아무 것도 변하지 않았어요. 변했다면 또 망상이라고 생각했는지도 모르지. 그때 마을에서 예배당 종소리가 들렸는데, 그 종소리를 듣고 「홀연히도 들리나니 종소리는 어디서 오나(홀문종성하처래(忽聞鐘聲何處來))」라고 했습니다. 물론 예배당 종소린 줄 알았어요. 그러나 예배당이 예배당만이 아니거든. 유정(有情)과 무정(無情 ; 가령 예배당 같은 건물)이 본래의 지혜에서 나와 갈린 것으로 그 당처(當處)는 하나예요. 쓰는 「용(用)」인데엔 유정과 무정이 영 달라요-아, 돌멩이와 사람은 다르지 않습니까? -하지만 종소리 나는 곳은 한 군데 아니겠어요? 우리가 예배당 종이다 뭐다 분별해서 그렇지 그 당처는 하나예요. 그 소리가 바로 나한테서 오는 것과 한가지입니다. "바로 온 누리가 「나」이고, 내가 있기 때문에 삼라만상이 벌어지는구나. 그러니 나와 부처님이 당처는 하나구나"-이런 것이 느껴져요.(만약 하나가 아니라면 부처님과 내가 무슨 상관이 있나요? 그렇다면 불교 공부를 해도 공부가 되는 것이 아닙니다.) 그러니 이 소리

忽聞鐘聲何處來　홀문종성하처래

寥寥長天是吾家　요요장천시오가

一口吞盡三千界　일구탄진삼천계

가 온 곳을 안다면, 예배당 자체가 내 몸 아닙니까? 온 허공이 「나」입니다. 그래서 그 다음 「까마득한 하늘이라 내 집안이 분명허이(요요장천시오가(寥寥長天是吾家)」라고 했어요. 내 집이 어딘가? 허공(虛空) 전체가 내 집이예요. 처음엔 「내 집(吾家)」대신 「내 몸(吾身)」이라고 하려고 했어요. 하지만 몸이라 하든 집이라 하든 마찬가지 아닙니까? 그리고나서 「한 입으로 삼천계를 고스란히 삼켰더니(일구탄진삼천계(一口吞盡三天界))」라고 했는데, 그 때 내 심경이 이랬습니다. 산하대지가 전부 내 성품 속에서, 내 뱃속에서 밝기도 하고 어둡기도 했어요. 이거 거짓말이 아닙니다. 물론 이 몸뚱이(肉身)로서는 말도 안 되는 소리죠. 하지만 「허공이 나」이니, 나를 떠나서는 아무 것도 있을 수가 없어요. 내가 없는 데 산하대지가 있어요? 내가 없는데 부처님이 있어요? 그렇기 때문에 부처님과 나는 동근(同根)이란 말예요. 이 「나」는 파순이가 되려고 하면 당장 파순이가 되고, 부처가 되려고 하면 당장 부처가 되고, 중생이 되려면 당장 중생이 되요. 그 뿐인가 지옥에 갈려면 지옥에 가고 극락에 갈려면 극락에 갈 수 있어요. 그런데 이게 얼마나 크냐 이 말입니다. 원래 큰 것도 작은 것도 아니지만, 적은 것도 아니기 때문에 허공을 싸고도 남고, 큰 것도 아니기 때문에 바늘귀에 들어가고도 남아요. 이걸 과학적으로 생각해 보세요. 이렇게 생각해 보면 이 「나」는 정말 굉장한 겁니다. 바로 이 주인공인 「나」가 슬며시 알아졌단 말이예요. "야, 그렇구나. 큰 것도 작은 것도 아니구나. 마음대로 하는구나. 이런 재주를 내가 갖고 있구나. 게다가 나고 죽는 것도 없구나. 단지 나고 죽는 것을 나투어서 쓸 따름이구나."-이런 사실도 저절로 알아져요-"그렇구나, 그렇다면 이건 굉장한 건데. 참말로 절이라는 데가 술만 먹는 자리가 아니구나. 그리고 산하대지를 비롯한 우주의 숱한 천체가 결국 이걸 벗어나지 못했구나, 이걸 벗어나면 의지할 곳이 없구나." 그래서 가만히 생각해보니 이건 절대(絶對)에 속한 거예요. 그래서 자신이 딱 생겼습니다. 이렇게 느끼고서 바라보니, 자기 인연에 따라서, 자기 멋에 따라서 산은 산대로 물은 물대로 스스로가 밝았어요(수수산산각자명(水水山山各自明)). 그래서 이 시를 지은 겁니다. 하지만 육신에 들어앉아서는 이런 글이 안 나오는 겁니다. 당시 내 심경은 허공이 내 몸이었어요. 그러니 욕계, 색계, 무색계, 천당, 지옥이 다 허공 속의 작용입니다. 따라서 여러분의 마음을 키우려면 원래 키우고 안 키우고도 없지만- 이 육신을 내버려야 해요. 사실 빛깔도 소리도 냄새도 없는 그 자리는 꼭 허공과 한가지입니다. 이 허공이 「나」라는 느낌이 들면 확 달라집니다. 우리가 중생놀이를 하는 것도 이 무정물(無情物)인 육신 때문에 중생 놀이를 하는 것이고, 우리가 공부를 해서 부처가 되려는 것도 이 육신을 방하착(放下着)해서 부처가 되는 거예요.」

水水山山各自明 수수산산각자명

정진을 마치고 하산(下山)하는 길에, 신원경(申圓鏡)거사가 백봉 거사에게 말을 건넨다.

> 「팔만사천법문을 한 마디로 말해봐라.」
> 그러자 백봉거사가 「원경」하고 부른다.
> 신원경거사가 「왜 그래?」하니,
> 백봉거사가 「내가 다 일렀다.」

라고 한다.

　교회의 종소리를 듣고 이 게송을 짓고 난 뒤의 설명으로 교회의 종소리인줄은 물론 알지만 교회만의 종소리가 아닌 유정(有情)과 무정(無情)이 본래의 지혜에서 나와 갈라진 것으로 그 당처(當處)는 하나라는 견해와, 용(用)으로서의 유정과 무정의 쓰임이 다를 뿐 종소리나는 그 당처는 하나임을 말하고 바로 온 누리가 「나」이고 내가 있기 때문에 삼라만상이 벌어지므로 나와 부처님의 당처가 하나임을 설하고 있다.

　거사는 어디서 와서 어디로 가는지 모르는 인생의 대문제에 있어서 「옳거니! 인생을 걸어잡고 인생을 다루니 나는 하늘과 땅의 임자이면서 인연에 따른 색상신(色相身)을 나타내기도 하고 거두기도 하는 법성신(法性身)임을 이제야 알았구나.」[3]라고 하여 우리의 몸을 나타내

---

3) 백봉 김기추(1994) 『나를 깨닫자』 보림사 p.11

고 버리는 것이 절대 권리인 법의 굴림새라고 강조하며 상대적인 이 몸이 모두인양 여기고 있는 세인(世人)들을 향하여 「본래로의 주인 공(主人公)임을 잊었으니 이 어찌 생사(生死)의 뿌리인들 캐내겠는 가.」[4]라고 설하고 있다.

2-2. 교화(敎化)의 시작

거사는 1963년 깨달음을 얻은 후 1965년 재가 불교단체인 「보림 회」를 결성하고 1969년 「보림선원」을 개창하여 본격적인 대중교화 를 했다. 교화에 있어서 학인(學人)들에게 불교 공부 바탕마련을 위 한 설법을 가장 중요하게 여겨 항상 설법을 하였다. 처음부터 재가불 자들에게 맞는 수행방법으로 일주일이나 열흘 동안 철야정진을 부정 기적으로 실시하다가 재가불자들의 사정을 감안하여 그에 적합한 수 행방법으로 매주 토요일 철야정진을 실행하고 1년에 2회 일주일 철 야정진으로 하여 학인을 개오(開悟)시키는 방편으로 실시하였다. 철 야정진은 1974년 여름을 1회로 시작하여 여름, 겨울 1년에 두 차례씩 정기적으로 실시해서 1985년 23회까지 참선과 설법으로 직접 지도 하였다. 입적 후에도 철야정진을 놓치지 말라는 유지에 따라 전국에 걸쳐 있는 보림회 회원들이 그대로 철야정진을 계승하여 부산 대자선 원, 화엄사 및 서울 보림사 등에서 토요일 철야정진과 일주일 철야정 진을 빠짐없이 실시하여 2008년에 70회를 맞이하였고 계속 진행되 고 있다.

---

4) 전게서 p.12

현재도 부산, 마산, 충청지역의 도반들은 가양에서 모여서 일정한 기간을 정하여 정진 중에 있고, 서울은 도반뿐만 아니라 일반인으로서 거사의 설법과 수행방법을 따르는 사람들이 모여 매주 토요일 철야정진과 매년 두 차례의 일주일 철야정진을 실시하고 있다.

또한 거사가 실행한 교화의 한 방법으로 중요한 것은 모두 한글 문장을 사용한다는 점이다. 보림선원에서 행하는 예불은 사찰 등에서 하는 전통적인 예불의 순서와 내용을 달리하고 있다. 예불을 함에 있어서는,

1.「세 줄의 공덕」
2.「네 가지 나의 소임」
3.「염불송」
4.「십자송」
5.「십물계」
6.「동업보살의 서원」
7.「마하반야바라밀다심경」
8.「원을 세우는 말귀」
9.「누리의 주인공」
10.「보림삼강」
11.「네 가지 큰 다짐」

의 순서로 독송한다.

이 모든 것이 한글로 되어 있으므로 한문으로 뜻을 채 새기지도 못한 채 소리만으로 외우는 기존 예불에 비해 독송하면서도 그 뜻을 생생하게 새길 수 있게 되는 좋은 점이 있다. 이 예불송은 거사가 출판

한『금강경강송(金剛經講頌)』을 비롯하여 모든 책 뒤에 넣고 있다.

이와 같이 보림선원에서 행하는 예불과 강의 등의 의식은 모두 한글로 쉽게 되어 있어 재가불자들이 어려운 한문과 불경을 알지 못해도 충분히 불교공부와 참선에 임할 수 있는 장점이 있다.

재가의 거사로서 출가하여 오직 수행 정진만 할 수 있는 승가와 다르기 때문에 한문(漢文)으로 되어 있는 어려운 불경(佛經)을 익히고 학습할 수 있는 시간과 여력이 없는 점을 감안하여 불교의 대중 교화의 한 방법으로 처음부터 전적으로 한글문을 사용한 것은 그 당시 가히 주목할 만한 일일 것이다.

2-3. 금강경(金剛經) 설법(說法)

깨달음을 얻고 난 뒤의 거사는 어느 날 신원경(申圓鏡)거사가 한번 읽어 보라는 권유로 신소천스님[5]의『금강경(金剛經)』번역본을 소개받은 것을 계기로 불교경전(佛敎經典)이란 걸 처음으로 보게 된다. 거사는『금강경』이 너무 좋은 나머지 밤새 읽어가면서 시흥(詩興)이 나서 각분(各分)마다 게송(偈頌)을 부쳤다. 먼동이 틀 무렵 마지막 게송을 짓고 그길로 신원경거사를 찾아가서『금강경』을 돌려주면서 게송(偈頌)지은 걸 보여준다. 신원경거사는 밤새 백봉거사가 지었다는 게송을 읽고는 「이것 책 내자. 자네만 알기에는 아깝다. 책 내고 설법해라.」는 권유로 그 게송(偈頌)에다 설명하는 글을 더 붙여서『금강

---

5) 신소천 스님. 인천 보각선원. 독송용으로 금강경 원문을 번역. 금강경 읽기운동을 폄.

경강송(金剛經講頌))』을 출판했고, 무교동 지인들을 주축으로 하여 「제1회 금강경강의」를 열었다. 설법 장소는 서울 정능(貞陵) 계곡이었다.

「거사(居士)가 견성(見性)했다.」는 소문이 나면서 서울의 불교계는 화젯거리가 생겼고, 거사의 금강경 강의는 남녀노소를 불문하고 인기가 드높았다. 유명한 나절로 법사가 거사의 강의를 들은 것은 잘 알려져 있지만, 춘성(春城)스님이 그 금강경강의를 빠트리지 않고 청강한 사실을 아는 사람은 그리 많지 않다.

거사는 금강경 강의 모두(冒頭)에 슬기롭고 총명한 사람은 먼저 삼계(三界)의 건립사(建立事)와 아울러 인생의 거래사(去來事)에 대하여 큰 의심을 품는 것이며 그것은 당연한 일이라고 말한다. 제7 무득무설분(無得無說分)에서는 이 거래사(去來事)에 대하여,

> 가고 옴이 없음일새 푸른 허공 찢어지고
> 마음부처 아니러니 하나 뚜렷 밝았구나.
> 본래법도 없으면서 또한 말도 없는 곳에
> 동과 서와 남과 북은 하나뿐인 천지러라.[6]

> 不去不來碧空裂　불거불래벽공열
> 非心非佛一圓明　비심비불일원명
> 本來無法無說處　본래무법무설처
> 東西南北一天地　동서남북일천지

---

6) 백봉 김기추(1976) 『금강경강송(金剛經講頌)』보림선원(寶林禪院) p.90

라고 읊고 있다. 실로 삼계(三界)는 무엇으로 인하여 허공에 떠돌면서 온갖 법풍(法風)을 이루고 있으며 인생은 무엇을 위하여 고뇌를 헤치면서 줄곧 생사(生死)를 엮으며 달리고 있는가에 대해 삼계와 인생(人生)의 관련성을 제시하고 삼계와 인생은 둘이 아니라고 하여 역력(歷歷)히 나타내는 유형유색(有形有色)인 삼대계(三大界)는 묵묵히 통하는 무형무색(無形無色)인 법성신(法性身)에서 왔기 때문이라고 한다. 제11 무위복승분(無爲福勝分)에서는, 항하사(恒河沙) 수(數)인 삼천대천세계(三千大天世界) 수의 사량분별(思量分別)과 번뇌망상(煩惱妄想)을 버리고 무상리(無相理)를 요달(了達)하여 공적행을 닦아가는 것만이 최고의 희망이며 최상의 기원이며 최대의 사명이며 최종의 목적으로 할 것을 설하고 다음과 같이 읊고 있다.

삼계라서 꼭두런가 복덕 또한 꼭두로다.
본래 참이 아니러니 꼭두 장차 꺼질 것이
꼭두라서 꺼지면은 성품 뚜렷 밝으리니
우뚝스리 홀로가리 하늘땅의 그 밖으로.[7]

三界是幻福亦幻　삼계시환복역환
本非實故幻將滅　본비실고환장멸
幻滅眞性一圓明　환멸진성일원명
屹然獨步乾坤外　홀연독보건곤외

이와 같이 거사는 깨달음을 얻고 처음 접한 불경인『금강경(金剛

經)』에서 삼계(三戒)의 주인공인 인생의 문제를 들어 강송하기 시작하여 제1 법회인유분(法會因由分)에서 제32 응화비진분(應化非眞分)까지 강송과 함께 선시(禪詩)도 곁들여 자세하게 설하고 있다.

3. 수행(修行)

3-1. 거사풍(居士風)

승가풍의 수행과는 달리 재가에서 거사풍을 내세워 재가에서 참선하고 공부하는 것을 설하고 있던 당시 거사에게 조계종(曹溪宗) 종정(宗正)이었던 청담(靑潭)스님은 출가(出家)하기를 종용했지만, 거사는 유엽(柳葉)스님의 권유를 받아들여 재가에서 거사풍을 진작(振作)시키기로 마음을 굳힌다. 앞에서 언급한 바와 같이 그는 「보림회(寶林會)」라는 거사 중심의 불교 모임을 결성하고, 거사로 살면서 교화(敎化)를 펴서 불법을 선양하기로 계획하고 실행에 옮긴다.

교화방법으로는 참선 정진과 함께 불경(佛經) 강의(講義)에 주력하면서, 그 뒤로 『유마경강론(維摩經講論)』과 『벽오동(碧梧桐)』이라는 선시집(禪詩集)도 출판하였다. 그는 불교는 삼계유심(三界唯心)을 배워서 진리(眞理)를 터득하는 것이지, 타종교처럼 덮어두고 맹신(盲信)하는 신앙(信仰)이 아니라고 하는 지론으로, 출가 수행자만이 오도(悟道)할 수 있는 것이 아니고, 재가(在家)인 거사들도 얼마든지 견성할 수 있다는 점을 강조한다. 도(道)를 이루는 데는 승속(僧俗)이 따로 없음을 말하고 있는 것이다. 다음 문장에서 그 내용을 볼 수 있다.

오로지 수단 방편(方便)을 다하여 생사업(生死業)을 걷어내고 적멸락(寂滅樂)을 바탕으로 세기의 삶을 엮는다. 석가세존을 비롯한 역대의 조사(祖師)와 선사(禪師)가 승가풍을 선양함도 이 때문이요, 유마보살을 비롯한 동서의 지식과 석학이 거사풍을 천명함도 이 때문이니, 특히 중국의 이통현, 배휴와 방온, 해동의 윤필, 진부설거사 등의 배출은 도(道)에 승속(僧俗)이 따로 없음을 들냄이 아닐까보냐.[8]

생사의 업에서 벗어나 승가풍은 세속의 모든 인연을 끊고 스승을 찾아 집을 떠나 운수(雲水)로서 다만 도(道)를 구하는 마음만이 있을 뿐이다. 그러나 재가의 거사들은 현실적으로 생계를 유지해야하는 까닭에 생업에 종사하면서 도를 목적으로 하나 공부에 전념할 여건이 안 되므로, 수행방법도 승려(僧侶)와 다를 수밖에 없다고 했다. 그는 「수행한다고 가족을 팽개치는 그런 의리(義理)없는 짓은 하지 말아라.」고 말하기도 했다. 그가 주장한 이러한 거사풍의 입지를 「거사풍을 세운다」라는 글로 밝히고 있다. 그 내용 중 한 부분을 소개하면 다음과 같다.

하지만 거사풍은 그 목적이 비록 승가풍으로 더불어 같다고 이를지라도, 그 수단과 방편(方便)이 다르다. 세속에서 맺어진 생업(生業)을 가지고 혈연(血緣)을 보살피면서 스승을 찾기는 하나 집을 지킨다. 한갓 덤불에 걸린 연이요 우리에 갇힌 매이지마는 항상 푸른 꿈이 부푼 것이 남과 다르다. 이러기에 승가풍은 입성부터가 단조로움도 비리를 엿보지 않음이니 공부를 짓기 위함이요, 먹성이 간략함도 음심(淫心)

8) 백봉 김기추(1987)『絶對性과 相對性』「거사풍을 세운다」p.110

을 일으키지 않음이니 공부를 짓기 위함이요, 머무름이 고요로움도 자성을 어지럽히지 않음이니, 모두가 공부를 짓기 위하는 수단이요 방편이다. 까닭에 일상생활은 벌써 체계를 갖춘 도인(道人)의 풍도(風道)라 않겠는가.

거사풍은 그렇지가 않다. 가정을 가꾸는 시간과 공간에서 마음과 몸을 다스리는 시간과 공간을 짜내어야 한다. 사업을 가꾸는 견문과 각지에서 말씨와 거동을 다스리는 견문과 각지를 짜내어야 한다. 사회를 가꾸는 도의와 신념에서 목숨과 복록을 다스리는 도의와 신념을 짜내어야 한다. 문화를 가꾸는 윤리와 감정에서 이제와 나중을 다스리는 윤리와 감정을 짜 내어야 한다.[9]

재가에서 거사로서 수행한다는 것은 무거운 업력(業力)으로 하여금 어지러운 세정(世情) 속에서 내일을 위하여 마음을 가다듬고 인생의 원리와 누리의 본체를 깨닫기 위한 방향으로 키를 바꿔 튼다는 사실에 있어서 입장과 조건에 따른 그 수단과 그 방편에서 비상한 각오와 노력이 있어야 할 것이라고 말한다. 경우에 따라서는 승가풍 이상의 각오와 노력이 없어서는 안 될 것이라고 하며,「견성의 큰 뜻을 세우는데 있어서 고(苦)에서 낙(樂)을 취함으로 말미암아 고를 여의되 마침내엔 낙도 여인 줄 알아야 하며, 악(惡)에서 선(善)을 취함으로 말미암아 악을 여의되 마침내엔 선도 여인 줄을 알아야 하며, 사(邪)에서 정(正)을 취함으로 말미암아 사를 여의되 마침내엔 정도 여인 줄을 알아야 하며, 생사(生死)에서 열반(涅槃)을 취함으로 말미암아 생사를 여의되 마침내엔 열반도 여인 줄을 알아야 한다.」고 강조하면

_____

9) 전게서 p.110

서 이어서 말하고 있다.

> 때문에 구르고 굴리이는 온갖 차별 현상은 그대로가 절대성의 굴림
> 새로서인 상대성(相對性) 놀이라는 사실을 깨쳐 앎으로 하여금 법을
> 따라 관찰하는 것으로서 수단과 방편을 삼는다. 무슨 까닭으로써이냐.
> 다시 말하자면 승가풍(僧家風)은 색상신(色相身)을 유지하는 데 있어
> 서 먹고 입고 머무는데 아무런 걸거침이 없을 뿐 아니라, 시공(時空)에
> 도 쫓기지를 않는다. 다만 선지식(善知識)과의 인연만 닿으면 도(道)
> 를 이룰 길은 스스럼없이 트이게 마련이지마는, 거사풍은 입장이 다르
> 다. (중략) 허공이 끝이 없다 하여서 어찌 남의 허공이며, 산하(山河)가
> 비었다 하여서 어찌 남의 인연이며 과업이 허망하다 하여서 어찌 남의
> 과업이랴. 부모형제가 소중한 것도 오로지 나의 소중한 바이요, 국가
> 민족이 소중한 것도 오로지 나의 소중한 바이니 모든 법연(法緣)을 얼
> 싸안고 절대성(絶對性)인 대원경지(大圓鏡智)를 향하기 위한 거사풍
> 을 세우는 바이다.

이와 같이 거사풍을 천명함으로서 단지 깨달음을 향한 수행이 출가
자만이 이룰 수 있는 것이 아님을 밝힌 것이다. 또한 수행 정진에 있
어서 그는 기복(祈福)이 불교의 진면목이 아님을 강조하여, 오도(悟
道)를 위한 수행만을 주장하였다. 따라서 그 설법도 무상(無相)을 주
제로 하는 대승(大乘) 도리였으므로, 자연히 그의 주위에는 경제적으
로 부유한 신도(信徒)가 없고, 공부에만 열심인 가난한 제자들만 항
상 모여들었다. 거사는 공부하고자 모여드는 제자들에게 먼저 보림회
의 강령(綱領)으로 다음과 같은 보림삼강(寶林三綱)을 내세웠다.

보림삼강(寶林三綱)

우리는 불도(佛道)를 바탕으로 인생(人生)의 존엄성(尊嚴性)을 선
양한다.

우리는 삼계(三界)의 주인공임을 자부하고 만법(萬法)을 굴린다.

우리는 대승(大乘)의 범부(凡夫)는 될지언정 소승(小乘)의 성과(聖
果)는 탐(貪)하지 않는다.[10]

재가불교인들을 위한 교화를 계획하고 거사풍을 강조한 거사는 서
울을 떠나서 1969년 대전(大田)에서 두 해 정도 머물며 선원을 개원
하여 운영하다가, 1972년 여름에 남해(南海) 보리암(菩提庵)을 가는
도중에 고향인 부산(釜山)에 잠시 들르게 된다. 이 때 지인들과 자운
(自運) 이점준(李点俊)거사의 강권에 따라 그 길로 부산에 주석하게
되어 보림선원을 개원하고 거사의 만년(晚年)을 보내게 된다. 부산에
서 12년간 머물면서 참선 공부를 위해 전국에서 모여온 제자들을 위
해 강의와 집필을 쉬지 않았다. 그의 열정은 제자들이 열심히 공부를
하지 않으면 안 될 정도로 지극했으며 그를 찾아 온 한 사람 한 사람
에게 성심 성의껏 설명하고 지도하면서 친절한 도(道)를 펴 보였던
것이다.

---

10) 백봉 김기추(1994) 『나를 깨닫자』보림사 p.206

3-2. 정진(精進)과 강의

백봉거사는 재가자들인 불교신도를 위한 한 방편으로 휴가나 방학을 이용하여 참선에 열중할 수 있는 기간을 마련하기 위해 매년 여름방학과 겨울방학에 일주일 철야(徹夜) 정진(精進)대회를 계획하여 실천했다. 「거사들도 철야정진을 하여야 공부에 진척이 빠르다.」고 말하고 철야정진 기간에 철저하게 참선에 임하도록 하고 도반들과 같이 철야정진을 하면서 화두를 들고 참선 할 것을 권유했다. 도반들과 참선하는 도중 그 때 그 때의 의문점에 대해 쉬운 예를 들어가면서 이해할 때까지 자세하게 설명해 주기도 하고 초심자(初心者)들에게 참선의 자세에 대해서도 친절하게 지도해 주기도 했다. 여기서 한 가지 주지하고자 하는 것은 거사불교라고 하여 남자 신도에만 국한하지 않는다는 것이다. 남녀노소 모두 견성에 뜻을 두고, 참선에 뜻을 두고, 불교 공부에 뜻을 둔 사람이라면 누구라도 자유롭게 선원(禪院)에 들어가서 공부를 할 수 있었다. 물론 경제적인 부담도 없이 항상 개방되어 있었기 때문에 초심자를 비롯하여 관심을 가진 자들은 자유롭게 입문할 수 있었을 것이다. 평일에는 매주 일요일 오전에 강의를 하였으며 이 강의는 거사가 입적하기까지 쉬는 날이 없이 계속되었다.

강의 당시 강의 교재로 쓰던 『금강경강송』과 『유마경강론』은 다시 증보판을 내고, 선시(禪詩)는 『백봉 선시집』으로 다시 보완하여 출판하기도 했다. 그 당시, 미국의 유명한 선교사 빌리그래함 목사가 내한(來韓)했을 때 부산MBC방송과 상의하여 그와 「동서(東西)의 종교(宗敎)에 대한 대담(對談)」을 제의하여 출연하기로 약속을 받았으나, 그 대담이 무산(霧散)되고 말자 그 목사를 위해서 『절대성(絶對性)과 상대성(相對性)』이라는 소책자를 집필하기도 했다.

이 『절대성과 상대성』에는 어렵게만 생각되어온 불교의 진리를 알기 쉽게 설명하여 신도들의 이해를 돕는 역할을 했다고 말할 수 있을 것이다. 책의 머리말에 다음과 같이 적고 있다.

> 지성인(知性人)들이여! 산하대지(山河大地)는 누구의 지은 바며 천당(天堂) 지옥(地獄)은 누구의 세운 바인가. 다 스스로가 짓고 스스로가 세웠건만 이제의 몸뚱이를 받는 바람에 잠시 잊었을 뿐이다.
> 알겠는가! 우리는 잃었던 시방(十方)을 되찾고 잊었던 삼계(三界)를 되찾아서 어중간(於中間)에 참 나를 굴리자. 내가 있는데 산하대지가 있으니 이 아니 좋은 것이며, 내가 있는데 삼계가 있으니 이 또한 아니 좋으며, 내가 있는데 시방(十方)이 있으니 이 또한 좋은 풍광(風光)이 아니랴.
> 나는 특히 지성인(知性人)을 향하여 이 이야기를 하고자 조그만 책자를 내었으니 인연(因緣)이 있으면 오고 인연이 없으면 가거라. 그러나 인연의 당처(當處)가 비었음을 깨닫거든 가다가 되돌아오라. 반가이 맞이하리라. [11]

1975년 1월 1일로 새겨진 이 내용은 거사가 주지한 바대로 지성인(知性人)을 위한 것이다. 현대인들이 수많은 지식에 얽매여 불법의 도리도 지식으로 해석하려는 습(習)을 타파하게 하고자 하는 하나의 지침서이기도 하다.

---

11) 백봉 김기추(1975) 『絶對性과 相對性』보림선원 p.2

　만년에 거사는 혜심(慧諶)선사가 편찬한 『선문염송(禪門拈頌)』[12]에 역주(譯註)를 부쳐서 강론하여 『선문염송요론(禪門拈頌要論)』을 집필하는데 주력하다가, 세연(世緣)이 다하여 30권 모두 완간(完刊)하지 못하고 제15권 중간에서 그치고 말았다.

　일반적으로 어렵고 난해하여 쉽게 해석이 되지 않는 책으로 일반 불교신자가 접하기 쉽지 않은 것으로 알려져 있는 『선문염송』을 거사는 어떻게 하면 화두를 들고 참선하는 사람들이 쉽게 읽을 수 있을까를 염려하면서 쉬운 말로 강론을 써 내려 갔다. 그리고 이 책의 강론을 쓰면서 보림선원에서 공부하고 있는 참선 도반들에게 강의교재로서 강의를 하면서 요목요목 매우 친절하게 설명을 하였다. 『선문염송』의 머리말에,

　　눈을 치켜뜨니 허공은 삼척(三尺)이요 내려뜨니 땅은 만장(萬丈)이로다.
　　삼척(三尺)의 허공에는 끝이 없는 기미가 서리었고 만장(萬丈)의 땅에는 다함없는 모습(相)이 굴러지니 이 실다움이냐, 이 헛됨이냐. 범부(凡夫)들의 상량(商量)밖의 일이 아니던가.

---

12) 고려의 승려 혜심(慧諶 : 1178〜1234. 진각국사(眞覺國師)이 1226년(고종 13)에 수선사(修禪寺)에 있으면서 불조(佛祖)들의 염송 등을 모은 것을 후에 엮어 낸 책. 목판권. 30권 10책. 규장각 도서. 1636년(조선 인조 14) 대원사(大原寺)에서 간행되었다. 선림(禪林)의 고화(古話) 1, 125칙(則)과 선사(禪師)들의 요어(要語)를 모은 법문(法門)의 전등(傳燈)이 되는 책이므로 오종논도(悟宗論道)의 자료로 삼았다. 이 책은 한국의 선적(禪籍) 중 가장 오래되고 가장 규모가 큰 것으로 알려져 있다. 각 권마다 몇 개의 고칙(古則)을 위로부터 두 자 공간을 띠고 셋째 자부터 써서 염송의 본문과 구별하여 그 고칙에 대한 염송을 첫째 자부터 쓰는 형식을 취하였다.

이에 다달아 나는 백두산 천지(天池)로 목을 축이고, 한라산 백록
(白鹿)으로 수레를 끌게 하여 수미(須彌) 고개에 앉으니, 보아라 보아
라! 저기 만치에 엄청난 불기둥이 시방(十方)을 떠받치면서 삼세(三
世)를 꿰뚫으니 이 무슨 소식이냐.(중략)

이 불기둥의 이름이 바로 선문염송(禪門拈頌)이다. 알지 못할세라.
멀컹히 허공이나 쳐다보는 내가 어떤 인연이 있었던가, 이번 이 염송
(拈頌)에 감히 붓을 들게 된 것을 흐뭇하게 여기며, 이어 누리의 주인
공으로서인 나는, 자진(自進) 한 방망이를 짊어지고 나대로의 불기둥
을 대계(大界)에 세워보는 바이다.[13]

라고 선언하여 강론의 의지를 밝히고 있다.

『선문염송요론(禪門拈頌要論)』의 표제(表題)는 이만우(李晩雨) 선
생이 쓰고 선문염송(禪門拈頌) 해제(解題)는 팔공산 파계사 성우(性
愚)스님이 썼다(1978년 11월). 해제의 말미에 이렇게 쓰고 있다.

이제야 다시금 이 땅에서 눈 밝은 이 있어 번역을 하고 강론(講論)을
하는 것은 다만 금생(今生)의 일이 아닌 듯하다. 강론(講論)을 하신 백
봉거사는 일찍이 그 누구도 쉽게 손대기를 꺼려하였던 대승경전(大乘
經典)인 금강경(金剛經)과 유마경(維摩經)을 거침없이 강송하신바 있
는 불교계 안에서도 아는 이는 다 아는 그런 거사님이시다.

나무 한 그루 풀 한포기도 인연을 거스르는 일 없거늘 이런 대승경
전을 강론함에 있어서이랴.

일찍이 이 땅에 많은 선지식들이 다녀갔지만 그 누구도 쉽게 손대지

---

13) 백봉 김기추(1979) 『선문염송요론(禪門拈頌要論)』 寶林禪院 p.1

않았던 대작불사(大作佛事)를 쾌히 하시는 팔순(八旬)의 거사님이야
말로 어쩌면 의당 하실 일인 것 같아 참으로 기쁘기 한량없다. 천하비
재임을 잘 알지만 해제를 요청하시므로 이 대작불사(大作佛事)에 동
참하는 뜻에서 이렇게 적었다.[14]

이와 같은 방대한 『선문염송요론(禪門拈頌要論)』15권까지의 작업
은 거사의 일대사이기도 하다. 이 책을 쓰기 시작하여 쓰고 있는 동안
어떤 날은 꼼짝하지 않고 하루 종일 쓰기도 하고 때때로 밤을 새기도
했다. 30권이라는 대 분량을 다 쓰겠다는 일념이 강하였던 것이다. 주
위의 제자들이 쉬면서 쓸 것을 간곡히 권하기도 했지만 고령에 시작
한 일인 만큼 거사는 시간이 없음을 이미 알고 박차를 가한 것 같다.
본고에서는 그 내용을 모두 소개하지는 못하지만 거사는 강론 하나
하나 명쾌하게 쓰고 있음은 물론 될 수 있는 한 어려운 한자어(漢字
語)보다 이해하기 쉽게 한글로 새기려고 노력한 것에 더 의미가 깊다
고 볼 수 있을 것이다.

이렇게 재가 불자들의 참선과 불교 공부를 위하여 불철주야로 부지
런하게 활동하다가, 1984년 어느 날 갑자기 「시정에서 교화(敎化)하
다가 마지막에는 산(山)에 들어가야 한다는 것을 보여주어야 한다.」
고 하여 지리산으로 거처를 마련하여 옮기고는, 그 이듬해 1985년 양
력 8월2일, 여름 철야정진을 끝마치고 그 육신(肉身)을 내버리고 입
적했다. 세수 78세였다. 마지막 수련대회(修鍊大會)에 내다 건 깃발
에는 그의 최초구(最初句)가 다음과 같이 나부꼈다.

---

14) 전게서 p.361

가이없는 허공에서 한 구절이 이에 오니
허수아비 땅 밟을 새 크게 둥근 거울이라.
여기에서 묻지 마라 지견풀이 가지고는
이삼이라 여섯 이요 삼삼이라 아홉인 걸.

無邊虛空一句來　　무변허공일구래
案山踏地大圓鏡　　안산답지대원경
於此莫問知見解　　어차막문지견해
二三六而三三九　　이삼육이삼삼구[15]

이 최초구에 대하여 거사는 『금강경강송(金剛經講頌)』 제 32 「응
화비진분(應化非眞分)」에 자세하게 설명하고 있다. 최초구를 모두 쓰
고 있지만 쓴 줄을 모를 따름이라고 말하고 누리의 진리를 그대로 자
기의 시절에 맞추어서 굴리는데 그 시절에 맞는 첫마디가 최초구라고
설명하고 다음과 같이 그 의미를 설하고 있다.

다시 말하자면은 진리가 있고 가리가 있는데 진리를 하나 턱 걸어
잡아. 어떤 문제든지. 인생 문제도 좋고 또 인생 문제 아닌 다른 문제
도 좋아. 거기에 대해서 진리에 딱 들어맞는 말을 갖다가 의사를 전하
는데 이것이 최초구입니다. 이걸 최초구라 할 수가 있습니다. 다른 것
아닙니다. 그러면은 이거 누리에 대한 문제이겠는데 벌써 누리에 대한
문제라 하면은 상대성(相對性)에 속하거든요. 상대성에 속하나마 그
러나마 그 절대성(絶對性) 자리가 그대로 번듯하게 있어. 그러하니 요

---

15) 백봉 김기추(1976) 『金剛經講頌』 寶林禪院 p.307

걸 최초구라 합니다. 이 글을 짓기 전에 다른 숱한 글들이 있는데 어째 이거 최초가 되느냐 말이야. 그러하기 때문에 여러분은 여러분의 분상 에서 여러분이 진짜 의미가 담긴 그 말을 한마디 턱 내 놓으면 요것이 최초구입니다. [16]

그러면 어째서 최초구라는 말을 할 수가 있나에 대해서 첫 구란 우 주 공간 즉 지구를 비롯해서 욕계(欲界) 색계(色界) 무색계(無色界) 이외의 무한한 세계가 허공과 더불어서 한가지이므로 누리의 지도리 에 대해서도 조금도 어긋나지 않다고 말하고, 그 진리에 어긋남이 없 는 그 감정, 그 느낌, 그 모든 것 말할 수 없는 자리의 말마디와 그 마 음 씀씀이가 완전히 같기 때문에 최초구라고 한다. 그러므로 우리가 이 최초구를 쓰도록 노력을 하는 그 만큼 이 누리의 진리와 가까워진 다는 것이다. 이 최초구에 이어 진짜 말을 내 놓고 그 말을 거두는 것 을 두고는 말후구, 끝구라고 설명하고 있다.

3-3. 바른 지견(知見)

현대인은 과학적(科學的)인 지식(知識)을 토대로 하여 불교공부를 하기 때문에, 옛날 사람보다 불법에 대한 바른 지견(知見)이 빨리 나 고 견처(見處)를 얻기가 쉽다고 한다. 평소 강의 할 때도 과학과 비교 하며 불교야말로 과학이라는 말을 자주 하고 있었다. 즉「불교는 사실 을 사실대로 이야기 하는 것이므로, 학교에서 배운 과학을 이용하면

---

16) 백봉 김기추(1979)『金剛經』48 설법문 녹취록

이른바 정지견(正知見)이 날 수 밖에 없다.」고 하여, 정지견(正知見)이 나는 것을 은근히 장려했다. 이 점은 화두를 들어서 단번에 확철대오(廓徹大悟)할 것을 주장하는 선종(禪宗)의 간화(看話)공부와는 다르다.

특히 거사들은 생계를 위하여 직업(職業)에 종사해야 하므로 불교 공부에만 전념(專念)할 수가 없으니, 화두일념을 강조하는 간화선(看話禪)은 거사들에게 권할 수가 없다고 하여 경전(經典)이나 선서(禪書)를 공부하여 불법(佛法)에 대한 정지견(正知見)을 먼저 세우는 것이 필요하다고 한다.

바른 지견(知見)을 개발하고자 종종 시험문제를 내걸기도 하고, 「보림삼관(寶林三關)」에 대한 대답을 제출하라고 독촉하기도 하면서 제자들의 공부 정도와 견처를 일일이 점검하는 것을 게을리 하지 않았다. 『금강경강송』에 보면 「보림삼관(寶林三關)」을 한글과 함께 다음과 같이 새겨놓고 있다.

    [묻는다] 가고 옴이 없는 곳에
           산자는 무엇이며
           죽는 자는 무엇인고.
    [답이라] 태산이 눈을 부릅떠서 오니,
           녹수는 귀를 가리고 가누나.
    [問]   不去不來處   불거불래처
           生者何物   생자하물
           滅者何物   멸자하물
    [答]   泰山刮目來   태산괄목래
           綠水掩耳去   녹수엄이거

[묻는다] 마음 밖에 법 없는데

　　　　미한 자는 무엇이며

　　　　깨친 자는 무엇인가.

[답이라] 옛길에 풀은 스스로가 푸르러니,

　　　　바름과 삿됨을 아울러 안 쓰네.

[問]　　心外無法處　심외무법처

　　　　迷者何物　　미자하물

　　　　悟者何物　　오자하물

[答]　　古路草自靑　고로초자청

　　　　正邪俱不用　정사구불용

[묻는다] 너와 내가 비었는데

　　　　말하는 자는 무엇이며

　　　　듣는 자는 무엇인가.

[답이라] 만약 오늘 일을 논의하면

　　　　문득 옛 때 사람을 잊으리.

[問]　　人我皆空處　인아개공처

　　　　說者何物　　설자하물

　　　　聽者何物　　청자하물

[答]　　若論今日事　약론금일사

　　　　忽忘舊時人　홀망구시인[17)]

　이렇게 「보림삼관」을 두고 백천삼매(百千三昧)와 무량묘의(無量妙意)가 다 일념리(一念裡)에서 나오는 것이라고 설을 덧붙여 말하고

---

17) 백봉 김기추(1976) 『金剛經講頌』寶林禪院 p.171

있다.

거사는 배우는 제자들이 지견(知見)이 나서 삼관(三關)이나 공안(公案)에 옳게 답을 하면 공개적으로 인가(認可)를 하고, 같이 공부하던 도반(道伴)들에게도 인가를 받은 도반에게 큰 절을 세 번씩이나 하게 하였다. 이런 그의 독특한 인가(認可) 방식은 견처를 얻은 제자에게 한 고비를 넘었다는 것을 인증(認證))하는 의미도 있지만, 학인이 스스로 자신감을 가지도록 하여 견성을 위한 수행(修行)에 장애를 없애주려는 의미가 있다. 즉 불법(佛法)에 대한 더 이상 필요 없는 치구(馳驅)하는 마음으로부터 쉬도록 하는 데 의도(意圖)가 짙었던 것이다. 그렇다고 화두를 통해 바로 견성하는 간화선의 돈오(頓悟)를 부정(否定)하지는 않았으니, 스님들에게는 지견(知見) 이야기를 하지 않고 「화두를 타파하여 견성해야지」라고 하였다.

거사는 보리는 촉진(觸塵)이 아닌 까닭으로 가히 몸으로써 얻지 못하며 보리는 법진(法塵)이 아닌 까닭으로 가히 마음으로서 얻지 못한다고 한다. 그러나 오음(五陰)이 본공(本空)하고 망심(妄心)이 무상하니 본공하기 때문에 법신을 나타내고 무상(無相)하기 때문에 진심(眞心)이 어지러워지지 않음을 안다면 오음이 곧 보리인 것이므로 가히 보리로써 다시 보리를 구하려 하지 말 것이며 다시 보리를 얻으려 하지 말 것을 말하고 그 까닭으로 보리가 곧 나(我)이며 내가 보리이니 내가 다시 나를 어떻게 구하여 얻겠는가.[18] 라고 하여, 『유마경대강론(維摩經大講論)』 제4 「보살품(菩薩品)」에 오도(吾道)에 대하여 다음과 같이 쓰고 있다.

---

18) 백봉 김기추(1974) 『維摩經大講論』太和出版社 p.198

나의 도는 능함 없으니 부처와 여래를 짓는다.

나의 도는 하염 없으니 만법을 세운다.

나의 도는 때가 없으니 고금을 꿰뚫는다.

나의 도는 공덕 없으니 삼계를 싼다.

나의 도는 양(量)이 없으니 본래 생멸이 없다.

나의 도는 연(緣)이 없으니 중생을 제도 한다.

나의 도는 이름 없으니 목숨은 허공으로 더불다.

吾道無能作佛如來   오도무능작불여래

吾道無爲建立萬法   오도무위건립만법

吾道無始實通古今   오도무시실통고금

吾道無功包盡三界   오도무공포진삼계

吾道無量本無生滅   오도무량본무생멸

吾道無緣濟度衆生   오도무연제도중생

吾道無名壽如虛空   오도무명수여허공[19]

도(道)에 대한 가르침으로 이와 같이 말하고, 실로 대도(大道)를 향하여서 달리려면 첫 걸음이 곧아야 하고 대법을 얻어서 굴리려면 첫 믿음이 옳아야 한다고 이르고 있다. 이 의취를 모르고 지식으로 풀이를 하려 한다면 바른 도를 이루지 못함도 설하고 있다. 이러한 도에 대해서 역시 『유마경대강론』에서 「도는 구할련즉 멀어 지느니 안 구함에 구하라. 도는 머물련즉 어긋나느니 안 머뭄에 머물라. 도는 머물련즉 어긋나느니 안 머뭄에 머물라. 도는 닦으련즉 무디어지느니 안

---

19) 전게서, p.199

닦음에 닦으라.」라고 네 가지로 당부를 하고 있다.

3-4. 「새말귀」 수행(修行)

참선을 하고 불경을 읽다가 지견이 나면 다시 거사들에게 적당한 수행 방편(方便)이 있어야 한다고 하여, 이른바 「새말귀」라는 거사 불교의 공부를 내세웠다. 즉 화두를 잡는 대신에 「모습을 잘 굴리자」라는 「새로운 말귀」를 가지고 수행하도록 한 것이다. 즉 「아무 모습도 없는 내가, 허공(虛空)으로서인 내가」일상생활에서 「모습을 잘 굴리자」라는 것이 바쁜 생업에 종사하고 있는 생활인으로서의 거사들에게 가장 적당한 수행법이라고 보았다. 제자들이 「새말귀」를 가지고 수행을 하다보면 언젠가는 견성하게 된다는 확고한 자신감을 나타내 보인 적이 많다. 삼계의 화택(火宅)을 벗어나기 위한 공부를 짓는 데에 염불(念佛), 간경(看經), 기도, 주송(呪誦)이 방편이기는 하나, 화두를 수단으로 삼는 선(禪)은 방편중의 방편이라 하여 재가자들에게는 순일할 수 없음을 주지하고 다음과 같이 말하고 있다.

그러나 이 방편인 선(禪)은 수단인 화두를 일념(一念)으로 순일(純一)하게 지닌다는 그 사실이, 지극히 엄숙하면서, 지극히 분명하고, 지극히 정묵적(靜默的)이면서, 지극히 독선적(獨善的)이다. 지극히 엄숙하기에 스승을 섬기고, 지극히 분명하기에 집을 뛰쳐나고, 지극히 정묵적이기에 은정(恩情)을 끊고, 지극히 독선적이기에 세연(世緣)을 등지는 것이니, 내일의 대성을 위하여 돌진하는 승가풍의 모습이다. 세속과는 동떨어진 승가풍이니, 이를 가리켜 몰인간성이요 몰사회성이라고 평하는 사람도 있다. 은정을 끊음은 뒷날에 그 은정으로 하여금 한 가지로 보리도를 증득(證得)하기 위한 우선의 끊음이요, 세연(世緣)을 등짐은 뒷날에 그 세연으로 더불어 같이 열반계로 이끌기 위한 우선의 등짐이란 의취를 모르기 때문이지만, 실로 화두를 순일하게 가지는 데 는 혈연을 향하여 눈을 돌리고 세간을 향하여 귀를 기울일 틈도 없거 니와 또한 있어서도 안 됨을 알 수가 있는 것이다. [20]

거사풍은 인간이기 때문에 가정을 꾸미고 사회성이기 때문에 세간 (世間)을 가꾼다. 가정을 꾸미기 때문에 오늘을 살면서 내일의 안정 을 걱정하고, 세간을 가꾸기 때문에 오늘을 엮으면서 내일의 번영을 꾀하기 위해 시간을 쏟는다. 이러히 시간을 쏟기 때문에 아무리 생사 의 뿌리를 캐내는 좋은 수단이며 방편이라 할지라도 24시간 모두가 공부를 지을 수 있는 승가풍과는 달리 24시간 모두가 가정을 꾸미고 세간을 가꿔야만 하는 거사풍으로서는 화두를 순일하게 지닌다는 것 이 지극히 어렵다기 보다 거의 불가능한 일이다.

그러므로 무엇보다도 시간적으로 용납이 안 된다고 해서 생사문제 의 해결을 포기할 수 는 없는 문제이다. 생사문제의 해결을 포기함이 란 바로 인생을 포기함이니, 도대체가 인생이란 무엇이며 어떠한 존 재인가. 천하의 양약(良藥)도 내 몸에 해로우면 독약이 되고, 천하의 독약도 내 몸에 이로우면 양약이 됨과 마찬가지로, 화두도 이와 같이 그 분수에 따른 복력(福力)과 신념, 지혜, 용기, 의단(疑團)과의 알맞 은 조화가 이루어진다면 즐거운 열반락(涅槃樂)을 증득하는 양약이

---

20) 백봉 김기추(1994) 『절대성(絶對性)과 상대성(相對性)』「새말귀」 p.154

될 것이다. 그러나 만약 분수대로인 조화를 이루지 못한다면 평생을 그르치는 독약밖에 안 될 것이니, 이에 독을 독으로 다스리듯이 운명적인 거사풍이라 한탄하지 말고, 이 시점에서 이에 대치(代治)할 수 있는 법을 과감히 세워야 할 책임을 느껴야 한다는 것이다.

사회의 문물의 발달에 따라 생활면의 각 분야는 분주하며 이 분주한 생활선상에서 얽히고 얽힌 인생인 까닭에 화두를 순일하게 가질 수 없는 그 책임은 선지식도 부처님도 지지 못하고 필경에는 내가 져야 하기 때문에 거사는 과감한 대치법이 필요하다는 방편을 세우고 있다.

대치법(代治法)이란 이렇다. 「연(緣)에 따르는 바깥 경계를 굴리고 또한 경계에 굴리이는 것은, 실로 나의 무상신(無相身)이 그 심기(心機)의 느낌대로 무정물인 색상신(色相身)을 걷어잡고 행동으로 나툰다.」는 도리를 깊이 인식하고, 「모습을 잘 굴리자」라는 말귀를 세워서 나아가자는 뜻이다. 거성(去聖)의 화두가 말귀이고 대치법도 말귀일진댄, 무엇이 다른가. 말귀는 말귀이나 말귀로서는 같지 않은 말귀이니 그 말귀를 굴리는데 따른 수단의 좌표가 다르고, 그 수단의 좌표가 다르기 때문에 방편의 초점도 다르기 마련이다. 무슨 까닭으로써이냐. 예를 들어서 만약 핸들을 돌리고 키를 트는 데도 잘 돌리고 잘 틀어야 할 것이니, 「모습을 잘 굴리자」라는 말귀와는 통하여서 그 실을 거둘 수가 있겠으나, 화두가 순일하여서는 또한 잘 안 될 것이다. 사리(事理)가 이러하니, 학인(學人)들은 거사풍이라는 사실을 바탕으로 하여서, 아침에는 「모습을 잘 굴리자.」라는 뜻으로 세간에 뛰어들고, 낮에는 「모습을 잘 굴린다」라는 뜻으로 책임을 다하고, 저녁에는 「모습을 잘 굴렸나」라는 뜻으로 희열을 느끼고, 시간을 얻어서 앉을 때는 나는 「밝음도 아니요 어둠도 아닌 바탕을 나투자」라는 여김으로 삼매(三昧)에 잠길 줄을 알면, 이에 따라 깨친 뒤의 수행도 또한 「모습을 잘 굴리자」라는 테두리를 벗어나지 않을 것이다.[21]

거사는 이 대치법에 대하여 자타(自他)의 공덕(功德)을 이루는 수단도 되고 사회의 풍조를 다스리는 방편도 된다고 한다. 이와 같이 내세우고 있는 「새말귀」는 논리적(論理的)으로 보면 문제점이 있는 공부방법이라고 할 수도 있다. 즉 「모습을 굴리는」 주체(主體)인 「나」가 전제(前提)가 되므로, 이른바 분별(分別)이 덜 떨어진 공부라고 나무랄 수도 있다. 물론 초보자가 이 「새말귀」를 들면 분별이 붙은 공부라서 견성을 기대하기 어렵다. 그렇기 때문에 「새말귀」 공부를 위하여 거사는 정지견을 요구한다. 즉, 주체인 「나」가 공적(空寂)하여 마치 허공같이 아무 모습이 없는 줄 확실히 아는 사람, 견처를 얻은 사람이라야 비로소 「새말귀」 공부가 가능하다고 하였다. 승가풍의 화두와는 달리 거사풍으로서의 이러한 대치법은 첫째로 설법을 통하여 일체 만법인 상대성을 본래로 흘연독존(屹然獨尊)인 절대성의 굴림새라는 그 사실을 이론적으로 깨우치고, 둘째 학인들은 반드시 무상법신(無相法身)이 유상법신(有相法身)을 굴린다는 그 사실을 실질적으로 파악한 다음에 화두를 지님이 규범적인 특징이라고 하여 승(僧)과 속(俗)에 각각 맞게 수행하는 것임을 주지하고 있다.

이러한 수행을 권유하면서 거사는 「공부하는 사람은 십원짜리든, 백원짜리든, 자기의 살림살이가 있어야만 한다.」라는 말을 자주한다.

---

21) 전게서 p. 157

『백봉 선시집(白峰 禪詩集)』의 「만음(漫吟)」[22] 부분에 적혀 있는 것 중에 조사서래의(祖師西來意)에 대한 그의 살림살이를 보면 다음과 같다.

문 : 달마대사가 서쪽에서 오신 뜻은 무엇을 가리키심이니까?

답 : 뱀이 대통에 들어서 가는 소식이로다.

문 : 서쪽에서 오신 뜻을 물었는데 어찌하여 뱀이 대통에 들어서 가는 소식이라 하십니까?

답 : 너는 어찌 한 빛깔이 그 한 빛깔 가운데 있지 아니하고 한 구절이 그 한 구절밖에 있음을 모르느냐.

문 : 어리둥절합니다.

답 : 무엇이 어리둥절 하느냐. 방위(方位)가 없으므로 하여금 능히 방위를 두고, 거래(去來)가 없으므로 하여금 능히 거래를 두는 것이니, 「본래로 검지도 희지도 않으나 곳에 따라 푸르고 누름을 나투네.」이르는 의취이기도 하다.

문 : 더욱 답답할 뿐입니다.

답 : 너는 오로지 어리둥절하고 답답한 것만을 끌어 잡고 뒹구는구나. 단단히 들어라. 석남(石男)이 밑 빠진 바리의 밥을 먹으니 「도솔을 여의지 않으시고 이미 왕궁에 오셨으며, 목녀(木女)가 줄 없는 거문고를 뜯으니 어머니의 태를 나오시지 않으시고 이미 중생을 건져 마치시다.」 이르신 소식이기도 하니 알몸으로 달려들어서 이 문제를 처리하라.[23]

---

22) 백봉 김기추(1984)『백봉 선시집(白峰禪詩集)』寶林禪院 p.281
「만음(漫吟)」: 북소리, 서래의, 허공법문, 동그랑땡, 객필(客筆) 등이 있다.
23) 백봉 김기추(1984)『백봉 선시집(白峰 禪詩集)』보림선원(寶林禪院) p.288

이렇듯 거사는 불교 공부하는 자로서는 확연히 자신의 한 소식을 나타낸 살림살이가 있어야 함을 강의를 할 때도 참선을 할 때도 잊지 않고 설하곤 했다. 잠시라도 화두를 놓지 않도록 독려함은 물론 수시로 각자의 살림살이를 내보이도록 요구하기도 하였다. 그리고 항상 내가 누리의 주인공임을 한시도 잊지 말 것을 당부하고 「인생선언문(人生宣言文)」을 되새기게 했다.

거사는 「인생선언문」에서 태허(太虛)는 영역이 없으나 그 체성면(體性面)은 공적하면서도 호연하여 상하와 사유(四維)를 두어서 삼계를 세우고, 심성은 邊際(변제)가 없으나 용상면(用相面)은 확연하면서도 탕연(蕩然)하여 정사(正邪)와 돈점(頓漸)을 두어서 만법을 굴린다고 말하고는, 이 가운데에 자리하고 있는 인생에 있어서 생노병사, 부귀빈천, 희노애락, 은원증애(恩怨憎愛) 등에는 이(理)와 사(事), 진(眞)과 가(假)가 따로 없음을 알 것과 불자(佛子)로서 삼계를 처리하고 만법을 정리할 의무와 권리(權利)로 당당할 것을 요하여 인생선언을 다음과 같이 하고 있다.

1. 나는 인생 본래(本來)의 면목(面目)을 되찾기 위하여 번뇌와 진노(塵勞)가 전부인 이러한 인생을 거부한다.
2. 나는 인생 본래의 면목을 되찾기 위하여 생노(生老)와 병사(病死)가 전부인 이러한 인생을 거부한다.
3. 나는 인생 본래의 평등(平等)을 되찾기 위하여 기복(祈福)과 구명(救命)이 전부인 이러한 인생을 거부한다.[24]

---

24) 백봉 김기추(1994)『絶對性과 相對性』「인생 선언문」p. 165

그리고 거사는 자신의 선(禪)에 대한 살림살이를 「삼선(三禪)」이라는 글로 표현한다. 즉 그의 「삼선칠구(三禪七句)」[25]라는 제목의 선시(禪詩)에 의하면 여래선(如來禪)과 조사선(祖師禪)이라는 명칭(名稱)에 대해서는 보림선(寶林禪)이라는 자기의 살림을 내 놓고, 「칠구(七句)」[26]에 대해서는 선가(禪家)에서 자주 등장하는 말후구(末後句), 향상구(向上句), 격외구(格外句), 전신구(轉身句)라는 용어(用語)를 사용하면서도, 다시 최초구(最初句), 향하구(向下句), 기특구(奇特句)라는 자기(自己)의 용어를 내놓았다. 「칠구(七句)」는 다음과 같다.

칠구(七句)

어떠한 것이 최초구인고.
가이없는 허공에서 한 구절이 이에 오니,
허수아비 땅 밟을 새 크게 둥근 거울이라.

어떠한 것이 끝구인고.
손가락 끝에 눈 있는 사람이러니,
소리와 빛깔 같이 피우네.

어떠한 것이 향상구인고.
살이 활줄을 떠나 돌아오지 않으니,

---

25) 백봉 김기추(1976) 『金剛經講頌』 寶林禪院 p.305
26) 「칠구(七句)」 전게서 p.307

달이 밝아 밤길 가는 사람을 비춰보구나.

어떠한 것이 향하구인고.
슬기로운 사람은 밑 빠진 바리의 밥을 먹고,
어리석은 사람은 줄 없는 거문고 의 소리를 듣는구나.

어떤 것이 기특구인고.
하나를 듦에 셋을 밝히니,
문득 돌 호랑이 머리를 부수네.

어떤 것이 몸을 굴리는 구인고.
천하의 혓바닥을 바꾸어 버리면,
왼쪽으로 굴리고 오른쪽으로 굴림을 스스로가 하네.

어떤 것이 격 밖의 구인고.
눈을 두고 귀를 두면서 소경과 귀머거리와 같으니,
하늘 땅 밖 사람이 몇이나 알리.

如何是 最初句　　여하시 최초구
無邊虛空一句來　무변허공일구래
案山踏地大圓鏡　안산답지대원경

如何是 末後句　　여하시 말후구
指頭有眼人　　　지두유안인
聲色同時發　　　성색동시발

如何是 向上句   여하시 향상구
箭離弓絃無反回   전리궁현무반회
月明照見夜行人   월명조견야행인

如何是 向下句   여하시 향하구
智人食無底鉢飯   지인식무저발반
愚人聽沒絃琴聲   우인청몰현금성

如何是 奇特句   여하시 기특구
擧一而明三   거일이명삼
忽破石虎頭   홀파석호두

如何是 轉身句   여하시 전신구
換却天下人舌頭   환각천하인설두
左轉右轉任自在   좌전우전임자재

如何是 格外句   여하시 격외구
有眼有耳如聾盲   유안유이여농맹
天下인간幾人知   천하인간기인지

『금강경강송』에는 「삼선(三禪)」에 대해 다음과 같이 나타내고 있
다.

어떤 것이 여래선인고.
한 톨의 쌀도 간직 안 했고,

한 줄기의 나물도 갈지 않았네.

어떤 것이 조사선인고.
살인도는 활인검을 더불었으니,
호랑이의 머리와 꼬리를 한 때에 거두더라.

어떤 것이 보림선인고.
말머리가 떨어져도 말에 붙이지 않으니,
한이 없는 맑은 바람은 큰 땅을 말아내누나.[27]

如何是 如來禪	여하시 여래선
不藏一粒米	부장일립미
不耕一莖草	불경일경초

如何是 祖師禪	여하시 조사선
殺人刀與活人劍	살인도여활인검
虎頭虎尾一時收	호두호미일시수

如何是 寶林禪	여하시 보림선
說頭也落說不着	설두야락설부착
無限淸風捲大地	무한청풍권대지.[28]

이 삼선칠구는 『금강경강송』 제32 「응화비진분」 강송의 말미에 붙

여 쓰고 있으며 이에 이어 맺음말에서는 세인들이 덮어놓고 불법을
어렵다고 말하여 견성을 신비롭게만 단정하는 점, 부처를 몸 밖에서
구하려는 경향이 많다는 점, 도를 닦는데 그 때와 처소를 가리려고 한
다는 점, 고인의 문언구(文言句) 풀이가 공부의 첩경이라 착각하고
있는 점 등을 열거하고 올바른 인생관을 가질 것을 주지하면서 공부
에 대한 문제점을 염려하고 올바른 지견으로 참선 수행에 임하기를
강조했다.

4. 맺음말

　백봉거사는 출가(出家)를 전제로 하는 승가풍의 수행과는 달리 재
가자로서 수행할 수 있는 거사풍을 내세운 현대 한국불교에서 거사불
교운동의 주축에 선 인물로 거론되기도 한다. 그러나 백봉거사에 대
한 선행 논문이 거의 없는 실정으로 본 논문을 쓰면서 그에 대한 부담
감이 없지 않음도 사실이다.

　청소년시절부터 일제강점시대라는 역사적으로 힘든 시대를 살아
오면서 겪어야만 했던 수많은 시련과 그러한 그의 인생에서 절실하
게 느낀 무상(無常)함으로 거사는 삶이라는 문제에 대해 회의를 품은
채 미미하나마 감옥생활에서 인연을 맺은 『벽암록』, 「관세음보살」 등
으로 불교에 대한 관심이 시작되고 심우사(尋牛寺)에 가서 조주선사
의 무자 화두를 접하게 되면서 참선 정진을 하게 된다. 정진하고 있던
1963년 1월의 어느 날, 비심비불(非心非佛), 무거무래역무주(無去無
萊亦無住)라는 글귀로 깨달음을 얻고 난 뒤, 거사는 1965년 재가 불

교단체인 보림회를 결성하고 1969년 보림선원(寶林禪院)을 개창하여 본격적인 대중교화를 하게 된다. 학인들에게 불교공부 바탕마련을 위한 설법을 가장 중요하게 여겨 항상 설법을 하였고 처음부터 재가 불자들에게 맞는 수행방법으로 철야정진을 실시하여 학인을 개오시키는 방편으로 했다.

출가 권유를 뒤로 하고 거사로 살면서 교화(敎化)를 펴서 불법을 선양하기로 하고 불경(佛經) 강의(講義)에 주력하면서, 『금강경강송』을 비롯하여 『유마경강론』, 『절대성과 상대성』, 『선문염송』, 『백봉선시집』 등 다수의 저서를 남기고 있다. 불교는 진리(眞理)를 터득하는 것이지 맹신(盲信)하는 신앙(信仰)이 아니므로 출가 수행자만이 오도(悟道)할 수 있는 것이 아니라는 입지에서 재가(在家)인 거사들도 얼마든지 견성할 수 있다는 거사풍을 세웠다. 그는 기복이 불교의 진면목이 아님을 강조하여, 오도를 위한 수행만을 주장하면서, 정지견(正知見) 장려했다. 또한 거사의 수행 방편으로 「새말귀」라는 공부를 내세웠으며, 여래선(如來禪)과 조사선(祖師禪)과 같은 보림선(寶林禪)을 제창하고 있다.

대중교화에 있어서 설법을 알기 쉽게 하기 위하여 거사가 주장한 수행 방편의 특색은 여러 가지 있으나 그 중에서 현대에 증명된 과학 지식을 활용하여 불타(佛陀)의 가르침을 과학적으로 설명하고자 노력했으며, 한글세대와 불교를 쉽게 교화하기 위한 의도로 「예불문」의 문장도 한글을 주로 사용하여 알아듣기 쉽고 뜻을 새기기도 쉽게 바꾸어 실행했다. 예불할 적에 반드시 외우는 반야심경(般若心經)을 비롯하여 선원에서 독송되는 대부분을 「그 의미를 알면서 암송(暗誦)해야 한다」고 주장하여, 한글로 번역한 것을 사용하였다. 뜻을 이해하고 외우기에 어려운 한문으로 독송하는 것은 불교를 알고자 하는 사람들에게 교화하기가 쉽지 않은 것임을 일찍이 알고 시행한 것이다.

또한 1974년 여름을 1회로 정하고는 여름, 겨울 1년에 두 차례씩 하여 1985년 23회까지 참선과 설법으로 직접 지도하는 철야정진을 실시함으로서 본격적인 교화를 하였다. 입적 후에도 철야정진을 놓치지 말라는 유지에 따라 현재 서울, 부산을 비롯하여 전국 각지에서 일정한 기간을 정하여 철야정진을 실시하고 있다.

거사는 공부하고자 모여드는 재가 불자들의 참선과 불교 공부를 위하여 입적할 때까지 열과 성을 다하여 지도하였고 누리의 주인공임을 한시도 잊지 말 것을 당부하고 재가의 인연도 소중히 하며 인생에 있어서의 대문제인 견성을 향해 끊임없이 정진할 것을 강조하였다.

본고를 마무리하면서 이러한 백봉거사의 선과 선시를 통해 그의 위치를 다시 한 번 재조명하여 현재 그리고 향후 우리 시대의 거사불교 운동의 한 주축으로서 재가불자의 수행의 한 방향으로서 그 정신을 되새길 필요가 있다고 생각된다.

/
제6장
/

불교와 근대문학의 관련성

1. 머리말

일본의 근대문학과 불교와의 관계에 있어서 연구가 계속 진행되고
있으나 일본의 근세문학(近世文學) 이전과는 그 위치와 양상을 달리
하고 있다. 일본에서 불교와 문학의 관련성에 대한 관점은 일반적으
로 한문을 바탕으로 하여 불교경전(佛敎經典)과 함께 고전문학(古典
文學)이 주된 대상으로 이해되고 있는 경향과 더불어 불교문학(佛敎
文學)이라는 형태로 그 위치를 확고하게 하고 있으며 이에 대한 연구
자와 관련 논문, 관련 서적도 상당한 수에 이른다. 하지만, 「근대(近
代)에 있어서 문학과 불교와의 관계가 변하게 되었기 때문」[1]이라고
말하고 있듯이 근대문학에는 고전문학에 비해 불교와의 관계가 그만

---

1) 今野達 外2人(1994)『日本文學と佛敎』岩波書店 p. 276

큼 활발하게 연구되고 있지 않다고 말할 수 있다. 그러나 근대에 들어와서 발표된 여러 문학작품에는 불교경전을 그대로 인용해서 표현하고 있는 것은 적을지도 모르지만 여전히 불교의 사상이 저변에 흐르고 있는 것, 불교경전의 내용을 답습한 것, 불교어를 사용하고 있는 것 등, 직접 또는 간접적으로 표현 되고 있는 작품이 소극적이지만 적지 않다고 할 수 있다.

근대에 있어서 문학과 불교의 관계가 바뀌어진 현상으로서 일본의 근대문학과 불교와의 관련성을 생각할 때 먼저 서구문명을 급격하게 받아들이고 수용한 일본의 근대화의 특성을 검토할 필요가 있을 것이다. 개인주의(個人主義) 자유주의(自由主義)가 주류였던 서구(西歐)의 근대와는 달리 천황중심의 전체주의 국수주의 방향으로 발전한 일본의 근대는 메이지유신(明治維新 : 1867년)과 함께 독특한 일본적 사회관습과 정신구조를 초래하게 된 것이라고 일반적으로 말하고 있다. 따라서 근대일본문학의 출발은 근대이전의 고전적인 것과 메이지유신 이후 일본 깊숙하게 들어온 서구의 근대적인 것과의 수용(受容)과 계승(繼承), 대립(對立)과 갈등(葛藤) 속에서 진행되었다.

또한 근대 일본의 불교에 관해서도 「신불분리령(神佛分離令 : 1867년(明治 원년)」에 의한 폐불훼석(廢仏毁釋)에서 알 수 있는 바와 같이 문학의 분야에 있어서도 불교와 불교사상의 표현을 눈에 띄지 않게 하는 경향을 띠고 있다. 외래사상(外來思想)으로서의 그리스도교가, 그것이 외래의 것이라고 하는 것만으로 청신한 매력을 가지고 있는 반면, 불교는 그 성격에서 보더라도 내재적(內在的)이고 자기 내면화의 경향이 강한 것과 더불어 전통사상 특유의 불분명한 표현방법으로 불교의 영향을 무시하는 경향을 나타냈다고 말할 수 있을

것이다. 따라서 일본의 불교는 「집(가정)」을 중심으로 포교가 이루어
지게 되었고, 그 사상이 풍토적 영향과 동질의 것으로서 작용하는 것
과, 정신적 영향에 기인하여 상당히 명확한 형태로 나타내고 있는 것
등의 분류로 생각할 수 있다.

　이와 같이 근대의 사회적 시대적 상황과 함께 불교적 영향을 받은
문학작품의 형성과정에서도 여러 양상을 띠고 있다고 볼 수 있다. 불
교적 시점의 기준에 의해서 문학의 발생 경향을 겐리 분슈(見里文
周 : 1922-)는, 1. 불교의 사실(史實)에서 생겨난 작품, 2. 불교의 교
양(敎養)에서 생겨난 작품, 3. 불교의 사상(思想)에서 생겨난 작품,
4. 불교의 체험(體驗)에서 생겨난 작품[2]으로 네 종류로 분류하고 있
다. 여기에 천태(天台), 진언(眞言), 정토(淨土), 선(禪), 법화(法華)
등등의 종파별 분류를 더한다면 보다 정밀하게 작품의 불교적 색채
가 선명하게 될 것이다. 또 이 점에 관해서 이토 세이(伊藤 整 : 1905-
1969)는 불교와 근대일본문학을 논하면서, 1. 구도적(求道的) 실천자
(實踐者)의 입장, 2. 인간적(人間的) 인식자(認識者) 등, 두 종류의 입
장으로 분류하고 있기도 하다.[3] 그러나 이러한 문학의 발생 경향이
나 입장 등으로 분류하기에 앞서 근대라는 시대적 특성과 그 배경 및
그에 따른 문학자의 성향도 무시할 수 없다고 생각된다. 따라서 본고
에서는 먼저 일본에서의 불교와 근대문학의 관련성을 살펴보고 이와
함께 일본 근대에서 가장 대표적인 문학자로 일컬어지고 있는 나쓰메
소세키의 문학세계와 불교와의 관련성, 그 사상 및 배경을 중심으로

---

2) 見里文周(1995)『日本文學と佛敎』岩波書店 p.36
3) 見里文周 전게서 p.36

고찰해 보고자 한다.

2. 근대 일본의 문학과 불교

근대 일본의 문학은 특별하게 불교의 시점에서 체계적으로 연구된 것은 고전에 비해 수량적으로도 그다지 많지 않은 편으로, 처음 작품집이 출간된 것도 1931년(昭和 6년)이 되어 『근대일본문학전집(近代日本文學全集)』(일본 改造社) 안에 한권인 「종교문학집(宗敎文學集)」이 수록되고 난 이후다. 게다가, 그것에 수록된 작품의 대부분도 교양적 선양(宣揚)이나 포교(布敎) 전도적인 것뿐으로, 순수하게 근대문학의 작품이라고는 말 할 수 없다.

그러나 근대의 불교적 문학작품을 굳이 들어 본다면, 그 대부분은 불교의 개조(開祖)나 유명한 승려(僧侶)들의 전기(傳記)나 일화(逸話)를 소재로 한 것이며, 그 작업은 현재까지 계속 반복되고 있는 실정이다. 그 중에서 압도적으로 많은 것으로는 신란(親鸞)[4]을 중심으로 호넨(法然)[5]과 렌뇨(蓮如)[6] 등 정토계의 승려에 관한 것, 사이쵸

---

4) 신란(親鸞) 1173-1262. 일본불교의 한 종파인 정토진종의 개조(開祖) 中村 元外 (1989)『佛敎辭典』岩波書店 p.473
5) 호넨(法然) 1133-1212 일본불교의 한 종파인 정토종의 개조
6) 렌뇨((蓮如) 1415-1499 무로마치시대(室町時代)의 정토진종(淨土眞宗)의 승려, 정토진종본원사파(淨土眞宗本願寺派) 제8세 종주(宗主)·진종대곡파(眞宗大谷派) 제8대 문수(門首). 대곡본원사 주지(大谷本願寺住職). 본원사중흥(本願寺中興)의 조(祖). 동종지(同宗旨)에서는 「렌뇨상인(蓮如上人)」이라고 존칭(尊稱)된다.

(最澄)[7]와 구카이(空海)[8]에 얽힌 이야기이며, 개조(開祖) 이외의 것으로는 잇큐(一休)[9]나 료칸(良寬)[10]에 관한 것을 들 수 있지만, 선계(禪系)의 개조를 작품화한 것은 극히 적은 실정이다.

근대 초기(1867년 : 明治 1년)에 있어서 폐불훼석(廢仏毁釋)의 법난에 봉착하여, 최대의 위기에 직면하고 난 후의 불교는, 국가주의(國家主義)와의 연관이라고 하는 부산물을 만들어내지만, 그리스도교에 대항하기 위해서도 시대적 관심이 농후한 시기를 맞이하지 않을 수 없었다. 그것에는, 천재주의(天才主義) 혹은 초인주의(超人主義) 즉 종조(宗祖)에 대한 영웅적 인격의 강조와 함께 국가주의적 색채를 가진 니치렌주의와, 그리스도교의 유일신 사상에 의해 반성하게 된 불교 중에서 우선 그 정신과 비슷한 신란주의(親鸞主義), 그리고 극단적인 서구화주의에 반발하는 선(禪)의 유행 등을 들 수가 있다.

근대 중기에는 승계(僧係)의 퇴세, 부패에 반발하고, 금주(禁酒), 진덕(進德)을 기치로 하여『반성회잡지(反省會雜誌)』가 창간되었다. 이 잡지(雜誌)는 처음에는, 진종본원사파보통교교(眞宗本願寺派普通敎校)의 학생에 의한 동인잡지였으나, 종합잡지로서『중앙공론(中央公論)』이라고 표제를 개칭하여(明治 32년 : 1899년) 근대현대문학에 있어서 커다란 역할을 꾀했다.

그리고 불교의 근대적인 신앙의 확립을 목적으로 한 잡지는, 불교청도동지회(佛敎淸徒同志會)의『신불교(新佛敎)』,『정신계(精神

---

7) 사이쵸(最澄) 766-822 일본 천태종의 개조
8) 구카이(空海) 774-835 홍법대사(弘法大師) 일본 진언종의 개조
9) 잇큐(一休) 1394-1481 일본 임제종(선종)의 승려
10) 료칸(良寬) 1758-1831 일본 조동종(선종)의 승려

界)』,『구도(求道)』,『무아(無我)의 사랑』등이며 메이지(明治) 후기에 연이어 발간되었다. 또한, 소설로 된 작품으로서는 동양적(東洋的), 불교적 초속성(超俗性)을 쓴 고다 로항(幸田露伴 : 1867-1947)의 출세작인『풍류불(風流仏)』(1889)과『오중탑(五重塔)』(1892)등을 들 수 있다. 이들은 사실파(寫實派)를 대표하는 오자키 코요(尾崎紅葉 : 1867-1903)에 대해서 로항(露伴)은 자아(自我) 중심의 강렬한 남성적 기백이 넘치는 이상파 작가로서 항상 오도적(悟道的) 정화를 지향하는 불교이념을 내재하고 있었다고 말 할 수 있을 것이다. 이러한 양상은 메이지시대(明治時代)에 들어와서부터 근대문학의 커다란 계열로서 쓰보우치 쇼요(坪內逍遙 : 1859-1935)와 모리 오가이(森鷗外 : 1862-1922)의「몰이상론쟁(沒理想論爭)」을 발단으로 하는 이념파(理念派)와 실재파(實在派)로 이분화 되어, 불교가 크게 성도문(聖道門 : 自力)과 정토문(淨土門 : 他力)으로 구별되게 된다. 이념파에 어느 정도 성도문의 사고방식이 있는 반면, 실재파에 풍토적 영향이 강하다고 생각되는 정토문, 즉,「타력(他力)」사상을 배경으로 한 계보를 생각할 수 있다. 범인주의(凡人主義), 비소의식(卑小意識) 등, 일상적인 리얼리즘에 타력적(他力的) 사고(思考)는 커다란 영향을 끼치고 있다.

「절대타력」의 사상은, 불교의 평속화에 수반하여 초월성과 신앙성을 잃고 타력적인 것으로 변모하고, 그것을 본질로 하는 자기부정(自己否定)을 뒤집는「집(가정)」으로부터 탈락에 의한 반속적(反俗的) 자아(自我) 주장으로 전환하여 일본 사소설(私小說)의 성격 형성의 한 근거가 되었다.

이른바 타력계의 작품을 예로 들어보면 불교적 문학의 대부분에 관

련되어 있으며 그 주류를 차지하고 있다. 그것은 근대전기의 문예사조(文藝思潮)의 중심으로 된 자연주의(自然主義)나 정치적으로 폐쇄된 사회 환경 중에서 보잘 것 없이 작은 자신에게 내성(內省)에 의한 고백을 촉구하고, 그 탄식을 「사소설」과 「심경소설」, 그리고 그 고백성(告白性)과 함께 인간탐구에 대한 구도로서 정토문계의 문학이 생겨난 것이다. 예를 들면, 자기폭로적인 소설『이불(蒲団)』에 의해 자연주의문학의 선구자로 된 다야마 카타이(田山花袋 : 1872-1930)는 정토교(淨土敎)에 의한 구도(求道)에 입각하여 『어느 승려의 기적(ある僧の奇蹟)』, 『시간은 스쳐간다(時は過ぎ行く)』등의 작품을 남기고 있다. 정토교를 성립시켜온 풍토적 사고는, 문학에도 정토교적 감정양식에 짙게 물들여서 사실(寫實)의 새로운 사상을 서서히 변질시킨 것이었다.

가무라 이소타(嘉村礒多 : 1897-1933)는 히라노 켄(平野謙 : 1907-1973)에 의해 「사소설의 극북(私小說の極北)」이라고 일컬어지고 있는 작품에서 극단적인 자학적(自虐的) 고백으로, 타력신앙을 문학적 구심점으로 바꾸어 놓은 가무라 이소타의 심정적(心情的)인 것에 일본문학과 종교의 문제가 잠재되어 있다. 작품『업고(業苦)』(1914)『절벽 아래』(1914) 등의 내용에서 볼 수 있듯이 과감한 자기폭로를 한 배경에는 정토진종(淨土眞宗) 사상의 영향이 있는 것으로 해석된다. 작가의 체질적 성정상의 문제와 절대타력으로부터 속어화된 타력본원(他力本願)으로 상징되는 현세적 타력으로 평속화 되어가는 것은 이 사상 자체의 성격에서 유래했을 것이다.

성도문 즉 자력계의 작가와 작품은 정토문계에 비교하여 적은 편이다. 이러한 것은 「소설의 주뇌는 인정이다. 인정이라고 하는 것은 인

간의 정욕(情欲)으로, 소위 백팔번뇌(百八煩惱)다」라고 쓰보우치 쇼
요가『소설신수(小說神髓)』에서 표명한 근대소설의 이념에서도, 깨
달음을 설하고 불교와 미혹함을 묘사하는 문학에 대한 입장의 차이
에서도, 또「불립문자(不立文字)」,「교외별전(敎外別傳)」이라고 하는
선(禪)의 사상 등에서도 이해된다. 특히 종조(宗祖) 개인의 전기적 작
품은 극히 미미한 것으로 임제선(臨濟禪)[11]과 황벽선(黃蘗禪)[12]은 모
두 없어진 상태라고 해도 과언이 아닐 정도이다. 조동종(曹洞宗)[13]의
도겐(道元 : 1200-1253)에 관한 것으로는 사토미 톤(里見弴 : 1888-
1983)의『도겐선사의 이야기(道元禪師の話)』(1952)이외에 약간의
작품이 있다.

또 선승(禪僧)의 이야기가 문학작품으로 되어 있는 것은 잇큐(一
休)와 료칸(良寬)에 관한 것으로 미나카미 쓰토무(水上 勉 : 1919-)
의 작품인『잇큐(一休)』(1975)『료칸(良寬)』(1974)등이 있다. 미나
카미 쓰토무는 선승의 모습과 마음을 묘사하여 선사의 풍광과 내부의
갈등을 작품화하고 있으며, 어린 시절부터 선사(禪寺)의 체험과 선에
대한 관심을 계속 가지고 있었던 작가이다. 그리고 선승(禪僧)이 작품
속에 등장한 것은, 나쓰메 소세키(夏目漱石 : 1868-1916)의 참선(參
禪) 체험이 묘사되어 있는 소설『문(門)』(1910)으로 꼽힌다.

메이지 이후의 문학작품은 구라타 햐쿠조(倉田百三 : 1891-1943)
의『출가와 그 제자(出家とその弟子)』(1915)와 마쓰오카 유즈루(松

---

11) 임제선(臨濟禪) 임제종의 선으로 임제종은 중국 선종으로 임제의현(臨濟義玄)을
   개조로 한다. 일본에는 가마쿠라시대에 대응국사(大應國師)에 의해 전해짐.
12) 황벽선(黃蘗禪) 황벽종의 선으로 인겐류키(隱元隆琦)가 개조이며 임제종과 같은
   선종의 일파이다.
13) 조동종(曹洞宗) 중국 선종으로 일본에는 도겐(道元)이 전법

岡讓 : 1891-1969)의 『법성을 수호하는 사람들(法城を護る人々)』(1923-1926)등이 있다. 『출가와 그 제자』는 소설의 형태가 아니고 희곡(戱曲)으로 구성되어 있는 작품이다. 이 작품은 신란이라고 하는 전통적인 교단의 종조를 문학작품에 의해 일반인의 감상에 맞추어 구성하여 흥미와 관심을 이끌어 냄과 동시에 각 방면에서 연구심을 계몽시킨 공적은 컸지만, 진종교단(眞宗敎團)으로부터 교의상의 오해가 있다고 지적되어 불교학자들로부터 비판받은 작품이기도 하다. 『법성을 수호하는 사람들』은 분량에서 보면 대작(大作)이지만 무대가 좁은 사원(寺院) 내부만으로 한정되어 있는 점이나 작품으로서의 형상성이 부족하다는 평판을 받았지만, 정토진종(淨土眞宗) 사찰의 장남인 작가가 불교의 사상과 체험의 소유자로서 지방사원에서 수행하는 승려생활을 통해서 모순과 근대일본의 불교가 안고 있는 근본적인 문제를 상세하게 그린 면에서 이 작품의 중요성이 있다고 평가되고 있다.

이상과 같이 불교계의 자기비판에서 출발한 일본 근대 불교신앙의 수립기와 더불어 전개된 문학은 일종의 종교(宗敎) 부흥(復興)이라는 시대적 특성을 지니고 있다고 할 수 있다. 이 시대에 활약한 문학자로서 불교의 영향을 그대로 문학에 나타내고 있는 자는 많지만 그 농도가 짙고 옅음에 따라 분류할 수가 있을 것이다.

그 중 일본 근대문학의 대표라고 일컬어지는 자로서는 법화경(法華經)에 심취한 미야자와 켄지(宮澤 賢治 : 1896-1933)와, 니치렌(日蓮 : 1222-1282)에 경도된 만년의 다카야마 쵸규(高山樗牛 : 1871-1902), 동경에서 고쿠라(小倉) 좌천의 우울한 심정을 안고 고쿠라 안국사(安國寺 : 조동종, 키타 큐슈시(北九州市))의 선승 다마

미즈슌코(玉水俊交)와의 친분으로 그 영향을 받은 모리 오가이(森鷗外 : 1862-1922), 선승(禪僧) 샤쿠소엔(釋宗演 : 1860-1919)[14]에게 찾아가 직접 참선을 하고 자신의 체험을 소설『문(門)』(1910)의 주인공을 통하여 묘사한 나쓰메 소세키(夏目漱石 : 1868-1916) 등으로 우선 거론할 수가 있다. 그러나 이들이 문학에 내재시킨 불교적 경향은 각각 다른 양상으로 표현의 차이를 나타내고 있지만 일본의 근대를 장식한 당시의 지식인으로서 불교적 사상을 기반으로 하여 작품 활동을 한 문학자들이라 할 수 있을 것이다. 특히 일본근대문학을 대표하는 나쓰메 소세키는 소설을 비롯하여 한시 등을 통하여 자신의 문학적 경향과 불교에 대한 그의 사상을 가장 널리 알린 작가라고 할 수 있다.

3. 문학작품 속에 나타난 불교적 요소

일본 근대문학작품 속에 나타나 있는 불교 관련 내용을 검토하는데 있어서 수많은 문학자가 있으나 본고에서는 그중에서 앞에서 언급한 바 있는 일본 근대를 대표하는 문학자인 나쓰메 소세키의 작품을 대상으로 살펴보고자 한다. 소세키가 불교에 관심을 가지게 된 것은 잘 알려져 있는 바와 같이 한문학교 시절인 소년시절부터 찾아 볼 수 있다. 그의 작품 속에는 불교관련의 불교어(佛敎語) 불교사상(佛

---

14) 釋宗演(しゃく そうえん)(1860-1919) 메이지(明治) 다이쇼(大正) 시대 임제종(臨濟宗)의 승려. 호는 홍악(洪嶽) 능가굴(楞迦窟) 불가왕(不可往). 일본인 승려로서 최초로 「선(禪)」을 「ZEN」으로 서양에 전한 선사(禪師)로 잘 알려져 있다.

教思想) 불교문화(佛教文化) 등 제반의 관련 어구가 사용되고 있으며
그의 작품에 불교적 영향이 나타나 있는 것은 셀 수 없을 정도로 많다
고 생각한다. 소세키가 생애 끊임없이 관심을 가지고 있었던 불교에
관한 관심과 불교수행 그리고 작품에 미친 영향에 대한 선행연구로는
졸론 등에서 논한 바 있어 여기서는 생략하기로 하고 일본근대문학을
대표하는 소세키의 작품 속에 나타나 있는 불교 용어와 요소를 중심
으로 인용의 정도와 내재되어 있는 의미의 사용 등에 주목하여 고찰
하고자 한다.

3-1 인연(因緣) 좌선(坐禪) 견성(見性)

소세키의 작품 중에 나타나 있는 불교관련 내용은 그 수가 많아 전
부 예를 들 수 없다고 생각하지만, 인연(因緣)과 같이 일반적으로 알
려져 있는 불교사상에서 선의 공안(公案)같이 난해한 내용까지 다양
하게 나타나 있다. 그 중에서 가장 많이 사용되고 있는 것 중 하나가
인연으로, 이는 불교의 사상에서 대표적으로 거론되는 개념 중 하나
이다. 근대문학 작품 중에 나타나 있는 불교와 그 사상의 묘사도 작가
에 따라 다양하겠지만, 나쓰메 소세키 역시 작품 속에 수없이 인연에
대해 거론하고 있음에 주목한다.

이 인연에 관해서는 소설 『갱부』의 주인공인 청년이 인과라는 생각
을 뇌리에서 떨치지 못한 채 쵸조씨에게 끌려가는 일행과 함께 걸어
가는 산 속의 풍경을 관망하는 장면에서 「어린 아이와 높은 산과 저
녁노을과 산 속의 숙소들 무언가 깊은 인연으로 서로 엉켜있는지도

모른다.」[15]라고 하여 인연에 관해 언급하는 장면을 통해 접할 수가 있다. 이 문장에 이어서 소세키는 인연에 대한 구체적인 설명을 하듯이 다음과 같이 적고 있다.

> 병에도 잠복기가 있듯이, 우리들의 사상(思想)이나, 감정(感情)에도 잠복기가 있다. 이 잠복기 동안에는 자신이 그 사상을 가지고 있으면서, 그 감정에 제재를 받으면서도, 조금도 자각(自覺)하지 않는다. 또 이 사상이나 감정의 외계 인연(因緣)으로 의식(儀式)의 표면에 나올 기회가 없으면, 일생동안 그 사상이나 감정의 지배를 받으면서 자신은 결코 그런 영향을 받은 기억이 없다고 주장한다.[16]

소세키는 이러한 인연에 대해 여러 양상으로 표현하여 작품 속에서 나타내고 있으며 그 예는 작품 요소 요소에 걸쳐 내재되어 있다. 소설 『풀베개(草枕)』에는, 인연의 소탕(掃蕩)을 거론하면서 번뇌(煩惱)로부터 해탈함으로서 얻을 수 있는 행복에 대해 이야기하고 있다. 「무색(無色)의 화가에게는, 이러한 인간세상을 볼 수 있는 점에 있어서, 이러한 번뇌를 해탈하는 점에 있어서, 이러한 청정계에 출입할 수 있는 점에 있어서, 또 이 부동불이(不同不二)의 건곤(乾坤)을 건립할 수 있는 점에 있어서, 사리사욕(私利私慾)의 인연을 소탕하는 점에 있어서, ㅡㅡ천금 같은 자식보다도, 황제보다도, 모든 속계의 총아보다도 행복하다.」[17]라고 하여 사리사욕의 인연을 소탕함에 있어서 느낄 수

---

15) 夏目漱石『漱石全集』13권 p.502
16) 『漱石全集』13권 p.473
17) 『漱石全集』제1권 p.388

있는 행복을 나타내고 있다.

　인연이라는 용어 사용에 있어서 긍정적인 의미도 있겠지만 부정적인 의미도 부여하고 있다. 소세키는 어느 한쪽의 의미에 국한하지 않고 작품 속에 소세키 자신의 불교적 개념과 사상을 잘 나타내고 있다고 생각된다. 우리 인간에게 잠복하고 있는 끈질긴 인연, 이것이 의식(意識)의 표면에 나오는 순간 괴로워하고 두려워하는 감정에 지배를 받게 되는 것이다. 소세키는 이러한 고통으로부터 벗어나는 한 방법으로 좌선 수행과 견성을 자주 거론하고 있으며 그 자신도 끝없는 염원을 하고 있음을 그의 문장을 통해 나타내고 있다.

　소세키가 17, 8세경에 처음 지은 것으로 알려진 한시에「홍대모효방선비(鴻台冒曉訪禪扉 ; 고노다이의 새벽에 선사를 찾아가니)」라고 하여 선사(禪寺)를 찾아 간 내용으로 일찍부터 불교에 대한 관심을 표명하고 있다. 이에 이어 23세 때 친구 마사오카 시키(正岡子規)에게 보낸 한시에는「세진진회망아물(洗盡塵懷忘我物 : 세진을 모두 씻어 아(我)도 없고 물(物)도 없어, 묵좌공방여고불(默坐空房如古仏 : 단지 볼 것은 창밖 고송의 울창함뿐이구려.)」라고 하여 속진(俗塵)을 벗어나 물아(物我)를 잊고 고불처럼 혼자 고요히 좌선(坐禪)하는 모습을 표현하고 있다. 이러한 좌선에 관해서는 24세 8월 9일 마사오카 시키에게 보낸 편지에도「요즈음은 이 소한법(消閑法)에도 게을리 하고 있으며 좌선관법(坐禪觀法)은 더욱 되지 않고 있다.」[18] 라고 기술하고 있어 이 시기에 불교의 좌선관법을 소세키는 이미 행하고 있었음을 알 수 있다. 좌선은 참선을 하기 위해 결가부좌(結跏趺

---

18) 『漱石全集』제14권　p.20

坐)를 하고 앉는 자세로 불교의 수행에서 중요한 자세다.

평소 소세키는 좌선의 필요성을 느껴 실천 수행한 것으로 여겨지며 그러한 증거가 그의 문장 곳곳에서 찾아 볼 수 있다. 소세키가 소장하고 있던 「선문법어집(禪門法語集)」[19]에 「곤란(困難)을 배제하기 위해서 좌선(坐禪)의 수행이 필요하다.」[20]라고 적어 깨달음을 향한 수행으로 좌선의 필요성을 명시하기도 하고 있다. 좌선과 더불어 견성에 관해서도 중요시하면서 표현하고 있다. 견성에 이르면 그 기쁨은 비유할 수 없을 정도로 대단하지만 견성에 달하는 것은 타인에 의한 것이 아닌 것, 자신이 이루어야 하는 것으로 자기 이외에 그 누구도 대신 해줄 수 있는 사람은 없다는 것도 표명하고 있다. 1905년(明治 38년)에 쓴 소설 『나는 고양이로소이다(吾輩は猫である)』에 다음과 같이 적고 있다.

만약 선의로서 구약문답적으로 해석한다면 주인은 견성자각(見性自覺)의 방편(方便)으로서 이와 같이 거울을 상대로 여러 가지 행동을 연출하고 있는지도 모른다. 모든 인간의 연구라고 전해지는 것은 자기를 연구하는 것이다. 천지(天地)라고 하고 산천(山川)이라고 하고 일월(日月)이라고 하고 성진(星辰)이라고 해도 모두 자기의 다른 이름에 지나지 않는다. 자기를 달리 연구해야할 사항은 아무에게도 내보일 수 없는 것이다. 만약 인간이 자기 밖으로 뛰어 나올 수 있다면, 뛰어 나오는 순간에 자기는 없어져 버린다. 게다가 자기에 대한 연구는 자기 이

---

19) 『禪門法語集』 일본 쿄토부(京都府)의 서암사(瑞巖寺)에서 만안(万安)의 청에 따라 저술한 책.
20) 『漱石全集』 제16권 p.270

외에 아무도 해주는 자는 없다. 아무리 해 주고 싶어도, 해 받고 싶어
도, 할 수 없는 상담이다. [21]

견성에 대해서 쓰고 있는 이 문장에서는, 인간의 연구라고 하는 것
은 자기를 연구하는 것으로, 아무리 타인이 해 주고 싶어도 할 수 없
는 것이라고 하는 견해와 더불어 견성자각을 언급하고 있다. 또, 이것
에 이어서 인간의 탐정적 경향에 관해서 주인은 말하는 내용에서 오
도(悟道), 견성성불(見性成佛)[22]을 이야기하고 있다.

　　이번은 주인(主人)의 차례다. 주인은 사뭇 점잖은 체 한 어조로, 이
　런 논의를 시작했다.
　　「그것은 내가 많이 생각한 일이다. 나의 해석에 의하면 현세인의 탐
　정적 경향은 완전히 개인의 자각심(自覺心)이 너무 강한 것이 원인이
　되고 있다. 내가 자각심이라고 이름 붙인 것은 독센(獨仙)군 쪽에서 말
　하는, 견성성불(見性成佛)이라든가, 자신은 천지동일체(天地同一體)
　라든가 하는 오도(悟道)의 종류는 아니다.」[23]

소세키는 견성과 자각심의 차이를 언급하면서 이 견성에 이르기 위
해 참선을 실행하고, 그 과정과 경험에서 느끼고 얻은 여러 가지 일을
그때그때의 작품에 나타내어 자신의 내면에 존재하고 있는 불교 사상
과 깨달음에 대한 희구를 시사하고 있다.

---

21) 『漱石全集』제1권 p.216
22) 見性成仏『벽암록』제1칙 평창「불립 문자, 직지인심, 견성성불(不立文字, 直指人
　　心, 見性成仏.)」이라고 명시되어 있음.
23) 『漱石全集』제1권 p.502

소세키가 불교에 관심을 가지고 깨달음에 대한 간절함을 품고 그 실천을 위해 불교경전을 읽기도 하고 선사를 찾기도 하고, 좌선을 하기도 한 것은 그의 문장을 통해 알 수 있듯이 선(禪)의 경지를 얻기 위함이다. 선수행과 함께 소세키에게 주어진 공안(公案) 참구에 있어서도 많은 불경과 선서를 근본으로 하여 해득하고자 한 것은 아닐까 하고 추측된다.

불교경전 서적명이 작품 속에서 직접 소개되고 있는 것으로는 소설 『문』에서 찾아 볼 수 있다.

『문』에서 선승인 기도(宜道)와 주인공 소스케(宗助)의 대화 속에서 『벽암록(碧巖錄)』이라는 선서를 접할 수 있다.

「서적을 읽는 것은 좋지 않습니다. 사실대로 말하면 독서만큼 수행에 방해가 되는 것은 없는 것 같습니다. 저희들도 이렇게 벽암(碧巖) 등을 읽지만, 자신의 정도 이상쯤이 되면 도무지 짐작할 수가 없습니다.」[24]

소설 속의 선승 기도는 서적은 단지 자극의 방편으로서 읽을 뿐, 깨달음의 도(道)에 다다르는 방법으로서 적합하지는 않다는 것을 말한다. 이것은 소세키가 가마쿠라에 있는 원각사(圓覺寺)에 찾아가 직접 참선을 하는 단계에서 공안을 받고 잘 풀리지 않아 고투한 체험을 적은 것으로,

조주(趙州)의 무자(無字)가 신경이 쓰이지만 좀처럼 소엔(宗演)스

---

24) 『漱石全集』제16권 p.683

님은 받아주지 않는다. 어느 날 소카쓰 스님은 아궁이 불을 지피고 있
으면서 손에 한 권의 책을 가지고 읽고 있었다.

「무엇이라고 하는 책입니까?」

「벽암집(碧巖集), 하지만 책은 그다지 읽을 것이 못됩니다. 아무리
읽어도 자신의 수행 정도밖에 알지 못하니까요」[25)]

라고 하는 내용을 그대로 소설 속에 담은 것을 알 수 있다. 여기서 소
엔스님은 당시 선승(禪僧)으로 유명한 샤쿠소엔(釋宗演)을 말한다.

불교의 선(禪)수행자들이 가까이 하고 있는 서적으로 거론되는『벽
암록』과 그 내용이 소세키의 작품 속에 많이 등장하고 있는 것으로
보아 소세키 역시 가까이 하여 자주 읽고 있었음을 알 수 있으며, 이
러한 선서(禪書) 등을 통해서 익힌 불교적인 지식이 그의 여러 작품
에 많은 영향을 주었을 것이라고 확신할 수 있는 전거가 된다.

이처럼 소세키는 좌선 수행의 결과 마음의 본체를 깨닫는 견성을
하기 위해 끊임없이 계속 추구해 왔고 그러한 과정들을 불교관련 제
반 내용과 함께 그의 문학 속에서 승화시켜 그의 견해를 작품 속에 다
양하게 표현하여 시사하고 있음을 알 수 있다.

3-2. 해탈(解脫)과 도(道)

영국유학 이후의 십년동안 세간(世間)의 활동에 분주하게 지내면
서도 내심으로는 선을 향한 갈망이 있었음에 틀림없다고 생각되는 점

---

25)『漱石全集』제4권 p.836

은 소세키가 1910년(明治 43년) 7월 31일 십년의 공백을 깨고 지은 한시를 통해서도 알 수 있다. 「산 속의 산사에 머물러 (래숙산중사(來宿山中寺)), 노승의 가사마저 빌려 입으매(갱가노납의(更加老衲衣)), 적연히 선의 경지에 드는 듯하여(적연선몽저(寂然禪夢底)), 창밖에 돌아온 흰 구름 바라보네(창외백운귀(窓外白雲歸))」라고 하여 변함없이 선경(禪境)을 읊고 있는 것에 주목된다.

대환(大患) 이전의 1897년(明治 39년)에 완성된 『문학론(文學論)』에는 「선문(禪門)의 호걸지식, 제연(諸緣)을 방하(放下)하고 오직 자기를 규명하여, 일향전념, 용맹정진(勇猛精進), 행주좌와(行住坐臥) 등의 수행으로 불가사의한 법과 도(道)를 이룰 것을 시사하고 있다.[26] 도(道)에 관한 소세키의 적극적인 표현으로는 1913년(大正 2년) 10월 5일 와쓰지 테쓰로(和辻 哲郎)에게 보낸 편지에서도 찾아 볼 수 있는데 그 내용은 다음과 같다.

나는 지금 도(道)에 들어가려고 마음먹고 있습니다. 가령 막연한 말이라 해도 도에 들어가려고 마음먹은 것은 냉담한 것이 아닙니다.[27]

이와 같이 소세키는 도를 이루려는 끊임없는 열망을 가지고 수행정진을 세상을 떠나기 직전까지 한 것으로 보인다. 그것을 추량할 수 있는 것은 신문연재나 발표를 위한 작품이 아닌, 그가 솔직하게 자신의 내면 심상을 표현하고 있는 한시라고 생각된다.

소세키는 소설 『태풍(野分)』(1907)에서 불교에서 중요한 개념의 하

---

26) 『漱石全集』제9권 p.107
27) 『漱石全集』제15권 p.286

나인 해탈(解脫)에 관해서 표현하고 있다. 주인공 도야(道也)를 통해「문학은 인생의 모든 것, 그 인생에 관계되어 있는 것이 해탈의 문제」[28]라고 말하고 있다.

소설 속에서 도야는 구애(拘碍)로부터 해탈하는 방법을 두 가지 제시하고「석가(釋迦)」의 이름을 내세워「석가나 공자(孔子)는 이 점에 있어서 해탈을 얻고 있다. 물질계(物質界)에 마음을 두지 않는 것은 물질계에 구애될 필요가 없기 때문이다」[29]라고 하여 해탈의 필요성 즉 인생에서 결과적으로 도달해야 하는 경지로서 불교에서 무엇보다 중요시되는 점을 시사하고 있다.

소세키는 가마쿠라의 원각사(円覺寺)에서 실천한 참선 이후, 해탈에 대한 관심은 더욱 강해졌다고 생각된다. 소세키가 자신의 내면 표현의 하나로서 해탈에 대해서 표현하고 있으며 또, 해탈에 관해서 자신의 견지도 언급하고 있다. 해탈이라고 하는 것은 불교에서 견성, 성불이라고 하는 뜻과 같이 사용되어지고 있는 말로, 깨달음의 경지를 이루는 일이다. 즉, 해탈은 번뇌로부터 해방되어, 완전하고 절대적인 자유를 얻는 경지다. 원시불교(原始佛敎)에서는, 수행자의 이상은 번뇌를 전부 소멸한 아라한(阿羅漢)의 모습으로, 계(戒), 정(定), 혜(慧)의 삼학과 해탈과 해탈지견(解脫知見)의 오분법신(五分法身)을 갖추는 일이 필수 조건이다. 그것에 관해서 대승불교(大乘佛敎)에서는, 자기의 해탈은 중생(衆生)의 구제(救濟)와 함께하는 일이라고 생각하여, 육바라밀(六波羅蜜)의 이타행(利他行)이 중시되고 있다. 이러한 견지에서 보면, 분

---

28)『漱石全集』제2권 p.702
29)『漱石全集』제2권 p.704

명 해탈은 소세키가 일생에 걸쳐서 달성하려고 한 경지였음에 틀림없다고 생각된다. 그리고 소세키는 자신의 해탈에 대한 생각을 작품의 여러 곳에 쓰고 있을 뿐만 아니라 그 중요함을 이야기하고 있다.

소설 『태풍(野分)』에, 「타인(他人)을 위한 천지(天地)」라고 표명하고 있는 점에서 생각한다면, 당시의 소세키의 불교관은, 자신의 만족을 위한 것이 아니고, 타인을 위해 진력(盡力)하지 않으면 안 된다고 하는 의사를 가지고 있었던 것 같다. 그것을 주인공 도야(道也)에 의탁해서 말하고 있다. 타인, 즉 중생을 위한 일이어야 한다고 하는 사상은, 대승불교적인 해탈관이며, 그것을 문학에 합치시켜, 문학자로서 문학을 통하여 일반 사람들에게 그 해탈의 도(道)를 표현하려고 의도하고 있는 것이다. 이것이 『태풍』에 있어서 주인공 도야의 문학론(文學論)임과 동시에, 소세키에게 있어서 인생의 본체를 깨닫는 해탈이라고 말할 수 있다.

즉, 문학은 인생의 모든 것인 것, 그 인생에 관련되어 있는 것이 「해탈과 구애」의 문제라고 하는 것에 초점을 두고 있다. 이것에 대해서,

자기가 구애(拘碍)하는 것은 타인이 자기에게 주의를 집중한다고 생각하기 때문에, 결국은 타인이 구애하기 때문이다. 석가(釋迦)나 공자(孔子)는 이러한 점에 있어서 해탈(解脫)을 득(得)하고 있다. 물질계(物質界)에 무게를 두지 않는 것은 물질계에 구애할 필요가 없기 때문이다. [30]

---

30) 『漱石全集』제2권 p.702

라고 하여, 그 근원을 이야기 하고 있다. 그리고 이 구애로부터 해탈하는 방법을 두 가지 제시하고 있다. 그 하나는,「타인이 아무리 구애해도 자신은 구애되지 않는다.」[31]는 것이다. 타인으로부터 냉정한 평가를 받아도, 구애되지 않고 앞을 향해 가는 것, 뜻을 굽히지 않고 가는 것, 이러한 태도가 해탈을 향한 도(道)인 것이다. 한 마디로 말하면, 세상의 분별망상에 끌리지 않고 용맹정진 하는 것이다. 구애의 원인이 사람들의 물질에 대한 집착에서 오는 것을 지적하고 있다. 그 두번째의 방법은「보통사람의 해탈법이다. 보통사람의 해탈법은 구애를 면하는 것이 아니다, 구애하지 않으면 되지 않을 것 같은 괴로운 지위에 육신을 두는 것을 피하는 것이다.」[32]라고 말하고 있다. 이 두방법의 해탈은 근본 뜻에 있어서 일치한다. 인간의 본체를 알 수 있는「해탈」이 필요불가결하다면, 우선,「구애」에 대한 생각을 놓아버리는일이다. 현실에서 물질적인 요소로부터 피해 달아나는 것이 아니라, 완전히 초월할 수 있도록 해야 한다. 구애는 피하지 않으면 안 되는고통이지만, 반면, 피하기 힘든 것이다. 그러나 피하기 힘들다고 해서일생동안 안고 살아갈 수는 없는 것이다. 그것에 따른 하나의 방법으로서 소세키는『태풍』에서 해탈법을 제시하고 있다.

　해탈이야말로 고통의 세상에서 벗어날 수 있는 편법이라고 하여 다음과 같이 설한다.

　해탈은 편법(便法)에 지나지 않는다. 세상 속에 서서, 우리의 참됨(眞)을 관철하고, 우리의 선(善)을 표방하고, 우리의 미(美)를 제창할

---

31)『漱石全集』제2권 p.702
32)『漱石全集』제2권 p.702

때, 타니대수(拖泥帶水)의 폐를 벗어나고, 용맹정진(勇猛精進)의 뜻을 굳게 하여, 현대 근기가 약한 중생으로부터 받는 박해(迫害)의 고통을 위로하기 위한 편법이다. [33]

「타니대수」는 보기 괴로운 모습을 말하며 부처라든가 선이라든가 하는 그 본뜻을 이미 상실해버리는 의미로서 언급되고 있다. 해탈을 수득(修得)하기 전에 사물의 핵심을 뚫고, 사물에 대한 구애로부터 벗어나는 것이 요구된다. 그리고 나서 해탈에 들어간다. 그 해탈의 필요성에 관해 소세키는 이어서 다음과 같이 쓰고 있다.

그들이 귀중한 십년 이십년을 들어 꾸준하게 노력하는 것은, 의식을 위한 것도 아니고 명문을 위한 것도 아니다, 재보(財寶)를 위한 것도 아니다. 미미한 묵흔(墨痕) 중에, 광명(光明)의 한 줄기를 점하여 얻고, 점하여 얻은 도화(道火)를 해탈(解脫)의 방편문으로부터 이끌어내어 암흑세계를 편조하기 위한 것이다. [34]

여기에서 「광명의 한 줄기를 점하여 얻는」다는 것은, 깨달음을 이루는 일, 즉 해탈에 이르는 일이다. 이 해탈의 광명을 얻어서, 사바세계, 해탈에 이르지 못한 중생을 비추어 이끌기 위해서는, 물질계를 초월해서 참된 자기의 본체를 체득해야 할 것이다. 이것을 얻기 위해서는, 세간의 사물에 대한 구애로부터 해탈하는 것은 당연한 일일 것이다.

---

33) 『漱石全集』제2권 p.702
34) 『漱石全集』제2권 p.703

그리고 소설『나는 고양이로소이다』에는 고생한 사람이 아니면 도저히 해탈은 할 수 없다고 하여, 고행(苦行)을 하고나서야 해탈의 경지를 얻은 석가를 연상하게 하는 것으로 다음과 같이 서술하고 있다.

인간이 자신의 몸이 무서운 악당이라고 하는 사실을 뼈저리게 느낀 자가 아니면 고생한 사람이라고는 말할 수 없다. 고생한 사람이 아니면 도저히 해탈(解脫)은 할 수 없다. 주인도 여기까지 오니까 이윽고 「오, 무섭다」라고 말할 것 같은데 좀처럼 말을 하지 않는다. [35]

무서운 세상, 살기 어려운 세상에서, 살기 어려운 번뇌를 없애고 살기 좋은 세계를 만들어 내는 일, 육안(肉眼)이 아니라 심안(心眼)으로 사물을 관할 수 있는 것이 해탈에 근접하는 일이다.

그리고 소세키는 잠시만이라도 진계(塵界)를 떠난 마음이 될 수 있는 시(詩)를 얻으려고 한다. 특히 서양의 시가 되면, 사람의 일이 근본으로 되기 때문에 소위 시가(詩歌)의 순수한 것과 해탈의 경지도 모른다고 말하고 있다. 그래서 「해탈(解脫)이 있는 동양(東洋)의 시」를 기쁘게 생각한다고 표현하고 있다. 그리고 「우리들은 서양의 문예에 붙잡히지 않기 위해, 이것을 연구하는 것은 아니다. 빼앗긴 마음을 해탈하기 위해, 이것을 연구하고 있는 것이다.」[36]라고 소설『산시로(三四郎)』(1908)에서 그 이유를 설명하기라도 하듯이 기술하고 있다. 그러나 해탈에 이르는 것은 용이하지 않는 일이다. 출가하여 죽을 때까지 수행해도 달성하지 못한 채 이 세상을 떠나버리는 경우가 많

---

35)『漱石全集』제1권 p.215
36)『漱石全集』제4권 p.309

기 때문이다. 그 이유에서인지 소세키는 『유리문 안(硝子戸の中)』에
그것에 관해서 적고 있다.

　　만약 이 세상에 전지전능한 신(神)이 있다면, 나는 그 신 앞에 무릎
　　꿇고, 나에게 티끌만큼의 여유도 없을 정도로 밝은 직각(直覺)을 부여
　　하고, 나를 이 고뇌(苦惱)로부터 해탈에 이를 수 있도록 기원하겠다.[37]

　라고 적고 나서, 만약 고통스러운 이 세상으로부터 해탈하지 않으
면 「불안하고, 불투명하고, 불유쾌함으로 가득 차 있다. 만약 그것이
생애 계속된다면, 인간이라는 것이 얼마나 불행한 것일까.」[38]라고도
덧붙여 말하고 있다.
　이러한 도에 관한 것은 1913년(大正 3년)에 쓴 소설 『마음(心)』의
K의 사상으로서도 표현되고 있다. 완고(完固)하고 정진(精進)이라
고 하는 말을 좋아하고, 도(道)를 위해서는 모든 것을 희생해야 하는
것을 제일신조로 하고 있는 K에게 「선생」도 「도(道)라고 하는 말은,
……이 막연한 말이 고귀하게 여운을 남기는 것입니다.」[39]라고 말하
고 있다. 이와 같이, 소세키는 해탈하기 위한 참구로서 정진하고, 도
(道) 즉 해탈의 도리를 나타내고, 자기와 천지가 일여가 되는 물아일
여의 도리를 얻는 해탈관을 자신의 작품에 그려 넣고 있는 것이다.
또, 해탈이야말로 고통스러운 이 세상으로부터 벗어날 수 있는 편법
이라고 설법처럼 말하고 있다.

---

37) 『漱石全集』제8권 p.414
38) 『漱石全集』제8권 p.414
39) 『漱石全集』제6권 p.187

이와 같이 소세키는 선수행에 의한 깨달음을 얻어 해탈을 이루려고 끊임없이 정진하고 있었던 자신의 모습을 작품 곳곳에 표현하면서 자신의 정진도를 나타내고 있고, 그것을 읽는 독자에게도 해탈의 필요성을 시사하고 있다고 생각된다.

그리고 소세키는 1916년(大正 5년) 12월 9일 이 세상을 떠나기 전, 1916년(大正 5년) 10월 12일의 한시에서「회천행도 이것이 나의 선(회천행도시오선(會天行道是吾禪))」이라는 시구로 도를 이룬 선경을 나타내어 그 자신만의 깨달음을 표현하기에 이른다.

4. 맺음말

일본 근대의 문학은 불교의 시점에서 체계적으로 연구된 것이 거의 없다고 말해지고 있을 정도로 작품의 대부분도 교양적 선양이나 포교(布敎) 전도적인 것, 승려(僧侶)의 전기 등이 주가 되고 있어서 순수하게 불교문학의 작품은 적은 편이다. 그것은 불교적 문학이 근대에 있어서 종교가 순수하게 뿌리내리지 못한 실정에서 현실적 사회적 배경이라고 하는 타력의 것과, 종교의 성격 내부에 있는 자력성도의 깨달음을 목표로 하는 선의 세계를 중요시하고 있는 자력의 것으로 분류하여 생각한다면 사람들에게 적응하기 쉬운 면이 있는 반면, 오히려 묻혀서 그 본질을 잃어버리는 면이 있는 것에 그 이유를 찾을 수가 있다. 결국 문학과 불교의 결합을 생각하는 경우에는 이러한 상황을 인지하지 않으면 안 될 것이다. 불교의 외면적인 것이든 내면적인 것이든 참된 불교적 문학은 그 작자의 원질적(原質的) 불교체험을 거쳐

그 지적(知的)인 인식(認識)에 멈추지 않고 구도적인 실천까지 나아
가야 한다고 생각된다.

이러한 근대 시대에 일본의 문학자 중 대표로 꼽히는 나쓰메 소세
키는 수많은 불교관련 내용을 소설 일기 한시 등 그의 작품세계에 도
입하면서, 그 말과 의취를 문장 곳곳에서 묘사하고 있다. 그것에 대한
것을 전부 예로 들 수 없지만, 이상과 같이 살펴본 결과, 불교경전 및
관계서적 등 소세키는 다량의 서적을 읽고 소년시절부터 만년까지 쓴
작품 속에 그 견해를 깊이 나타내고 있음을 알 수 있다. 이것은 일생
동안 간직하고 있던 소세키의 사상의 근저로 그의 작품을 이해하는
하나의 방법으로서 간과할 수 없는 문제라고 생각된다. 특히 한시부
터 소설, 일기, 서한에 이르기까지 불교의 지식 및 그 정신과 사상을
작품 속에 충분히 반영하고 표현하고 있음도 알 수 있다.

그 문장 속에는 직접적으로 불교경전의 문장을 그대로 인용하고 있
는 부분도 있고, 또 일부분만을 응용해서 표현하고 있는 것도 있다.
또 원전 속에 나타내고 있는 사상과 불교철학적인 면만을 도입하여
사용한 것도 있다. 그리고 어구와 문장뿐만 아니라, 그것에 해당하는
불교 관계 인물에 대한 내용과 인물과 관련되어 있는 주변의 이야기
등도 도입하여 작품 속에 표출하고 있는 것도 있다.

일본의 근대문학에서 접할 수 있는 인연(因緣), 좌선(坐禪)과 견성,
불교경전과 마음의 본체, 해탈(解脫) 도(道)등으로 고찰해 본 결과 소
세키는 단지 불교관련 사항을 도입하여 사용한 것만이 아니라, 불교
와 자신의 작품을 통해서 혼란기였던 일본의 근대와 그 사람들을 이
상적인 세계로 이끌고 추구하도록 그의 작품을 통하여 피력하고 있다
고 생각된다. 또한 불교경전에서 얻은 지식과 상식으로 소세키 스스

로 불교경전을 읽고 선의 수행을 함으로서 일본 근대 지식인의 자세의 한 면을 보여준 역할을 한 것은 아닐까 생각되기도 한다. 이와 같은 불교적 영향은 단순한 영향을 초월하여 작품 속에서 「문학은 인생의 모든 것, 그 인생에 관계되어 있는 것이 해탈의 문제」라고 말하고 있는 것처럼 일본 근대의 시대적 배경과 함께 불교적 사상을 문학으로 승화시켜 그것을 매개로 하여 불교의 세계와 그 진리를 시사함으로서 참된 인생의 길을 깨달아야 함을 주지하고 있는 것은 아닐까 생각된다.

참/고/문/헌

[1장]

- 岩本 裕(1988) 『日本佛教語辭典』 平凡社
- 金岡秀友·柳川啓一監修(1986) 『佛教文化事典』 佼成出版社
- 大久保良順編(1986) 『佛教文學』 講談社
- 杉崎俊夫(1991) 『近代文學と宗教』 雙文社出版
- 岸本英夫編(1984) 『世界の宗教』 大明堂發行
- 榊 泰純(1982) 『信仰と文藝』 風間書房
- 渡辺照宏(1990) 『日本の佛教』 岩波新書
- 遠藤周作(1977) 『宗教と文學』 講談社
- 中村 元(1979) 『原始佛教』 日本放送出版協會
- 上田閑照(1993) 『禪佛教』 岩波書店
- 新保 哲(1992) 『日本禪思想』 北樹出版
- 入矢義高(1978) 『良寬』 「日本の禪語錄」20, 講談社
- 伊藤古鑑(1967) 『六祖法寶壇經』 其中堂
- 佐橋法龍(1980) 『禪·公案と坐禪の世界』 實業之日本社
- 永井義憲(1966-1987) 『日本佛教文學研究』 豊島書房

[2장]

- 今西順吉(1988) 『漱石文學の思想』 第一部, 筑摩書房
- 今西順吉(1988) 『漱石文學の思想』 第二部, 筑摩書房
- 今野 達外2人(1994) 『日本文學と佛教』 岩波書店

- 岩本裕(1988)『日本佛教語辭典』, 平凡社
- 江藤淳(1984)『江藤淳文學集成・夏目漱石論集』, 河出書房新社
- 江藤淳(1970)『漱石とその時代』第一部, 新潮社
- 江藤淳(1970)『漱石とその時代』第二部, 新潮社
- 岡崎義惠(1968)『漱石と則天去私』, 寶文館出版株式會社
- 柄谷行人(1992)『漱石論集成』, 第三文明社
- 佐古純一郎(1990)『夏目漱石の文學』, 朝文社
- 中村元外編(1989)『佛教辭典』, 岩波書店
- 夏目漱石(1966)『漱石全集』, 岩波書店
- 夏目漱石(1994)『漱石全集』, 岩波書店
- 平岡敏夫編(1991)『夏目漱石研究資料集成』, 全11卷, 日本圖書センタ
- 文藝讀本(1975)『夏目漱石』, 河出書房新社
- 松岡讓(1966)『漱石の漢詩』, 朝日新聞社
- 三好行雄編(1990)『別册國文學・夏目漱石事典』, 學燈社
- 三好行雄編(1984)『鑑賞日本現代文學・夏目漱石』, 角川書店
- 森田草平(1967)『夏目漱石』, 筑摩書房
- 吉川幸次郎(1967)『漱石詩注』, 岩波新書
- 『日本文學研究資料叢書・夏目漱石』(1982) 有精堂
- 『大正新脩大藏經』(1928) 大正新脩大藏經刊行會

[3장]

- 石井和夫(1999)『漱石の類比的思考をめぐって』,『漱石研究』第12號 翰林書房

- 今西順吉(1988)『漱石文學の思想』第一部, 筑摩書房
  _____(1988)『漱石文學の思想』第二部, 筑摩書房
- 今野達外2人(1994)『日本文學と佛教』岩波書店
- 岩本裕(1988)『日本佛教語辭典』平凡社, 1988. 5
- 岡崎義惠(1968)『漱石と則天去私』, 寶文館出版株式會社
- 小平麻衣子(2001)『同時代讀者を復元する想像力』,『漱石研究』第14號 翰林書房
- 佐古純一郎(1990)『漱石論究』, 朝文社
  _____(1990)『夏目漱石の文學』, 朝文社
- 陳明順(1997)『漱石漢詩と禪の思想』勉誠社(日本)
- 夏目漱石(1966)『漱石全集』, 岩波書店
- 夏目漱石(1994)『漱石全集』, 岩波書店
- 中村元外編(1989)『佛教辭典』, 岩波書店
- 中村 宏(1983)『漱石漢詩の世界』, 第一書房
- 松岡讓(1966)『漱石の漢詩』, 朝日新聞社
  _____(1934)『漱石先生』,「宗教的問答」, 岩波書店
- 三好行雄編(1984)『鑑賞日本現代文学・夏目漱石』, 角川書店
- 村岡勇(1968)『漱石資料ー文學論ノート』, 岩波書店
- 森田草平(1967)『夏目漱石』, 筑摩書房
- 山田無文(1989)『碧巖錄全提唱』全十卷, 禪文化研究所
- 吉川幸次郎(1967)『漱石詩注』, 岩波新書
- 小森陽一・石原千秋 編集(2001)『漱石研究』第14号, 翰林書房

[4장]

- 夏目漱石(1994)『漱石全集』岩波書店
- 夏目漱石(1966)『漱石全集』岩波書店
- 朝比奈宗源 譯(1977)『碧巖錄』上 岩波書店
- 朝比奈宗源 譯(1976)『碧巖錄』中 岩波書店
- 朝比奈宗源 譯(1976)『碧巖錄』下 岩波書店
- 鄭柄朝譯解(1978)『六祖壇経』韓國仏教研究院
- 中村 元 外(1989)『仏教辞典』岩波書店
- 平岡敏夫編(1991)『夏目漱石研究資料集成』全十一巻 日本図書センタ
- 『大正新脩大藏経』(1928) 大正新脩大藏経刊行會
- 『大正新脩大藏経』(1973)第四十八巻『無門關』大正新脩大藏経刊行會
- 『大正新脩大藏経』(1973)第五十一巻『景德伝灯錄』第三十巻 大正新脩大藏経刊行會
- 文芸讀本(1965)『夏目漱石』河出書房新社
- 三好行雄編(1990)『別冊國文學・夏目漱石事典』學灯社
- 佐古純一郎(1990)『漱石論究』朝文社
- 村岡勇(1968)『漱石資料－文學論ノート』岩波書店
- 吉川幸次郎(1976)『漱石詩注』岩波新書
- 和田利男(1974)『漱石の詩と俳句』めるくまーる社
- 松岡讓(1966)『漱石の漢詩』朝日新聞社
- 「야후 재팬」https：//search.yahoo.co.jp
- 「네이버 지식백과」http：//terms.naver.com

[5장]

- 『大正新脩大藏経』(1928) 大正新脩大藏経刊行會
- 山田無文(1989)『碧巖錄全提唱』全十卷, 禪文化研究所
- 『華嚴経』(1928)『大正新脩大藏経』, 大正新脩大藏経刊行會
- 『碧巖錄』(1928)『大正新脩大藏経』, 大正新脩大藏経刊行會
- 『無門關』(1928)『大正新脩大藏経』, 大正新脩大藏経刊行會
- 岩本裕(1988)『佛教語辭典』, 平凡社
- 中村元外編(1989)『佛教辭典』, 岩波書店
- 伊藤古鑑(1967)『六祖法宝壇経』, 其中堂
- 佐橋法龍(1980)『禪・公案と坐禪の世界』, 實業之日本社
- 백봉 김기추(1976)『金剛經講頌』, 보림선원
- 백봉 김기추(1994)『나를 깨닫자』, 보림사
- 백봉 김기추(1987)『絶對性과 相對性』, 보림선원
- 백봉 김기추(1974)『維摩經大講論』, 太和出版社
- 백봉 김기추(1979)『禪門拈頌要論』, 제1권-제15권, 보림선원
- 백봉 김기추(1984)『白峰 禪詩集』, 보림선원
- 백봉 김기추(1975)『禪詩 碧梧桐)』, 보림선원
- 백봉 김기추(1974-1994) 강의 녹취록.

[6장]

- 夏目漱石(1966)『漱石全集』岩波書店
- 夏目漱石(1994)『漱石全集』岩波書店
- 吉川幸次郎(1967)『漱石詩集』岩波新書
- 山田無文(1989)『碧巖錄全提唱』全10卷 禪文化研究所

• 金岡秀友・柳川啓一監修(1989)『仏教文化事典』佼成出版社
• 岩本裕(1988)『日本仏教語辭典』平凡社
• 中村元外編(1989)『仏教辭典』岩波書店
• 伊藤古鑑(1967)『六祖法宝壇経』其中堂
•『無門關』(1928)『大正新脩大藏経』大正新脩大藏経刊行會
• 今野達外2人(1994)『日本文學と佛敎』岩波書店
• 見里文周(1995)『日本文學と佛敎』岩波書店
• 朝比奈宗源 譯(1977)『碧嚴錄』上 岩波書店
• 陳明順(2004)「日本近代文學に表れた「公案」の研究」日語日文 學 제22권
• 松岡讓(1934)『漱石先生「宗教的問答」』岩波文庫
• 中村元, 紀野一義譯注(1987)『般若心經・金剛般若經』岩波文庫
• 松岡讓(1966)『漱石の漢詩』朝日新聞社
•『大正新脩大藏經』(1928) 大正新脩大藏經刊行會

찾/아/보/기

저자 | 진 명 순 (陳明順)

일본동경대정대학 대학원 문학연구과에서 일본근대문학과 불교, 선(禪) 연구를 하여 석사와 박사학위를 취득한 후 현재 와이즈유(영산대학교) 관광외국어학부 교수로 재직하고 있다. 와이즈유(영산대학교) 국제학부 학부장, 한국일본근대학회 회장, 대한일어일문학회 편집위원장 동아시아 불교문화학회 등등 각 학회의 이사 역임하고 있다. 수상으로는 일한불교 문화학술상을 비롯하여 국내학회 학술상, 서도(書道) 작품 수상 및 서도 교범자격증(일본)을 취득, 부산대학교 미술석사학위 취득 한국화 전공으로 다수 수상한 바 있으며 불교TV 불교라디오 등의 방송 프로그램 진행 경력이 있다.

주요 저서로는 『漱石漢詩と禪の思想』(일한불교문화학술상), 『나쓰메 소세키(夏目漱石)의 선(禪)과 그림(畵)』(대한민국 학술원 우수학술도서 선정), 『漱石詩の文學思想』, 『夏目漱石の小說世界』, 『일본근현대문학과 애니메이션』 이외 편저서 등 다수이며, 논문으로는 「夏目漱石と禪」을 필두로 「거사불교운동의 내용과 의미」, 「夏目漱石の作品に表れている「牛」の考察-「十牛図」との関わりをめぐって-」까지 40여 편에 이른다.

문학(文學)과 불교(佛教)

초판 인쇄 | 2017년 10월 25일
초판 발행 | 2017년 10월 25일

지 은 이 진 명 순

책임편집 윤 수 경

발 행 처 도서출판 지식과교양
등록번호 제2010-19호
주   소 서울시 도봉구 쌍문1동 423-43 백상 102호
전   화 (02) 900-4520 (대표) / 편집부 (02) 996-0041
팩   스 (02) 996-0043
전자우편 kncbook@hanmail.net

© 진명순 2017 All rights reserved. Printed in KOREA

ISBN 978-89-6764-093-4 93830
정가 16,000원

저자와 협의하여 인지는 생략합니다. 잘못된 책은 바꾸어 드립니다.
이 책의 무단 전재나 복제 행위는 저작권법 제98조에 따라 처벌받게 됩니다.

* 이 연구는 2017년 영산대학교 교내연구비의 지원을 받아 수행되었음.